천년의 전쟁

천년의 전쟁 2

하늘땅이 빛을 잃고 해와 달도 어둡구나

초판 1쇄 발행 | 2016년 7월 26일

지은이 신지견
발행인 이대식

주간 이지형
편집 나은심 손성원
마케팅 김혜진 배성진 박중혁 **관리** 홍필례
디자인 모리스

주소 서울시 종로구 평창길 329(우편번호 03003)
문의전화 02-394-1037(편집) 02-394-1047(마케팅)
팩스 02-394-1029
전자우편 saeum98@hanmail.net
블로그 blog.naver.com/saeumpub
페이스북 facebook.com/saeumbooks

발행처 (주)새움출판사
출판등록 1998년 8월 28일(제10-1633호)

• 잘못된 책은 바꾸어 드립니다.
• 책값은 뒤표지에 있습니다.

신지견 역사소설

천년의 전쟁

2

하늘 땅이 빛을 잃고
해와 달도 어둡구나

새흥

정체불명의 노승

　두류산에 든 풍회는 운선선인과 함께 삼신산을 넘어와 박달내 볕 잘 드는 양지쪽에 움막을 엮었다. 지천에 널려 있는 것이 돌이어서 알매흙을 돌틈에 꼼꼼히 박아 벽을 탄탄히 쌓고, 구들장을 낮추어 맨흙을 두껍게 돋움으로써 겨울 추위에도 끄떡없게 했다. 그리고 곁에 자신이 거처할 귀틀집도 따로 하나 마련해 놓았다.

　바야흐로 박달내 생활이 시작된 것이다. 화계동천에서 박달내로 오르면 오른편에 깎아지른 벼랑이 아스라이 솟아 석문을 연상시켰다. 그 벼랑이 석문이라면, 석문 안쪽에 커다란 바위가 개울 중간을 가로막아 물이 두 줄기로 갈라져 흘러 섬을 이룬 곳이 있었다.

　크고 작은 나무들이 우거져 경관이 빼어난데다 크고 우뚝한 바위가 서 있어 저절로 발걸음을 멈추게 했다. 바위 아래로는 차고 깨끗한 물이 흘러 둠벙을 만들어놓았는데, 바짓가랑이를 걷고 반석에 걸터앉으면 바로 그 사람이 신선이 되어버리는 그런 곳이었다.

운선선인의 이야기를 들으면 고운선생(최치원)이 바로 거기서 선화(仙化)했다는 것이다. 그래서 풍회는 그 바위를 '선화바위'로 이름을 붙여놓았다. 선인께서는 고운선생에 대한 경모의 정이 사무쳐 틀림없이 선화바위가 있는 박달내로 거처를 옮겼을 것으로 생각했다. 하지만 박달내가 '꿈같은 도원경이 펼쳐질 장소'로는 비좁다는 생각을 했다.

박달내로 거처를 옮긴 선인은 선화바위로 가 있을 때가 많았다. 더러 선인을 모시러 내려갔다가, 풍회는 거기서 모든 것을 잊고 빈 마음이 되어 올라올 때가 많았다.

한번은 두류산 안에 아주 명성이 자자한 벽송 지엄대사가 추성동 산자락 어디에 절을 짓고 들어앉아 있다는 이야기를 들었다. 풍회는 스승에게 말도 하지 않고 혼자 벽송사를 찾아갔다.

절은 크지 않았고 밖을 돌아다니는 사람도 없었다. 펄펄 날리는 산 향기만 하늘에 가득했고, 들꽃이 어지러이 숲 위에 피어 바람에 흔들리고 있었다. 한데 첩첩산속, 나무도 귀를 기울일 법한 엄숙한 고요가 풍회의 발걸음을 멈추게 했다.

벽송사에는 원통전과 선실(禪室)이 있고, 그 아래 요사(寮舍)

가 있었는데, 산자락의 고요가 있다가도 없고 없다가도 있는 경계를 넘나드는 그런 곳이 아니라. 천 길 낭떠러지 안에 갇힌 것처럼 유난히 밀밀한 고요함만 감돌았다. 왜 그런 고요가 거기에 서려 있는지 그것까지는 알지 못했다. 그래서 저절로 아뜩해졌고 그런 아뜩함에 누구 없느냐고 소리라도 치고 싶은 반발이 일어났다.

풍회는 그런 반발을 누르고, 마른 햇살이 원통전 지붕 위에서 번개처럼 부서지는 것을 바라보며 옆길로 비껴 올라갔다. 거기에 석탑이 있었다. 두류산이 그늘로 내려와 그대로 앉아 있는 것 같은 소나무 밑에, 웬 건장한 노승이 탑을 마주 보고 앉아 칼로 물푸레나무 작대기를 손질하고 있었다. 혹시 저 스님에게 이야기하면 지엄대사를 만날 수 있을까, 하여 발소리를 죽여 가까이 다가갔다.

한데 발걸음이 채 이르기도 전이었다.

"언 놈이 쥐새끼처럼 뽁뽁 기어드느냐?"

눈이 정수리에 붙었는지 고개도 들지 않고 소리부터 질렀다.

"언 놈이 아니고 사람입니다."

사람이나 쳐다보고 말을 하라는 뜻이었다.

"허! 이놈 봐라?"

손질을 하던 물푸레나무 작대기를 잠시 무릎에 내려놓고 흘낏 노려보는데, 검은 눈썹에 백수 몇 가닥이 바람결에 희롱하 듯 살랑거리며 노승의 눈빛이 바늘을 날리는 듯 아프게 눈을 찔러왔다.

"선정의 막야검(莫耶劍)을 휘두르시는 벽송당 큰스님을 뵈러 온 사람을 쥐새끼라뇨?"

그 말이 끝나기 바빴다.

"떠꺼머리 산도적놈이 도적질을 하러 왔다구?"

이 작자가 뭘 알고 하는 소리인가? 쳐다보지도 않고 쥐새끼, 산도적…… 되는 대로 뱉어내는 것을 보니, 한번 튕겨볼 만하 다는 생각이 들었다. 그래서 얼굴을 쳐다보았더니, 누더기 속 에 감추어진 뼈무더기는 앙상했으나 위로 내밀어진 얼굴이 백 옥처럼 희었고, 부드러움까지 느껴져 영묘해 보이기도 했다. 옳 지! 오랜만에 임자를 만났다 싶어 풍회는 자세를 낮췄다.

"저는 삼신산 청학동에서 선도를 닦는 선동입니다. 운선선인 을 스승님으로 모시고 노장의 귀근복명(歸根復命)과 염담무위 (恬淡無爲)로 몸과 마음을 더 보태지도 더 빼지도 않고 있는 그 대로 본바탕을 유지해, 우주와 하나가 되는 수련을 해오고 있 습니다."

"흐흠, 귀근복명과 염담무위로 수련을 해보니 어떠하던고?"

사람을 쳐다보지도 않고 표정 하나 바뀜 없이 물었다. 이자가 뭘 알고 하는 소린가 싶어 다시 얼굴을 바라보니, 이마에 흐르는 서늘한 기운이 사람을 콱 압도하고 들어왔다.

"하늘과 땅은 관장하고 음과 양은 간직하는 바가 있으니, 만물이 절로 자라나옴을 보옵니다."

순간 노승이 손질하고 있던 작대기를 번쩍 치켜올렸다. 중국의 어떤 선지식이 찾아오는 자마다 오는 족족 방망이로 후려쳤다더니, 이 노승도 미친 척 작대기로 사람을 후려치려는가 싶어, 반사적으로 팔에 기를 모아 작대기를 막으려 손을 들어올렸다. 한데 노승은 작대기를 흔들어 보였다.

"이것이 보이느냐?"

속았다. 속았다는 것은 노승의 마음을 미리 읽지 못했음이었다. 아니, 읽히지 않았다. 여느 때처럼 사람을 한번 쓱 보면 발가벗고 있는 것을 보듯 배꼽 속까지 환히 들여다보여야 하는데, 이 늙은이는 그러지 않았다. 수가 아주 높은 고수였다. 아니, 이게 사람인가 싶었다.

"예, 보입니다."

큰소리로 대답했다. 웬걸, 큰소리로 했다는 대답이 귀뚜라미 소리처럼 들릴락 말락 했다. 뭔가 홀린 기분이었다. 풍회의 대답이 떨어지기 무섭게 노승이 고개를 들었다. 고개를 든 노승이 아가리를 벌린 범처럼 보였다. 눈빛은 푸르렀는데, 그 빛이 서리 위에 내려앉은 햇빛을 되쏘듯 날카롭게 가슴을 찌르고 들어왔다. 이게 귀신인가 신선인가. 풍회는 처음으로 위축을 느꼈다. 언제 사람을 보고 이렇게 가슴이 오그라들어 본 적이 있었던가?

"그러면 원통전으로 가 절을 하거라."

풍회는 대번 야코가 죽어 말을 더 잇지 못하고 머뭇머뭇했다. 사람 앞에서 그렇게 머뭇거려 본 적은 그때가 처음이었다.

"내 말 들리느냐?"

노승이 다시 소리를 질렀다.

"예!"

"원통전 안에서 이 작대기가 보일 때까지 절을 하면 벽송당 큰스님이 저절로 보일 것이니라."

작대기를 한 번 더 흔들어 보였다. 풍회는 입을 꾹 다물었다. 노승이 쥐고 있는 물푸레나무 작대기에 알 수 없는 힘이 실려 있는 듯 대번 주눅이 들었다. 의당히 터무니없다는 생각이 들었어야 했는데, 그러기는커녕 마치 작대기의 힘에 쫓기듯 주변 사물들이 그렇게 각인되어 돌아왔다. 저 늙은이가 사람을 홀리는 재주가 있군! 풍회는 한참 동안 노승을 바라보고 있다가 자리에서 일어섰다. 어, 어, 저절로 발걸음이 원통전에 가 닿았다.

법당은 크지 않았다. 정면에 모셔져 있는 관세음보살도 여느 절에 모셔진 관세음보살과 다르지 않았다. 안으로 들어서자마자 노승의 작대기에 홀린 듯 자신도 모르게 엎드려 절을 했다.

얼마쯤 절을 했을까. 속았다는 생각이 슬며시 고개를 들었다. 뭐라구? 원통전 안에서, 물푸레나무 작대기가 보일 때까지 절을 하면 벽송당 지엄이 저절로 보일 거라구? 그래서 벽송 지엄이 보일 거면 무엇 때문에 천왕봉을 넘어 예까지 왔겠나. 빌어먹을 그놈의 작대기를 두 동강을 내놓았어야 했는데…….

풍회는 절을 하다가 원통전 마룻바닥에 한 손을 짚고 발딱 물구나무를 섰다. 물구나무를 서서 관세음보살을 보니 거꾸로 보였다. 관세음보살을 거꾸로 보면서 원통전 네 귀퉁이를 뱅뱅 돌았다. 그때서야 노승이 맹랑한 사람이라는 생각이 불끈 되살아났다. 이 늙은이가 나를 데리고 장난을 쳤군? 풍회는 개구리처럼 몸을 팔딱 일으켜 세워 관세음보살을 바라보았는데, 바보처럼 헤! 웃고 있었다.

풍회는 원통전을 빠져나왔다. 계단을 내려가다가 놋쇠 밥그릇을 들고 가는, 나이 어린 스님을 만났다.

"스님, 한 가지 물어봅시다."

스님이 고개를 돌렸다.

"원통전 위 탑 앞에서 작대기를 깎고 있는 스님이 누구유?"

"아, 그 스님? 영관스님이에요."

"그 괴상한 노승이 영관스님이라고?"

영관, 영관…… 풍회는 영관이라는 이름을 마음속으로 뇌이면서 빠른 걸음으로 벽송사를 나와 박달내로 돌아왔다.

선화바위에 오르다

삼신봉을 훑고 내려온 바람이 움막 위 느티나무를 흔들고 지나갔다. 노랗게 물든 나뭇잎이 꽃잎처럼 날렸다. 풍회는 흩날리는 나뭇잎에 마음을 태워 보냈다. 그러던 것이 얼마 안 가 서릿바람으로 바뀌더니, 벌거벗은 나뭇가지를 쌩쌩 흔들며 산이 웅웅 우는 소리를 냈다.

그새 봄이 그리워졌다. 밤 내내 바람이 불다 멎은 날 밖으로 나와 보니 흰 눈이 쌓였다. 느티나무 가지에도 하얀 눈이 꽃송이처럼 앉아 있었다.

선인께 아침을 차려드리고 부엌을 나갔더니 까마귀가 까옥까옥 아침인사를 했다. 이미 친구가 된 잡식성 까마귀도 산에서만 사니 산열매나 볍씨를 놓아주면 평상으로 내려앉느라 나뭇가지가 흔들리며 쌓였던 눈이 떡가루처럼 흩날렸다. 풍회가 싸리빗자루로 눈을 치우고 박달내를 바라보니 온통 은세계가 되어 있었다. 가을은 가을의 세계가 있고, 겨울은 겨울의 세계가 있구나.

그때 운선선인이 도포를 입고 밖으로 나왔다.

"어딜 가십니까?"

"대장간에 좀 다녀오마."

"눈이 이렇게 쌓였는데요?"

"겨울이니 당연히 눈이 와야 하지 않겠냐?"

"스승님, 긴한 일이 아니면 제가 다녀오겠습니다."

"아니다. 바람도 쐴 겸 곧 다녀오마."

"날씨가 찬데 제가 다녀오는 게 좋겠어요."

"허! 고놈. 겨울은 춥고 여름이 더운 건, 겉에 입은 옷과 같은 것이다. 옷은 입을 수도, 벗을 수도 있지 않느냐? 계절이란 바람이 불듯 지나가는 것인데, 계절을 옷처럼 입고 벗지 못한대서야 어디 단을 수련한 사람이라 할 수 있겠느냐?"

선인은 그런 사람이었다. 세월은 가도 가는 것이 없고 와도 오는 것이 없는, 여름이면 여름, 겨울이면 겨울…… 어떤 때는 선화바위 물둠벙 얼음을 깨고 들어앉아 내단(內丹)을 수련하는 분이었다.

선인이 노간주나무 지팡이를 짚고 막 나서려다 물었다.

"언제 벽송사에 간 적이 있었더냐?"

얼굴을 보니 다 알고 하시는 말씀이었다.

"예. 지엄대사를 만나보고 싶어 천왕봉을 내려가 들른 적이 있습니다."

"네가 만나려 했던 벽송당 지엄대사가 열반하셨느니라."

"네?"

풍회는 어리둥절했다.

"큰스님이셨지……."

운선선인도 벽송대사를 큰스님이라 했다. 풍회는 만나려 했던 벽송대사를 만날 수 없게 되어 만감이 교차되었다. 만나 뵐 수 있었는데, 그놈의 물푸레나무 작대기 때문에……. 영관이라는 노승이 새삼스럽게 머릿속에 떠올랐다.

"언제 돌아가셨습니까?"

"며칠 전에 입적하셨다."

지엄대사는 벽송사를 떠나 잠시 수국암에 계셨다는 것, 대중을 모아놓고 법화경(法華經) 강설을 했는데, '방편품'에 이르러, 오늘 여러분을 위해 우리를 귀찮게 하고 고달프게 하는 불을 완전히 꺼버린 모습을 보여주겠다고 하시면서, 여러 말 할 것 없이 동분서주하는 '그것'을 밖에서 찾지 말고 자기 안에서 찾으라, 그러고는 앉은 채 조용히 눈을 감았다는 것이다. 그때 대사의 나이 일흔한 살이었고 스님이 된 지 마흔세 해째라고 했다.

선인은 미투리를 동여맨 뒤 일어섰다.

"생사가 둘이 아니다. 하나 유전한 것들이 어디 그러하더냐?"

"저는 벽송대사를 뵐 수 있었는데, 물푸레나무 작대기 때문에 못 뵈었습니다."

"물푸레나무 작대기라니?"

선인이 빙긋 웃었다.

"영관스님이라고, 물푸레나무 작대기를 깎고 있다가 저한테 치켜들더니, 이것이 보이냐? 그러고 갑자기 소리를 질러서 그만……."

"허허허! 영관스님이 너를 첫눈에 알아보았구나."

운선선인이 노간주나무 지팡이를 짚고 잠시 평상에 몸을 내려놓았다.

"영관스님이 지엄대사 제자니라. 넌 앞으로 불가에 공헌을 하게 될 게야. 머지않아 아는 사람을 만나게 될 터인즉, 그분이 너를 믿고 따르기도 하겠지만, 너도 그분을 경외하게 될 것이야. 암, 그러구말구……."

"그 사람이 누구이옵니까?"

"지내보면 안다. 사실은 나도 그러고 싶었느니라. 학소대사와 나는 몸뚱이가 같았지. 학소대사가 불(佛)이고 내가 선(仙)인 것만 빼면 그러했는데, 세상의 연이 그만……."

선인이 눈 덮인 앞산을 처연히 바라보고 있다가 평상에서 일어섰다.

"내 얼른 다녀오마."

눈길을 내려가는데 발걸음이 사푼사푼 가벼워 보였다. 쌓인 눈 속으로 미투리가 빠지지도 않았다. 나비처럼 나는 듯 눈 위에 발자국도 남기지 않았다. 풍회는 선인을 동천까지 모셔다 드리고 박달내로 올라왔다.

해와 달이 그림자를 드리우며 나뭇잎이 피고 지기를 한두 차례 이어졌다. 그러던 어느 해, 선인을 따라 선화바위로 내려갔다가 풍회는 산목련이 피어 있는 것을 발견했다. 싱그럽게 피어난 새하얀 꽃잎이 벌어져 그 안에 샛노란 병아리 부리 같은 연분홍 꽃술이 들어 있었다. 저걸 뭐라고 할까. 어둠을 밝히는 촛불이랄까. 향기가 선화바위까지 날아와 마음이 상쾌했다.

향기에 몸을 맡기고 자리에서 일어나 걸었다. 다른 산목련을 찾아 신들린 사람처럼……. 길이 있으면 있어도 좋고 없으면 없어도 좋았다. 맑고 화사한 산목련을 찾아 떠나는 발걸음이 청록색 하늘을 나는 나비와도 같았다. 나비는 방향이 없다. 꽃이 방향일 뿐이다. 풍회의 방향은 산목련이었다.

"숭인장로님이 가서 모시고 오셨대요?"

"각완대사께서도 같이 모시고 오셨나 보더라."

사람 소리가 들렸다. 여기가 어딜까? 주변을 둘러보니, 두 스님이 산길을 내려오고 있었다. 한 사람은 어린 사미로 보였고, 또 한 사람은 나이가 좀 많아 보일 뿐, 별 차이 없는 사미들이었다.

"왜 의신사에 계시지 않고 대승사로 가셨을까요?"

"벽송대사님이 열반에 드셨으니, 좀 쉬려고 그러셨겠지."

"열반에 드신 지 벌써 몇 해 됐잖아요?"

"우리가 큰스님들 마음을 어떻게 알겠니?"

"난 영관대사가 의신사에 와 계셨으면 좋겠어요."

풍회는 고개를 번쩍 들었다. 영관대사? 사미들 입에서 그 양반 이름이 튀어나오자, 까맣게 잊고 있던 괴상한 모습이 머릿속에 떠올랐다. 그놈의 물푸레나무 작대기. 이번에는 쫄리지 말고 야무지게 대거리를 해서 늙은이의 야코를 죽여놔야지…… 집채덩이만 한 바위가 길을 막아 돌아서 가야 하는 길목에 앉아 있다 불쑥 일어섰다.

"말씀 좀 물읍시다."

"아이고 놀래라!"

불쑥 일어선 풍회를 보자, 앞선 사미가 깜짝 놀란 듯 한발 물러섰다.

"지금 영관스님이라고 했소?"

뒤에 좀 슬거워 뵌 스님은 가만히 있고 앞선 사미가 나섰다.

"왜요? 영관대사님을 아시우?"

차가운 얼굴에 딱딱 부러진 말씨였다.

"물푸레나무 작대기가 어디로 왔다구?"

하필 그 대목에서 '물푸레나무 작대기'가 왜 튀어나왔는지 스스로도 몰랐다. 한데 한번 뱉어 공간으로 흩어진 말이라 도로 주워 담을 수 없었다. 차가워 뵌 작은 사미의 얼굴이 붉어지더니 대번 입술이 튀어나왔다.

"물푸레나무 작대기라니? 영관 큰스님을 두고 하는 말이우?"

"아, 아, 그게 아니라……."

변명할 틈도 주지 않았다.

"무슨 말버릇이 그리 못돼 먹었수?"

매몰차게 한마디 하고 그냥 돌아서 버렸다.

"아니, 그게 아니구…… 스님 저……."

뒤도 돌아보지 않았다.

"스님! 스님은 어느 절에 계시우?"

뒤쫓아 가 묻자, 나이가 더 들어 뵌 스님이 돌아섰다.

"할 말 있으면 의신사로 오시오."

그들이 멀어져 버린 뒤 살펴보니 그곳은 대성골이었고, 개울을 타고 골짜기를 한참 올라온 산모퉁이였다. 허, 그놈의 산목련 때문에……

그런 일이 있은 지 얼마 지나지 않았다. 풍회는 저녁을 지어 놓고 선화바위로 선인을 모시러 내려갔다가 뜻밖의 광경을 보았다. 선인께서는 오른쪽 다리를 구부려 왼쪽 무릎 위에 얹고 외발로 서 계셨다. 왼팔은 뻗고 오른팔로 하늘을 가리키며 얼굴을 반듯이 들고 허공을 응시하는 자세였다. 평소 선인께서는 바위 위에 가부좌로 앉아 노간주나무 지팡이를 어깨에 세우고 기를 모으거나 더러 허수아비처럼 먼 산을 바라보면서 기를 모으고 있을 때가 많았다. 그런데 그날은 달랐다.

행공의 자세는 여러 가지가 있다. 그날 선인의 행공은 처음 보는 모습이었다. 자세가 퍽 불안할 터인즉, 전혀 그래 보이지 않았다. 공자가 보았다는, 매미 잡는 꼽추의 자세가 저만큼이나 말뚝을 닮았을까. 겨릅대에 도포를 꿰어 세워놓은 것처럼, 선인은 허수아비보다 더 가벼워 보였다. 사람이 저런 형상에 이르면 몸뚱이가 있으나 마나 한 껍데기일 것이다. 저쯤 되고서도 산 너머 산, 물 건너 물, 바위 틈새에 개미 기어가는 모습을 보지 못한대서야 말도 안 되는 소리일 것이다.

풍회는 선인의 모습에 넋을 놓고 한참 바라보고 있다가 가만 가만 곁으로 다가갔다. 선인이 그것을 모를 리 없었다. 선화바위에 이르기도 전에 벌써 자세를 풀어 바위 위에 앉는데, 예전과는 다른 모습이었다. 목소리가 전에 없이 차갑고 엄숙했다. 저런 목소리는 뭔가를 알려줄 때만 들을 수 있었다.

"그 사람이 여기에 올 날이 머지않았다."

풍회는 어리둥절 선인을 바라보았다.

"그 사람이라니, 누구를 이르옵니까?"

"안주 말뫼말 최 향로님이 계시지 않았느냐?"

"돌아가신 지 여러 해 되었잖습니까?"

"여신이라는 아들 말이다."

"얼굴에 왕기가 서려 있다는 그 아이 말씀이십니까?"

"지금은 아이가 아니다."

그러고 보니 여신이도 이제 나이가 열칠팔은 되었을 것으로 생각되었다. 아홉 살 때인가, 죽은 최 향로 어른의 무덤을 지키고 있던 여막에서 잠깐 보았던 아이의 얼굴이 얼핏 떠올랐다.

풍회는 더 이상 물을 수 없었다. 스승이 두 손을 합쳐 이마 위로 올려 읍을 한 자세로 하늘을 바라보며, 주문 같은 것을 외우기 시작했기 때문이다.

이튿날, 운선선인이 선화바위로 내려간 뒤, 풍회는 영관대사를 찾아갈 생각으로 움막을 나섰다. 내단에 기를 모으면 산을 끌어당기는 힘이 생긴다. 마음으로 산을 확 끌어당겨 몸뚱이를 띄우면 댓 걸음에 대성골로 넘어갈 수 있었다. 오늘 날씨도 좋은데 대사를 만나 멋지게 대거리를 해서 코를 납작하게 만들어놓자. 대거리가 안 되면 거꾸로 물구나무를 서서 방귀라도 뿡뿡 꿰어줘야지…….

풍회는 오금을 오그리고 기를 모았다가 팅기듯 위로 솟구쳐 보았다. 몸뚱이가 소리 없이 치솟아 낙엽처럼 슬며시 내려앉았다. 내공의 힘은 하나도 녹슬지 않았다. 한데 예전의 그 물푸레나무 작대기에 무슨 귀신이 붙었는지, 작대기를 다듬던 영관대사가 왜 아가리를 벌린 범처럼 보였을까.

그것은 어떤 강압의 힘도 아니었다. 물푸레나무 작대기, 도대체 생각조차 못했던 그 작대기에 그토록 주눅이 들 줄이야. 물을 무서워하는 오리도 있다던가. 세상에 물을 무서워하는 오리는 없다. 한데 물을 무서워하는 오리처럼 영관대사의 물푸레나무 작대기에 기가 팍 죽어버렸다. 풍회는 그때 일을 생각하면 허허, 헛웃음이 나왔다.

산목련의 향기, 천지가 아뜩하던 것 같던 날, 산을 내려온 두 스님에게 영관대사의 근황을 묻는다는 게 얼결에 물푸레나무 작대기 소리가 튀어나와 대승사에 계신다고 말한 그 스님이 정말 영관스님이 맞는지 확인조차 못했다. 이제 새삼스럽게 확인하고 자시고 할 것도 없었다. 그냥 올라가 만나면 될 일을 왜 확인하려 했을까?

풍회는 능선을 넘어 대성골로 내려와 대승사로 발걸음을 옮겼다. 한데 발걸음이 무거웠다. 이상하게 맑고 거대한 보이지 않는 무엇이 앞을 막아선 것 같았다. 자꾸 걸음이 뒤로 밀려났다. 빙빙 도는 것도 같았다. 발걸음이 도는지 생각이 도는지 구별이 안 갔다. 술에 취한 사람처럼 한 발 앞으로 내딛으면 뒤로 두어 발 미끄러져 무언가 꺼림칙했다. 이거 되게 겁을 먹었군…….

풍회는 도랑을 건너려다 흐르는 물을 바라보고 돌 위에 앉았다. 바위 사이로 하얀 물거품을 일으키며 콸콸콸, 아래로 내쏟는 물줄기가 거대한 강이 된 듯, 대승사로 가기 싫다는 징조가 그렇게 나타났다. 정말 물푸레나무 작대기에 신이 들렸나……. 관자(管子)가 말하는 심술이 이런 것인가? 작위함이 없이 통제하는……. 영 마음이 내키지 않았다. 내키지 않으면 가지 말자. 풍회는 애써 두려움이 아니라는 핑계를 대고 발길을 돌렸다. 그리고 의신사로 방향을 잡았다.

의신사는 선정을 닦는 고승들만 머문 곳이라 했다. 그래서 반승은 발도 못 붙인다고 했다.

의신사는 굽이쳐 흐르는 화개동 방향으로 틀고앉아 있었다. 그래 보았자 산이 산을 막아 적굴같이 외진 곳이었다. 당우들이 언덕배기를 등지고 움푹진 곳에 자리 잡고 있었는데, 뒤편에는 대나무가 감나무와 함께 숲을 이루고 있었다.

절은 빈집처럼 고즈넉했고, 한낮의 땡볕에 불당 마당의 모래가 하얗게 빛을 내고 있었다. 풍회는 대웅전을 지나 옆으로 돌아갔다. 대숲 밑에 삼성각이 있고 삼성각 옆 공터에, 이십여 척되어 보이는 대나무를 든 두 사람이 장난을 치듯 땅을 짚고 왼발로 걸어 나가면서 대나무를 뒤로 빼 다시 왼발을 들고 찌르는 자세를 반복하고 있었다.

자세히 보니 그들은 장난을 치는 것이 아니라, 딴엔 대나무로 장창 다루는 연습을 해보이고 있었다. 그들이 반복해 연습한 것이 철번간세(鐵翻竿勢)에서 사이빈복세(四夷賓服勢)로 이어지는 적수세(滴水勢)였다.

풍회는 불당 뒤에 몸을 기대고 두 사람이 하는 짓을 한참 동안 바라보았다. 아직 기초이기는 했으나 손놀림과 발놀림이 많이 익숙해 보였다. 하기야 묘향산엔 자환수좌와 같은 스님들이 있고, 구월산에는 법준수좌와 같은 고단의 무예를 연마한 스님들이 있는데, 두류산이라고 기예를 연마하지 말라는 법은 없을 터였다.

곁에서 구경을 하고 있던 스님이 고단(高段)인 듯 자꾸 자세를 고쳐주면서 되풀이해 연습을 시키고 있는데, 자세히 보니 그 두 스님이 전날 대성골에서 만난 사미들이었다.

한 식경 연습을 하고 난 뒤, 그들이 삼성각 뒤편 어디에 죽장창을 놓아둔 곳이 있는 듯 뒤로 돌아가더니 곧 삼성각 계단을 내려왔다. 풍회가 천천히 그들 앞으로 걸어갔다. 그리고 마당가 감나무 밑에 이르러 발걸음을 멈추었다.

"안녕하십니까?"

인사를 했는데, 나이 어린 스님이 풍회의 위아래를 쭉 훑었다. 그의 눈빛이 못마땅했던 이전의 일을 떠올린 듯 차갑게 쏘아보았다.

"또 뭡니까?"

나이가 더 들어 슬거워 뵈던 스님이 작은 사미를 지켜보았다.

"지난번 영관스님……."

"또 물푸레나무 작대기요?"

말이 끝나지도 않았는데 솔개 병아리 채듯 했다.

"그건 제가 사과를…."

"듣기 싫소. 가시오!"

사과를 하겠다는데 등을 보이고 돌아섰다. 쪼그마한 사람 성질머리가 옹심만 타고난 건지 싸늘하게 앵돌아졌다. 풍회는 속으로 껄껄, 웃으면서 장난을 치자는 생각으로 속을 건드려보았다.

"어찌 쪼그만 스님 말씨가 그렇게 장창으로 찌르듯 하오?"

죽장창을 가지고 노는 걸 보았다. 네 실력 다 안다는 아이 마음으로 돌아가 염장을 질러놨더니 작은 사미승이 획 돌아섰다.

"장창을 찌르다니? 하는 말마다 버르장머리가 저리……"

오고 가는 두 사람의 말씨가 매끄럽지 않자, 중재를 하려는 듯 곁에서 보고 있던 슬거워 뵈는 스님이 목소리를 낮추었다.

"영관대사님을 왜 찾소?"

풍회가 정중하게 합장을 해 보였다.

"실은 제가 그분께서 치켜든 물푸레나무 작대기……"

"또 물푸레나무 작대기야?"

작은 사미가 물푸레나무 작대기에 무슨 한이 맺혔는지 격한 반응을 나타냈다. 곁에 스님이 작은 사미의 말을 무시하고 물었다.

"영관대사님을 만난 적이 있소?"

"네, 벽송사에서."

"이봐! 영관대사님이 할 일이 없어 댁네 같은 가납사니를 대하기나 했겠어?"

작은 사미가 대목대목 끼어들었다.

"어디서 오셨습니까?"

"박달내에서 왔습니다."

"박달내에 사람이 산다는 이야기를 못 들었는데?"

"맞아요, 박달내에는 사람이 안 살아요, 사형님."

작은 사미가 슬거워 뵌 스님을 사형이라 불렀다.

"살고 있습니다."

"누가요?"

"제가 거기서 삽니다."

"언제 그리로 오셨소?"

"몇 해 됩니다. 저희 스승님과 같이 살고 있습니다."

큰 사미가 믿기지 않는다는 얼굴로 다시 물었다.

"왜 영관대사님을 뵈려고 하나요?"

"전에 지엄대사님을 뵐까 하고 벽송사로 갔는데 영관스님
이 대뜸 물푸레나무 작대기를 치켜듭디다. 나는 후려 패려는
줄 알았는데 작대기가 보이느냐 묻기에 우스갯소리인 줄 알
고……,"

"이 치가 듣자 듣자 하니, 영관대사가 누구신데 당신 같은 무
지렁이를……,"

"어허! 들어보구 이야기해!"

큰 사미가 작은 사미를 나무랐다.

"그래서요?"

"우스갯소린 줄 알고 그냥 보인다고 그랬지요. 그랬더니 원통전으로 가 절을 하라고 그러기에……."

큰 사미가 말을 자르고 물었다.

"그래, 절을 했소?"

풍회가 고개를 흔들었다.

"아니요, 도망쳤소."

"허허허, 하마터면 머리를 깎일 뻔했군."

머리를 깎일 뻔했다는 말은 스님이 될 뻔했다는 소리였다. 어찌 되었건 영관대사가 화제가 되어 그들과 이야기를 나누게 되었지만, 풍회는 큰 사미나 작은 사미나 그 항아리에 그 뚜껑이어서 시답잖은 이야기를 오래 나누고 싶지 않았다. 그래서 정중한 말씨로 다시 물었다.

"대승사에 영관스님이 계신 것은 확실합니까?"

"이 치가 영관 큰스님을 자기 친구 이름 부르듯 해?"

이거 참! 어떻게 해야 저 조그마한 녀석의 입을 닫게 할 수 있을까? 지금까지 운선선인을 모시고 다니면서 학소대사와 같은 지체 높으신 어른들만 만나, 보고 배운 것이 그것뿐이어서 풍회는 별로 아이 노릇을 해본 적이 없었다. 그래서 오늘 한 번만 저 사미와 똑같은 아이가 되어보자, 그러고는 씩 웃었다.

"어찌 스님 말씨가 대작대기 돌리듯 하는가?"

죽장창을 대작대기라는 말로 바꿔 속을 건드려놓았더니, 대번 눈을 치뜨고 노려보았다.

"짜가사리가 용을 건드린다더니, 재수가 없으려니 내 참……."

작은 사미가 코를 씩씩 불었다. 풍회가 거기에다 기름 한 방울을 똑 떨어뜨렸다.

"호랑이 없는 골엔 들쥐도 왕 노릇 하는 게야. 그것도 창질이라고……."

죽장창을 연마한다고 벌써 그따위로 거만지냐고, 속을 확 뒤집어 놓았더니 대번 땅바닥에 침을 탁 뱉고 쳐다보는데 얼굴이 시뻘개졌다.

"이 치가 정말?"

곧 한 방 날릴 것 같은 기세였다. 풍회는 이거나 먹으라는 듯 뿡! 소리가 나게 방귀를 뀌고 엉덩이를 털털 털면서 손바닥에 기를 모아 위로 쳐들었다. 감나무 잎이 손가락에 닿지도 않았는데, 머리 위로 우수수 떨어졌다. 그것을 보고 놀란 사람은 큰 사미였다. 그가 풍회 앞으로 걸어 나와 정중하게 입을 열었다.

"손님 제 사제가 무례를 범한 것 같소이다."

"아, 아, 아니요. 바람이 불면 나뭇잎은 절로 떨어지는 법이오."

얼굴색 하나 고치지 않고 시침을 뗐다. 작은 사미는 상황을 읽지 못한 듯 어리둥절했고, 큰 사미가 정중히 고개를 숙였다.

"저는 중철굴암에서 각완대사님을 모시고 있는 지행이라 합니다. 영관대사님께서 대승사에 와 계시므로 저희 대사님께서 자주 그곳에 가십니다. 지난번 숭인장로님과 각완대사님을 모시고 대승사에 갔는데, 그곳에 며칠 계시다 오시겠다기에 내려오던 길이었지요. 제 사제가 나이가 어려 무례를 범한 것이니 제가 사과드리겠습니다. 죄송합니다."

"아니요. 뭘 오해하신 것 같은데, 난 아무렇지 않습니다."

"의신사는 제가 오래 살던 절이어서 여기가 저희 집입니다."

"그러세요? 미안하게 됐습니다. 그만 가볼게요."

그러고는 합장을 하고 돌아서려는데 그가 앞을 막았다.

"아까 박달내에서 사신다 하셨지요?"

"아니요. 보시다시피 떠돌아다니는 사람이오."

"죄송합니다만 성함이나 좀 말씀해 주시겠습니까?"

"나 같은 떠꺼머리가 무슨 이름이 있겠소?"

지금까지 못 해본 아이 짓을 해본 것이 엉뚱한 데로 빗나가

버렸다. 풍회는 쑥스러움으로 입을 꾹 다물고 그들과 헤어져 의신사에서 내려왔다.

며칠 뒤 지행이라는 큰 사미가 박달내 움막을 찾아왔다. 그간 무슨 생각을 했는지, 정중한 말씨로 중철굴암으로 올라와 각완대사님께 인사도 드릴 겸 꼭 한번 만나줄 것을 간곡히 요청했다. 하나 의신사에서 경솔했던 생각들이 일어나, 풍회는 고개를 들지 못했다. 그래서 지행이라는 스님에게 차를 달여 대접하면서 그의 요청을 정중히 사양해 보냈다.

하철굴암의 마하수좌

평양 내성의 부벽루에서 학창의 일행을 단죄한 자환 일행은 곧바로 남포로 내려가 강을 건너 패엽사로 들어왔다. 구월산 사사에 관심이 많았던 터라 월출암으로 올라가 사주 학산스님과 법산스님을 만났으나, 학소대사가 살아 계실 때처럼 활기가 넘치지 않았다. 법준이 금강산에서 서찰을 보내와 구월산 사사도 승군으로 조직을 개편하겠다고 하고 있었지만 구체적인 안이 있는 것 같지는 않았다.

자환은 실망스러웠지만 법준과 보다 긴밀한 관계를 가지라 하고는 패엽사를 나섰다. 부벽루 사건으로 비구니 사사를 꼭 양갓집 규수로 위장하는 것만이 능사가 아닌 것 같아 이번에는 신혜를 양민 아낙으로, 자옥과 여윤은 가난한 양인집 두 딸로 위장했다. 자환은 해맑은 그녀들의 얼굴에 검정을 묻히게 한 뒤, 장검을 숨긴 지팡이를 짚고 간격을 두어 일행이 아닌 것처럼 그들의 뒤를 따랐다.

자비령에서 정방산으로 이어지는 고개를 넘을 때였다. 고개 중턱에 이르렀을 때, 우저위 같은 반팔등거리에 홀태바지를 입은 사내 몇 놈이 튀어나와 고갯길 위아래를 막아섰다. 나라 꼴이 망징패조(亡徵敗兆)가 가까운지라, 화적패도 머리에 말뚝벙거지를 쓴 놈이 있는가 하면 낡아빠진 털벌립에 노감투를 쓴 놈도 있었다. 한데 환도를 든 놈은 서넛이고 태반이 죽창이나 몽둥이를 들고 있었다.

그들은 신혜 일행이 이고 진 보퉁이 속에 귀금속이라도 든 줄 알고 길을 막아선 것 같았다. 사실 보퉁이 속에는 그녀들의 옷 말고는 아무것도 없었다. 보아하니 녹림패(綠林牌)가 아니라, 먹고살기 어려워 죽기 아니면 살기로 작대기를 들고 나선 좀도둑에 불과했다. 그대로 가만 놔두어도 신혜 일행에게 혼쭐이 날 게 뻔했다.

위에서 길을 막아선 놈이 환도를 들이대며 보퉁이를 내려놓으라고 을러댔다. 신혜가 보퉁이를 내려놓고 자옥이 여윤과 엇갈려 위치를 바꾸어서 죽창을 꼬나잡은 길 아랫놈들을 대적해 돌아섰다. 그들 모두가 환도를 꼬나쥔 길 위엣놈을 주적으로 노리는 눈속임의 전술이 여간 아니었다.

"하하하……!"

얼굴에 검정이 묻은 시골 아낙들이 대적하겠다고 나서니, 도적패들도 우스운지 껄껄 소리를 내어 웃었다.

"오래 살다 보니 또랑새우 뭣 하는 꼴을 본다더니, 녹림패 십 년에 계집이 칼 뽑아드는 걸 다 보게 됐……."

채 말이 끝나기도 전이었다. 윽! 하더니 호기를 부리던 사내가 뒤로 기우뚱 물러서면서 오른쪽 팔뚝을 바라보았다. 팔뚝에 벌써 표창이 꽂혀 있었다. 여윤이 틈을 주지 않고 다시 표창을 뽑아 다음 놈을 겨냥하고 있었고, 자옥이 그들 사이로 들어가 현각허이세(懸脚虛餌勢)의 권술을 펼쳐 죽사발이 되기 직전이었다.

여윤과 등을 돌리고 선 신혜는 말뚝벙거지를 쓴 자가 찌르고 들어오는 죽창 끝을 낚아채면서 공중을 날듯 몸을 날려 두 놈을 발로 차 쓰러뜨리고 바위 위에 사뿐히 내려섰다. 그때 자환이 느린 걸음으로 한판 벌어진 싸움판으로 올라왔다.

"허허허, 지금 뭣들 하는 건가?"

하는 꼴들이 하도 어설퍼 웃음부터 웃었다.

"망둥이가 뛰니 빗자루도 뛴다고 화적질을 처음 해보는구면?"

바로 그때였다. 누군가 위에서 '스님!' 하고 자환을 불렀다.

"이 난리에 스님이라니?"

그 바람에 피아의 공격이 멎었다. 자환을 부른 사람은 다른 사람이 아니라 여윤의 표창을 맞고 피를 흘리던 자였다. 저고리를 찢어 상처를 동여맨 그자가 자환 앞으로 내려와 무릎을 꿇었다.

"허, 이 사람 말똥이 아냐?"

"네, 맞습니다."

"자넨 전에 중령산에서 놀았잖나?"

예전에 중령산 패거리에 끼어 구월산 사사와 연락을 주고받던 놈이었다. 중령산은 신천 북쪽을 막아선 산으로 거기서 천사산 자락을 돌아 색장현을 넘으면 문화현에 이른다.

"역병이 창궐해서요. 건지산으로 이주를 하는 바람에 그곳을 떠났습지요."

"녹림당도 역병은 무서워하는구먼?"

"스님은 지금 어디에 계십니까?"

"나 묘향산에 있네."

"그래서 통 보이지 않았군요? 그런데 저 여인들이 누굽니까?"

"묘향산 내가 머물고 있는 절 신도님들이야."

사내가 신혜 일행을 바라보았다.

"어쩐지, 스님이 계신 절 신도님들이라 다르군요."

"허허허, 그러니 화적질도 사람을 잘 골라야 혀."

자환이 짊어지고 있는 바랑 속에서 불그스름한 가루약을 꺼내 말똥이 상처에 뿌려주었다.

"무슨 약이옵니까?"

"신선도전약이란 걸세. 곧 아물 게야."

그러고는 엽전 한 꾸러미를 꺼내 손에 쥐어주자, 그들은 납작 엎드려 연방 고개를 조아렸다.

"다음부턴 가난한 백성들 재물은 털지 말게."

"예, 예, 알겠습니다."

상처를 입은 자의 등을 토닥거려 주고 고개를 넘었다.

일행은 상산령을 넘어 계유산 자락을 돌아 장수산으로 향했다. 장수산이 코앞인데다 전국의 사사 현황을 환히 내다보는 법현수좌를 만나면 더 많은 이야기를 들을 수 있을 것 같았기 때문이다.

자환 일행은 장수산의 묘음사에서 며칠 묵고 다시 길을 나섰다.

"순행길에 여주를 꼭 들러보시게. 축령이 그곳 신륵사의 주지로 있네."

축령은 예전 묘음사 사사 행동대장이었다. 법현수좌는 여주가 뱃길로 치면 한양의 관문이나 다를 바 없으니, 세상 돌아가는 정보도 더 많이 얻을 것이라는 말까지 덧붙였다.

자환은 알겠다고 대답은 했지만, 여주에 들르지 못하고 곧장 남원으로 내려왔다. 상추밭에 똥 싼 년도 핑계가 있다는데, 운봉 주막거리에 이르자 왈짜패들이 신혜의 미모에 앞을 가로막고 목 짧은 강아지 겻섬 넘겨다보듯 했다. 자환은 부벽루 사건도 있고 하여 실상사로 가려던 길을 바꾸었다. 왈짜패들을 따돌리고 주천으로 돌아 화개동 신흥사에 이르렀다. 신흥사에서 마하스님을 물어보니 하철굴암에 계신다는 것이었다.

신흥사에서 오른쪽 계곡을 타고 한참 올라가니 의신사가 있었다. 하철굴암은 거기서 산모퉁이를 돌아 더 올라가야 했다. 커다란 바위 곁에 자리를 잡은 암자는 그리 크지 않았다. 동천 상류로 널찍한 주변을 높고 가파른 산들이 둘러싸 감추어져 있는 곳이었다.

자환은 하철굴암 안으로 들어섰다.

"객승 문안이오!"

안은 조용했다. 사람이 왔음을 알려놓고 암자 주변을 둘러보니, 들리느니 물소리요 나뭇잎 흔드는 바람소리뿐이었다.

한참 있다가 안에서 나이 어린 사미가 나왔다.

"안으로 들어오시지요."

안내를 해주는 방으로 들어서면서 앞을 쳐다보니, 하늘 푸름이 바람이 되어 산의 푸름을 훑고 가는데, 건너편 산자락의 나뭇잎들을 들추어 산의 속살을 보여주었다. 마치 여인의 치맛자락을 들춰 속곳을 보여주는 것처럼.

"마하스님 계십니까?"

"스님께서는 돼지 잡을 계획을 세우러 가셨는데, 오실 때 되었습니다."

능담스님 이야기가 떠올랐으나 자환은 모른 척 물었다.

"돼지 잡을 계획이라니?"

사미가 한참을 쳐다보더니 도리어 이쪽에 대고 물었다.

"하철굴암이 처음이십니까?"

"그렇소만…"

"그러시면 조금만 기다리십시오."

그로부터 마하가 돌아온 것은 해가 설핏해서였다.

"묘향산에서 날 찾아왔다구?"

누군가 미리 통을 넣은 듯, 몸뚱이가 멧돼지처럼 고만고만한 두 사람이 마루 위로 올라섰다. 방 안으로 들어선 두 사람 다 기골이 장대했다. 그들이 자환 일행을 쭉 훑어보다가 신혜 일행이 윗목에서 일어서는 것을 보고 너스레를 떨었다.

"저 아리따운 보살님들이 날 찾아왔을 리 없겠고, 소승을 찾아온 자가 누군가?"

"납니다."

자환이 아랫목에서 합장을 하고 일어섰다.

"오! 수좌께서 날 찾아오셨군."

절집 예의로 인사가 오가고 서로 얼굴을 마주치는데, 피차 처음 보는 얼굴이었다. 마하는 얼굴과 목이 구별 없는 사람이었다. 고개를 쳐들 적에 턱 같은 살점이 조금 튀어나와, 저게 턱이구나 하는 생각이 들게 할 뿐 멧돼지와 흡사한 사나이였다. 이마가 튀어나오고 긴 눈썹의 털이 귀까지 뻗쳤다. 턱과 코 밑에도 검은 털이 쭈뼛쭈뼛했다. 어깨와 팔뚝에 근육이 붙어 팔이 반쯤 들려 보였고, 떡 벌어진 옷깃 사이로 앞가슴의 검은 털이 밖을 내다보았다. 멧돼지라는 말을 누가 지어 붙인 것이 아니라 생김새가 멧돼지와 흡사한 사람이었다. 그와 함께 들어선 스님 역시 나이만 좀 적어 보일 뿐 멧돼지와 엇비슷했다.

야성의 전형 같은 그들과 신혜, 자옥, 여윤까지 절집 예의를 갖춘 뒤 함께 자리해 앉았다.

"존함은 익히 들었으나 뵙기는 처음입니다. 자환이라고 합니다."

"자환?"

그가 눈을 치뜨고 자환을 바라보았다.

"구월산 사사 봉삼이란 말이오?"

자환의 사사 이름을 알고 있었다.

"그렇소."

"허허, 반갑소이다. 내가 바로 두류산 도솔이오."

무쇠 같은 손을 내밀어 자환의 손을 덥석 잡았다. 도솔은 그의 사사 이름이었다.

"묘향산에서 활동하신다더니?"

"거기서 내려온 길입니다."

"거기 능담이 내 도반이오."

"이야기 들었습니다."

그가 고개를 끄덕였다.

"우리가 같은 과업을 함께 하자는 사람들인데, 그런데……."

무슨 말을 이어가려다 윗목에 앉아 있는 신혜 일행을 쭉 훑고 나서 물었다.

"저 보살님들은 뉘시오?"

"안심사 비구니 사사들이오."

마하가 뜻밖이라는 듯 눈을 둥그렇게 떴다.

"아니, 비구니 사사가 저렇게 생겼소?"

그녀들이 머리를 기른 연유를 묻는 듯했다. 자환이 차례차례 소개를 해주면서 내력을 이야기해 주니 고개를 끄덕였다.

"비구니 스님들이 저리 머리를 기르시니 그 뜻이 어디에 있는지 알 만하오. 암, 큰일 치르자면 잔꾀도 좀 부려야 할 거야."

"안심사 비구니 사사와 동행한 것은 여성 사사의 효용성을 눈으로 직접 확인하려 함이었소."

"그래, 어떻습디까?"

"자리를 함께한 비구니 스님들이 들으면 자화자찬한다 하겠소만, 결과는 성공이었소."

"어허허허……."

마하는 사심 없이 웃었고, 자환은 그녀들이 예상 밖의 용맹과 주도면밀함을 보여주었음을 말해 주었다. 애초 우려와는 달리 비구니 사사 양성이 결과적으로 성공이라 할 수 있었고, 작전을 어떻게 세우느냐에 따라 그 역할이 매우 다양하고 클 것으로 기대된다는 이야기도 곁들였다. 여러 방면에 크게 기여할 소지가 많음을 이번 순행에서 보았다는, 하나하나 근거를 들어 비구니 사사 양성의 필요성을 설명해 주니 알았다고 고개를 끄덕였다.

"아 참! 인사 올리게."

깜박 잊었다는 듯 마하가 함께 들어온, 산적 같은 자를 자환에게 소개했다.

"마광수좌라고 내 사제되는 스님이오."

"그렇습니까? 사사 이름이 어떻게 됩니까?"

"도맹이라고 합니다."

"힘든 과업인데, 노고가 많소이다."

"노고는 무슨 노고이겠습니까? 자환스님을 뵈오니 힘이 절로 솟습니다."

마하와는 달리 그는 치레의 말도 할 줄 알았다.

상견례가 끝나고 마하가 원주 소임자를 들라 해 방사를 배정하는데, 신혜의 일행을 가리키며 시원스레 입을 열었다.

"저 보살님들은 머리만 길렀을 뿐 묘향산 비구니 스님들이오. 우리와 똑같은 사사분들이니 큰방 하나를 내어드리시오. 당분간 여기에 계실 터이니……."

그리고 자환을 돌아보았다.

"스님은 마루 건너 윗방을 쓰시오. 아무래도 할 이야기가 많을 테니 나와 가까이 있는 것이 좋겠소."

"그러지요."

그래서 자환 일행은 하철굴암에 잠시 머물게 되었다.

멧돼지 사냥

마하가 두류산 사사를 어떤 방식으로 훈련시키며 사사를 어떻게 양성해 나가는지 관심이 컸다. 그래서 사사 훈련 방식을 물었더니 대뜸 멧돼지 이야기를 꺼냈다.

"멧돼지라는 놈은 낮에 잡기보다 밤에 잡아야 제맛이오. 이놈들은 야행성이라 밤이 곧 대낮입니다. 우리에게 밤은 눈을 감고 있는 거나 한가진데, 요놈들은 냄새를 맡는 재주가 사람 몇 백 배나 되고, 소리를 듣는 것 또한 그렇소이다. 소리와 냄새에 관한 한 가히 귀신이라 할 만하지요."

"왜 그렇습니까?"

"산천과 완전히 하나가 되어버렸지요."

사사 훈련 이야기로는 동문서답 같았다.

"그래서요?"

"그거 말로는 설명이 잘 안 됩니다. 그렇지 않아도 천기를 보니, 오늘 밤 바람이 멎고 안개가 내릴 것 같아 멧돼지 보듬어 오는 훈련을 하려던 참인데, 같이 한번 나가 보십시다."

"그러니까, 산에 돌아다니는 멧돼지를 그냥 보듬어 온다 그 말이오?"

마하가 대답 대신 허허허, 소리를 내어 웃었다.

"아니, 그게 훈련이란 말이오?"

"백문이 불여일견이라, 함께 나가 시험을 해봐야 압니다."

하철굴암에서 나지막한 산모퉁이를 돌아 올라가니 길이 두 갈래로 나누어졌다. 왼쪽으로 내려가 내를 건너 위로 오르면 내당재에 이르고, 오른쪽으로 올라가면 길이 다시 두 갈래로 나누어지는데, 오른쪽 길은 벽소령으로 이어지고, 계곡을 타고 왼편으로 올라가면 두류산에서 가장 오지라는 삼태골에 이른 다는 설명이었다.

길이 네 갈래로 나누어지는 지점이 삼정골이라는 곳인데, 주변이 꽤 넓고 평평한 것이 두류산에서는 보기 드문 평지였다. 내당재로 올라가는 길 위편에 넓은 공터가 있었는데, 바닥이 다져지고 잡초가 자라지 못한 것을 보니, 야외 훈련장인 듯싶었다. 양지쪽 개울가 숲속에는 귀틀집과 돌담을 쌓아 숨겨 지은 숙소들이 여기저기 널려 있었다. 그런 숙소들이 바위틈마다 수를 헤아릴 수 없이 나무에 가려져 있었다.

숙소는 숨어 있고, 볕이 잘 드는 양지바른 땅에 화전을 일구어 콩, 옥수수, 수수, 율무, 서속 따위의 밭작물이 자라고 있었다. 거기에다 벽소령과 삼태골에서 많은 물이 흘러 내려와 분지 아래편에 다랑논을 개간해 벼도 함께 자라고 있었다. 이것을 일러 일일부작 일일불식(一日不作一日不食)이라 했던가. 백장청규(百丈淸規)가 조선조에 두류산 부도들의 터전에서 행해지고 있었다.

마하의 이야기에 의하면, 조선왕조가 아래로는 나눔이 없어지고 유생들의 권력투쟁으로 사회가 피폐해, 신분만 심화되어 양반은 하늘이요, 백성은 모감지 훑어간 벼 이삭과 같은 존재라고 했다. 거기에 연년이 흉년이 들어 느는 것이 유민이요, 골짜기마다 화적떼가 득실거리니, 삼정골 평평한 땅에 그 옛날 당나라 선림(禪林)에서 행했던 백장청규를 실현하고 있다는 것이었다.

"밝은 덕을 더 밝게 밝혀 백성들을 새롭고 가까이하여, 더없이 착한 곳에 이르게 한다는 것이 유가의 목표 아니겠소. 허허참! 말이야 그럴듯하지. 내려가면서 살펴보시오. 조선에 어디 그런 데가 있는가?"

"그래서 삼정골에서는 백장청규를 한다 그 말이오?"

"허허허, 그러하다기보다는……."

마하가 껄껄 웃었다.

삼정골이 두류산 교통 요지라 했다. 벽소령으로 올라가면 경상·전라 각 지역으로 내려가는 길이 열려 있다고 했다. 지리적으로 두류산 사사의 거점으로 딱 골라 선택된 지역임을 길게 설명했다.

해가 떨어지기 전에 저녁을 먹고 자환은 마하를 따라 삼정골로 올라갔다.

"내일은 모두 배에 기름칠을 하게 될 것이오."

마하가 고갯짓으로 사사들을 가리키며 웃었다.

"기름칠이라뇨?"

"우리 아이들 먹는 것이 문자로는 초근목피지만 사실은 토끼풀 아니오?"

"그거야 당연하지. 솔 푸른 골짜기가 수행자들 사는 곳이고 보니, 배고프면 초근목피요, 목마르면 유수라. 오래전부터 그래 오지 않았소?"

"우리는 군대요. 잠시 수행의 대열에서 비켜선 승군이란 말이오. 조선왕조를 뒤엎을……."

"허허, 말조심을 하지 않구……?"

"이미 죽기로 작정한 몸인데 말조심을 아니하면 어떡하겠소?"

마하의 표정이 매우 능글맞아 보였는데, 전의의 다른 표출 같기도 했다.

"힘을 쓰자면 뱃가죽에 기름칠도 해두어야 합니다."

두류산 사사의 기본 훈련이 멧돼지 사냥으로, 해시(亥時)가 되면 멧돼지라는 놈들이 냄새를 풍긴다는 것이다. 산속의 맑음이란 냄새로 이루어져 있다는 것. 사실 냄새 없는 냄새가 바로 산속의 싱그러움이란 것이다. 멧돼지들이 냄새 없는 냄새의 맑음에다 제 냄새를 훅훅 풍긴다는 것인데, 우리 인간은 그 냄새를 맡지 못하지만 멧돼지란 놈들은 자기들 냄새를 금방 맡고 한곳으로 모이게 된다는 것이다.

"이놈들이 모이면 무얼 하겠소? 우선 출출한 뱃속부터 채우자, 그러고는 군데군데 개간해 심어놓은 삼정골 감자밭을 뒤지는데, 한바탕 뒤지고 지나가면 제놈들 뱃속은 채워져 든든할지 모르나, 감자밭에 남는 게 뭐겠소?"

그래서 멧돼지 사냥이 시작되었다는 것이다.

"그놈들 후각이 가히 건달바(乾闥婆, 향기만 먹고 사는 신) 수준이라. 인간의 후각은 거기 따라갈 깜냥이 안 되오. 하나 체력도 단련해야 하고, 숨어서 적을 살피며 잠행을 하다 사로잡고 공격도 해야 하는 것이 사사의 훈련이라 할진대, 산 채로 멧돼지 잡는 일을 하다 보니, 그 성과가 저절로 나타납디다."

"듣자 하니, 크게 보면 진나라 때 장의의 전술이라 할 만합니다만, 화살 하나로 두 마리 새를 떨어뜨린 장손성의 재주와 비견하겠다니, 너무 앞서가는 것 아니오?"

자환이 과장된 이야기라고 고개를 갸우뚱하자 마하가 말을 받았다.

"멧돼지란 놈이 워낙 맹수이다 보니 위험이 따르지 않는 것은 아니나, 사사의 입장에서 멧돼지를 산 채로 사로잡으니 불살생 계율을 범할 일이 없소이다. 거기에 훈련을 겸하니, 어찌 화살 하나로 수리 두 마리를 떨어뜨린다 하지 않겠소?"

참 희한한 논리이기는 했으나 아니라고 잡아뗄 수도 없었다. 멧돼지를 잡되 활로 쏘고 창으로 찌르는 것이 아니고, 산 채로 잡는 것이므로, 사사 훈련으로는 맞춤이라고 했다. 하나 그에 못지않게 조심해야 할 것이 놈들의 이빨이라고 했다. 채식을 한다는 점에서 사사와 다를 것이 없지만, 멧돼지라는 놈은 워낙 힘이 세기 때문에 자칫 잘못했다가는 큰 부상을 입는다는 것이다.

"이빨이 워낙 날카롭고 나발대의 힘이 땅에 묻힌 바위도 파뒤집어 굴릴 만큼 힘을 가진 놈들이라, 만일 입에 물려 도리질을 당하는 날이면 목숨을 잃을 수도 있지요."

그래서 훈련에 임하기 전에, 냄새가 나지 않게 잿물로 깨끗이 옷을 빨아 숲속에서 말린 누더기를 입고 목욕재계를 한 다음, 해시 무렵 사사들이 감자밭 주변에 누워 뒹굴면서 멧돼지가 나타나기를 기다린다는 것이다.

"멧돼지라는 놈들은 가시덤불을 헤치고 다니는 놈들이라 눈은 일찍이 장님이 되어버렸지요. 코만 심향(尋香) 수준이어서, 사람 냄새가 아지랑이만큼만 기미가 있어도 냅다 달아나 버리니 아주 조심해야 합니다. 그래서 감자밭 주변에 돌멩이처럼 뒹굴다. 놈들이 나타나면 슬그머니 껴안고 넘어지면서 팔로 목덜미를 죄고 뒷발목 사이에 다리를 끼워 넣어 뻗대면, 제놈이 항우장사인들 용빼는 재주가 있겠소?"

"그렇게 해서 멧돼지를 산 채로 잡는단 말이오?"

"자, 이거 보시우."

마하가 팔을 걷어붙이고 흔들어 보였다. 팔뚝 근육이 무쇠처럼 울퉁불퉁했다. 아닌 게 아니라 그의 겨드랑에 끼이면 멧돼지는 물론이려니와 호랑이인들 빠져나갈 것 같지 않았다.

"마하수좌야 그렇다 칩시다. 하나 두류산 사사가 다 장골은 아닐 터, 그들이 모두 겨드랑이로 멧돼지 목을 끼어 잡을 수 있겠소?"

마하가 고개를 흔들었다.

"물론 그럴 만한 완력을 다 갖추지는 못했지요. 그래서 서너 사람씩 조를 이루었소. 그리고 필수 장비로 칡껍질로 꼰 밧줄과 망치처럼 가운데 자루가 달려 위아래가 날카로운 무기를 지니게 했지요. 먼저 밧줄로 나발대를 묶고 뒷발모갱이 묶는 요령을 가르치고 있소. 그래도 피치 못할 사태에 이르면, 멧돼지가 벌린 입 안에 자루 달린 단도를 세워서 밀어 넣어 제 힘에 나발대의 위아래에 구멍이 뚫리게 훈련을 시키고 있소."

사사의 훈련치고는 특이하다기보다 색다르다고 해야 할 것 같았다. 전쟁을 하자면 활로 쏘거나 창으로 찌르고 칼을 휘둘러 제압하는 것이므로, 필연적으로 인명의 살상이 뒤따르는 법인데, 육탄으로 공격해 상대방을 제압할 수 있다면 그 이상 더 좋은 일이 없겠지만, 그렇다고 전쟁이 씨름판은 아니지 않는가. 자환은 마하의 말에 반신반의하면서 그의 뒤를 따랐다.

신혜를 포함한 자환의 일행이 내당재로 올라가는 길 위편 공터에 이르렀다. 그날 밤 멧돼지 사냥이 있을 것이란 지시가 하달되었음인지 누더기를 걸친 수십 명의 사사들이 운집해 있었다.

마하가 운집해 있는 사사들 앞으로 나섰다.

"자, 주목들 하시오! 오늘 여러분께 소개해 드릴 분이 오셨습니다."

그러고는 자환을 곁에 세웠다.

"여기 계신 분은 묘향산에서 오신 봉삼사사로, 법명은 자환 스님이십니다. 봉삼사사께서는 학소대사님 제자로, 묘향산에 서 사사의 조직과 훈련을 맡아 관서지방의 조직을 이끌고 계십 니다. 그리고 오늘 밤 여러분의 훈련 상황을 직접 참관하시고 많은 조언을 해주실 분입니다. 자, 그럼 우리 다 같이 '석장가풍 사자상승'을 외쳐 합장배례로 환영합시다."

거기에 모인 모든 사사들이 합장을 하고 고개를 숙였다. 곧 마하가 선창을 뽑았다.

"석장가풍!"

"사자상승!"

"석장가풍!"

"사자상승!"

합창소리가 우렁찼다. 이어 신혜, 자옥, 여윤이 묘향산 비구 니 사사로 묘희, 묘조, 묘원으로 소개되었고, 예정된 멧돼지 보 듬어 오기 훈련에 들어갔다.

서쪽 산허리에 걸린 해가 자취를 감추자 그 많은 사사들이 모래밭에 물 스미듯 숲속 어디론지 소리 소문 없이 흩어졌다. 삼정골은 언제 그런 일이 있었느냐는 듯 곧 정적 속에 잠겨들 었다.

두류산 각완선사

두류산 사사의 기초훈련으로 채택된 '멧돼지 보듬어 오기'의 성과는 기대했던 것만큼 크지 못했다. 제 몸뚱이만큼 큰 산돼지를 산 채로 보듬어 온 사람은 마하와 마굉뿐이었고, 그 외에 조를 짠 몇 사람이 돼지를 잡아왔는데, 한 조는 주둥이와 다리를 묶어 들고 왔고, 한 조는 목에 칼자국이 나 죽은 돼지를 떠메고 왔다. 멧돼지 보듬어 오는 훈련이 쉽지 않다는 것을 포획물이 입증해 준 셈이었다. 그래도 마하는 흡족한 얼굴이었다.

"자환스님, 오늘은 기름칠이나 합시다."

검고 거친 수염을 손바닥으로 쓱 문지르면서 껄껄 웃었다. '토끼풀'만 먹고 사는 사사가 체력을 단련해 앞으로 군사조직으로 개편해 나가려면 잡아 온 멧돼지로 영양을 보충해서 몸을 튼튼히 해두자는 이야기였다.

"자환수좌, 기름칠하기에 앞서 훈련 결과를 보고해 올려야 할 어른이 계십니다."

자환은 짚이는 것이 있었지만 딴전을 부렸다.

"보고할 어른이라니요?"

"사주 스님이십니다."

그러면 그렇지…… 자환이 고개를 끄덕였다. 누구보다도 먼저 만나보아야 할 사람이 두류산 사주였기 때문이다.

"중철굴암에 도봉 각완선사님이 계십니다. 먼저 문안을 드렸어야 했는데, 어젯밤 훈련 일정이 잡혀 오늘로 미뤄두었소."

마하가 사사 훈련 총책이라면, 사주는 총사령관이다. 사주 스님을 만나 그의 의중이 어떠한지, 따로 세워놓은 계획이 있는지 알아봐야 했다. 사사를 강력한 승군으로 개편해 유가의 왕권을 개혁할 의지가 있는지 알아보는 것이 두류산 행보의 숨은 뜻이었다. 또 자환은 시간을 내 두류산에 와 있을 것으로 추정되는 운선선인과 풍회의 행방을 수소문해 볼 생각이었다.

중철굴암은 하철굴암에서 그리 멀지 않은 곳에 있었다. 계곡을 타고 오르다 능선을 넘어 양지바른 비탈에 암자가 자리잡고 있었다. 마하를 따라 암자 안으로 들어서자 툇마루 건너편 방에서 시자로 보이는 수좌가 뛰어나왔다.

"어서 오십시오, 스님."

"큰스님께서는 계시는가?"

시자인 듯한 스님이 마루로 올라서서 하철굴암 마하스님이 오셨다는 전갈을 넣자, 방 안에서 들어오라는 소리가 났다. 시자의 안내로 마하를 따라 자환 일행은 안으로 들어섰다. 방 안에는 아무것도 없었고, 작은 통나무 탁자 앞에 건장한 노승 한 분이 걸레 같은 누더기 속에 파묻혀 앉아 있었다. 그는 호피 모자를 쓰고 있었는데, 눈빛이 유난히 반짝거렸다. 일행이 큰절을 하자 반배로 인사를 받고, 마하의 얼굴을 쳐다보았다.

마하가 자환의 일행을 소개했다. 눈빛을 반짝이던 대사가 자환에게 묘향산 사사 근황에 대해 소상히 묻고, 학소대사에 관해 이야기를 했다. 조선에서 학소대사만큼 승가의 권익을 위해 애쓰신 분은 안 계실 터인즉, 너무 일찍 열반에 드셔서 참으로 안타깝다는 이야기를 되풀이하면서 아쉬워했다.

마하가 신혜 일행을 가리키면서 안심사 비구니 사사라고 소개하자, 신혜와 자옥, 여윤의 이름을 하나하나 묻고 '애쓴다'는 말을 하고는, 비구니 사사에 대한 내용을 소상히 물어왔다. 자환과 신혜가 거기에 대해 설명을 해드리자, 고개를 끄덕이며 열심히들 한다는 칭찬을 반복해 치하해 주었다.

이번에는 마하가 어젯밤 멧돼지 안아 오기 훈련을 해 세 마리는 산 채로, 한 마리는 죽여서 가져왔다는 보고를 했다. 한데 대사는 멧돼지를 죽였다는 것에 단호한 태도를 보였다.

"늘 하는 얘기다만 생명이란 소중한 것이다. 왜 소중하냐? 온 누리가 허공이지만 보이지 않는 상태로 얽혀 있기 때문에 그러느니라. 어젯밤 너희들이 잡아 온 산돼지나, 우리 목숨이나, 나뭇잎을 갉아 먹는 벌레의 목숨이나, 눈에 보이지 않는 아주 작은 미물에 이르기까지, 우리 모두는 하나의 환경에 하나로 얽혀 있기 때문이다. 환경을 우주라 하여도 될 터인즉, 산돼지를 산 채로 안아 온다 하는 것은 사사를 훈련시키기 위한 방편으로 그리할 수 있다 하겠으나, 어떤 일이 있어도 산 생명을 죽여서는 안 된다. 모든 생명이 왕성하게 활동하는 여름철에, 우리가 안거에 들어 발걸음 하나 띄어 옮기는 것조차 조심해야 하는 터에, 산 생명을 죽이는 것은 사문으로서 해서는 용서받을 수 없는 짓이니라. 보듬어 온 돼지는 곧바로 방면해 주고, 죽은 돼지는 양지쪽에 묻어주도록 하라. 알겠느냐?"

준엄하게 타일렀다. 마하는 고슴도치 가시 같은 눈썹 밑의 찢어진 눈을 내리깔고 있을 뿐 고개조차 들지 못했다. 생각건대 배에 기름칠은 헛일이 된 것 같았다.

"마하수좌한테 물어볼 말이 있는데, 저 아래 박달내에 웬 선인 한 분이 와 계신다고 하더구나. 알고 있느냐?"

각완대사의 물음에 고개를 먼저 쳐든 사람은 마하가 아니라 자환이었다. 자환은 숨을 죽이고 다음 이야기를 기다렸다.

"처음 듣는 이야기옵니다."

대사가 고개를 좌우로 흔들면서 말을 이었다.

"그 선인 제자 되는 이가 더러 의신사에 올라온다더구나. 대승사 큰스님(영관스님)을 만나 뵈었다고 하더라는데, 네가 한번 내려가 사정을 알아보도록 해라."

"예, 곧 내려가 뵙고 말씀 여쭙겠습니다."

자환은 각완대사가 말한 선인이 운선자가 틀림없다고 생각했다. 그렇다면 제자는 풍회임에 의심의 여지가 없었다.

이야기가 끝나 일행이 차를 한 잔씩 마시고 대사께 인사를 드린 뒤 밖으로 나왔다. 대사의 시자가 기다리고 있다가 따라 나와 물었다.

"큰스님께서 박달내 선인 말씀 하시지요?"

마하가 고개를 끄덕였다.

"제가 신선이라는 그분 제자를 본 적이 있어요."

"아니, 지행이 네가 박달내 선인을 보았다 그 말이냐?"

"선인을 본 건 아니구요, 떠꺼머리총각을 의신사에서 마주쳤어요."

떠꺼머리총각이라면 풍회가 틀림없다고 자환은 생각했다.

"그래서?"

"딱 한 번 손바닥을 공중에 올렸는데 감나무 잎이 우수수 떨어졌어요."

"잎을 때리면 그거야 떨어지지?"

"아니에요. 잎에 손도 닿지 않았어요."

"뭐야?"

"잎이 손에 닿지도 않았는데 우수수……."

말이 채 끝나지 않았는데 마하가 퉁부터 놓았다.

"지행수좌도 거짓말을 하나?"

"아니에요. 명준이도 봤어요."

"총각이 어떻게 생겼습디까?"

이번에는 자환이 나섰다.

"머리를 길게 땋고 푸른 옷을 입고 있었어요."

"그래서 어떻게 했나요?"

"비가 오던 날, 한번 찾아가 봤지요."

"어디…… 박달내를 가봤단 말이냐?"

마하가 물었다.

"네."

"그래서?"

"친절히 대해 주었어요. 사는 형편이 이렇다고 하면서 움막
으로 들어오라고 해 인사를 했지요. 그리고 저희 중철굴암으
로 와서 각완대사님께 인사도 드리고 말씀을 나누었으면 좋겠

다고 했더니, 웃으면서 고개를 흔들데요."

"뭐라고 고개를 흔듭디까?"

자환이 물었다.

"자기는 불도를 닦는 사람이 아니라고 하대요. 각완대사와 같은 대선객이 계신 암자에 발을 디뎌놓을 자격이 없는 사람이라고 하면서, 산야초와 같은 하찮은 사람이 큰스님 계신 데 가까이 가면, 그것이 대선객의 산문을 더럽히는 일이 된다고 하면서 사양하데요."

"별 웃기는 놈이 있긴 있는 모양이군⋯⋯."

마하가 관심 없다는 듯 내뱉었다.

"그래, 선인이라는 노인은 못 보았다 그 말이지요?"

자환의 물음에 지행이 대답했다.

"비가 오니 스승님을 모시러 가야 한다면서 저더러 빨리 올라가라고 해서 그냥 올라왔지요."

"박달내에 기인이 한 분 있긴 있는 모양입니다. 스님?"

신혜가 시자 스님 이야기를 듣고 관심을 보였다.

"시자 스님이 이야기한 분은 기인이 아닙니다. 내가 어렸을 적부터 잘 아는 분인데, 학소대사님과도 친분이 각별한, 선도를 닦는 내단의 대가들이지요. 제가 알기로는 조선의 도가들 중에 그만한 체상과 능력을 가진 분은 없을 것으로 압니다."

하나 마하는 귀를 열려 하지 않았다.

"기인이라는 게 잡술에나 능한 사람들이지, 뭐 별거 있겠어?"

자환이 고개를 맹렬히 흔들었다.

"아니요. 그분들도 우리와 똑같이 정주학에 밀려 산속으로 숨어든 사람들입니다. 인연이 닿으면 힘을 합치는 것이 우리에겐 도움이 될 것이오. 선인의 제자 풍회라는 젊은이는 모든 무예를 열심히 연마해. 그를 따를 만한 고수는 두류산 안에 없을 겝니다."

자환의 그 말이 마하의 속살을 꼬집었다. 산돼지를 산 채로 보듬어 오는 천하장사를 앞에 놔두고 대적할 고수가 없다니, 마하는 자존심이 상해 자환이 같잖게 말을 과장하고 있다고 생각했다.

"혹 회초리를 몽둥이라 한 것 아니오?"

"그렇지 않습니다."

자환이 또 고개를 흔들었다.

"박달내가 어디쯤 있소?"

자환이 지행이라는 사미에게 물었다.

"여기서 별로 멀지 않습니다."

"그러면 나랑 한번 찾아가 주시겠소?"

"네, 그렇게 해드릴게요."

자환은 시자 스님과 약속을 하고 하철굴암으로 내려왔다. 중철굴암에서 속살이 꼬집힌 마하는 영 마음이 개운치 않은지 풍회 이야기를 꺼냈다.

"그 총각놈을 삼정골로 불러올려야겠소."

"불러올려 뭘 하려고구요?"

"팔모가지를 획 비틀어 무예가 뭔지 보여줘야겠어."

"불러올린다고 올 아이도 아닙니다만, 거 몽둥이 같은 스님 팔목 부러지지 않게 조심이나 하시오."

"이제 보니, 묘향산 사사 무예통솔교수사가 저 위 중철굴암 지행이보다 풍이 쎄구먼."

자환은 거기에 대답하지 않았다. 한참을 잠잠히 기다려 분위기가 가라앉자 마하의 얼굴을 쏘듯이 쳐다보았다.

"내 이야긴데, 그 총각이나 우리가 다 같이 현 시대의 고난을 함께 받고 있소. 그 총각에게 그럴 만한 명분을 주어 삼정골 무술교수사로 초빙하면, 두류산 사사의 무예가 호랑이에게 날개를 단 격이 될 것이오. 그 방안이나 한번 강구해 보시오."

흥! 소리는 안 했지만 "뭐 무술교수……." 혼자 중얼거리며 고개를 외로 틀면서 히쭉 웃었다. 멧돼지를 산 채로 보듬어 오는 괴력의 사나이인 마하는 되레 자환이까지 얕잡아 보았다.

"두류산 사사의 무예를 장난으로 생각하시오?"

"내 말이 틀렸다면 사과하겠소. 하나 그 총각을 저버리지는 마시오. 우리가 말은 쉽게 하고 있으나, 그 총각이 응할지 안 할지 그건 나도 모르는 일이오. 어찌 됐건 그 총각은 어려서부터 운선자라는 방외선인에게 많은 비술을 전수받았고, 사이갱생술(死而更生術)은 아닐지라도, 치병술(治病術) 한두 개쯤은 가지고 있을 터인즉, 허투루 생각하지 마시오."

"내 그 아이를 불러올려 시험을 해보고 내 말이 틀렸다면 자환수좌 말씀대로 두류산 사사 무예교수사로 모시리다."

마하가 말은 그렇게 했지만, 속으로 콧방귀를 뀌고 있었다.

운선선인은 사라지고

초여름 장마가 줄기차게 빗줄기를 뿌린 오후였다. 아침 일찍 선화바위로 내려간 선인이 돌아오지 않아 풍회는 선인을 모시러 가기 위해 커다란 오동나무 잎사귀를 머리 위에 받치고 움막을 나섰다.

숲길을 내려오자 추적추적 내리던 빗줄기가 가늘어지면서 주변을 에워싼 산자락에 안개가 덮이기 시작했다. 안개는 산 위에서 아래로 내려오고 있었고, 안개에 쫓기듯 속보로 선화바위에 이르렀다. 오전 내내 비가 얼마나 내렸는지, 삼신봉 골짜기에서 거센 물줄기가 뽀얀 물안개를 일으키며 폭포처럼 쏟아져 내렸다.

맞은편 벼랑에서 건너다보니 통통 튀는 물보라가 선화바위 주변까지 넘쳐흘렀다. 거센 물줄기가 우렛소리처럼 지축을 흔드는데, 박달내가 온통 물안개와 물소리에 휩싸였다.

"스승님!"

벼랑 위로 올라가 선화바위에 대고 소리쳐 불렀다.

"스승님!"

직격직폭으로 튀는 물소리에 목소리가 파묻혀 들리지도 않았다.

"스승님!"

산천의 아갈잡이(입을 틀어막는 일)라는 것이 이런 것일까. 성난 폭포수 앞에서 사람의 목소리는 쓸모가 없는 것이 되어버렸다. 그처럼 맑고 온순한 물이 바위에 부딪쳐 성을 내니 저리 무섭고 겁대가리 없는 괴물로 돌변하는구나. 풍회는 사람의 목소리가 성난 냇물 앞에서는 참으로 불요하다는 것을 깨달았다.

풍회는 계곡 왼쪽 높다란 바위로 올라갔다. 단에 기를 모아 몸을 날려 선화바위로 사뿐히 내려섰다. 물이 넘실거리는 바위 위에 선인의 옷이 놓여 있었다. 옛날 원객이라는 선인이 매미가 허물을 벗듯 날개를 달고 하늘로 날아올랐다 하거니와, 선인께서는 바지, 저고리, 속옷, 도포까지 벗어 곱게 개켜 그 위에 두건까지 올려놓고 자취를 감췄다.

그때까지도 풍회는 선화라는 생각을 못했다. 비가 사뭇 내리니 선도를 하신 분이라 옷을 벗고 내단을 수련할 것이라는 생각으로 주변을 살폈다. 선인께서는 더위나 추위가 없는 분으로, 얼음을 깨고 들어앉아 있기도 하고, 삼굿(삼베를 찌는 구덩이) 속에 들어가 앉아 있는 비술까지 지니신 분이었다. 한데 이까짓 비 좀 뿌린 것이 무슨 대수이겠는가. 비가 세차게 내리니 그림자처럼 형상을 바꿔 다른 모습으로 몸을 숨기고 계실 것으로 생각했다. 그래서 다시 한 번 목소리를 가다듬어 불러보았다.

"스승님!"

여전히 대답이 없다. 풍회는 계곡 아래로 내려가 차근차근 주변을 살펴보면서 올라왔다. 비를 피할 만한 바위구멍이나 나무밑둥치까지 다 뒤지면서 선화바위 주변을 샅샅이 살폈다. 선인은 여전히 흔적조차 없었다. 내단으로 이형술(異形術)에 들어가 그림자까지 지우고 계시면, 눈을 앞세운 다섯 가지 감각으로는 포착하기 어렵다는 것은 풍회도 잘 알고 있었다.

아뿔사! 순간 전광석화처럼 스쳐 지나가는 무엇이 있었다. 선인께서 벗어 개켜놓은 도포 곁에 미투리가 있었다. 비가 온다 하여 미투리까지 벗어야 할 까닭이 어디 있는가? 벗어놓은 미투리가 있는 것은 선인이 이형술로 선화바위 위에 있다 함이었다.

정신이 번쩍 든 풍회는 다시 선화바위로 내려왔다. 바위를 두드리고 더듬어 보아도 바위로 이형(異形)된 흔적이 없었다.

스승께서 옷과 신발을 벗고, 의관까지 벗었다 함은 신성을 뜻했다. 이것은 선화다! 스승께서는 선화하셨구나!

풍회는 선화바위 위에 무릎을 꿇었다. 선화하신 스승의 사대(四大, 지수화풍으로 이뤄진 육신)를 찾는다는 것이 부질없는 짓임을 깨닫고 비에 젖은 스승의 의관을 두 손으로 받들어 가슴에 안았다. 그리고 눈을 감았다.

선화. 시공도 없고 고통도 없고 방향도 없는, 문 없는 문으로 들어가 우주의 본체 속에 노닐며, 해와 달과 함께 빛을 비추어 오직 하늘과 땅과 함께하는 이것이 선화 아니던가.

스승께서는 왜 비가 내리는 날 선화하셨을까? 선인 모영자처럼, 푸른 휘장을 치고 흰 양탄자 위에서 친지들을 불러 잔치를 베풀고, 꽃으로 수놓은 가마에 올라 오색으로 수놓은 하늘로 오른다고는 못할지라도, 하필 비가 오는 날 선화를 하시다니….

풍회는 울먹이면서 하늘을 쳐다보았다. 스승님, 안개 가득한 박달내 하늘로 학을 타고 오르셨습니까? 물보라를 일으키며 박달내로 올라온 하얀 용을 타고 삼신봉 안개 속으로 오르셨습니까? 스승님께서는 말씀하셨습니다. 마단이란 신선은 회오리바람을 일으켜 바람 속으로 들어가 날아갔고, 도안공은 빗속의 붉은 용을 타고 동남쪽으로 내려갔고, 고운선생은 학을 타고 천공으로 오르셨나니, 내단이 곧 선경(仙境)이라 하셨습니다. 내단은 내 안에 있는 것이라 하셨는데, 저를 선화바위 위에 홀로 세워두고 왜 혼자 떠나셨습니까?

풍회는 눈시울이 뜨거워지며 눈물이 주르르 흘렀다. 하얀 명주베가 다발로 풀려 끝없이 펼쳐져 펄럭이듯, 성난 폭발음으로 흐르는 박달내의 물보라만 바라보고 섰다가 발걸음을 옮겼다.

한데 선인이 선화바위에 흔적을 남겨놓았다. 그 흔적이 기묘하기 짝이 없었다. 얼핏 보면 '전최품령(全崔禀令)'이라 쓴 것처럼 보였는데, 자세히 보면 '전최품령'이 아니었다. '온전 전(全)' 자는 사람 인(人)이 아닌 들 입(入) 밑에 임금 왕(王) 자를 넣지만, 바위에 새겨진 글자는 사람 인 밑에 임금 왕 자를 넣어 엄밀한 의미에서 전(全) 자가 아니었다. '높을 최(崔)'의 경우도 마찬가지였다. 뫼 산(山) 밑에 맡길 임(任) 자를 넣어 획이 부족한 글자가 되어 최(崔) 자가 아니었다. '여쭐 품(禀)'의 경우는 더욱 오묘했다. 돌아올 회(回) 위에 있어야 할 돼지머리(亠)가 없었고, 돌아올 회 밑에 한 일(一) 자가 양쪽으로 삐져 나가게 그어 그 밑에 자가사리 수염처럼 여덟 팔(八) 자를 달고, 그 안에 하늘 천(天) 자를 숨겨 넣었다. 맨 끝 '하여금 령(令)' 자는 사람 인(人) 밑에 입 구(口) 자를 동그라미처럼 그려 넣고, 그 밑에 점 주(丶) 자를 오이처럼 세로로 매달아 놓아 무슨 자인지 알 수 없게 해놓았다. 풍회는 뜻은 고사하고 도대체 글자조차 감이 잡히지 않았다.

한데 선인께서 흔적으로 남긴 글자가 차츰 슬픔으로 바뀌면서 참았던 울음이 통곡으로 바뀌었다. 네 살 때 운선선인을 만나 손을 잡고 따라다녔고, 이후로 선인은 풍회를 길러준 어버이이자 스승이었다. 빈 절간을 찾아 헤매며 지금까지 어려움과 즐거움을 함께해 왔다. 어려울 때는 그처럼 부드럽고 인자할 수 없었지만, 가르침을 줄 때는 그처럼 엄격하고 그처럼 자상할 수 없었다. 때로는 이웃집 할아버지 같기도 했고, 친구가 되어 응석을 받아주며 높은 산과 바위틈을 찾아 은거하면서 떠돌았다.

스승님, 바위 위에 새긴 글자가 무슨 뜻이옵니까? 여신이 여기에 올 날이 머지않았다 하셨는데, 여신이 이 글의 뜻을 깨우쳐 우리에게 길을 열어줄 분이옵니까? 왕기가 서려 있다는 최향로의 아들 여신이 이리로 와 무릉도원을 만들고, 왕업을 이룰 것이라는 말씀이옵니까? 스승님, 왜 말이 없사옵니까……?

풍회는 날이 저물도록 선화바위에 엎드려 흐느끼다 자정이 되어 움막으로 올라왔다.

이튿날은 비가 개어 안개가 높은 산봉우리를 타고 올라가 초가을 건들장마처럼 햇빛이 비쳤다. 풍회는 잿물을 풀어 선인의 옷을 깨끗이 빨아 양지쪽에 장대를 걸치고 구겨지지 않게 널었다.

옷이 다 마르면 정성을 들여 다려 죽는 날까지 보관할 참이었다.

"어! 여기서 보겠구먼?"

말소리에 뒤를 돌아봤더니 뜻밖에 자환수좌가 서 있었다.

"빨래를 하고 있었나?"

"아니, 자환스님 아니세요?"

"옷을 널고 자환 앞으로 다가갔다.

"그 먼 묘향산에서 여기를 어떻게 알고……?"

"왜 내가 못 올 데를 왔나?"

그러고 보니 얼마 전 움막을 다녀간, 중철굴암 각완대사를 모시고 있다는 지행이라는 사미가 자환수좌 뒤에 서 있었다. 움막 안은 꽉 막혀 답답할 것 같아 풍회는 평상으로 그들을 안내했다. 자환수좌가 평상 위로 올라와 풍회의 손을 꼭 잡으면서 반가워했다.

"인사 올리겠습니다."

풍회가 자리에서 일어서자 아냐, 아냐, 그러면서 어깨를 붙잡고 보는 것이 인사라면서 만류했다. 지행이라는 사미가 평상으로 올라와 자환과 거리를 두고 앉았다.

"얼마 만인가?"

"묘향산에서 뵙고 처음인 것 같습니다."

"그렇군……."

자환이 손가락을 꼽아보더니 벌써 여러 해 지났다고 대답했다.

"묘향산에 있을 때 자주 들러주지 못해 자네가 떠난 뒤 얼마나 섭섭했는지 남몰래 눈물만 흘렸네. 자네는 고사하고 운선선인께 인사가 아니었구나 하는 생각이 들어 몸 둘 바를 몰랐지. 그래 선인께서도 평안하신가?"

풍회는 스승님의 안부에 뭐라 대답할 말이 없어서 그냥 "네!"라고 대답하고 고개를 숙였다. 이틀만 빨리 왔더라도 선인을 만나 뵐 수 있었을 텐데 한발 늦었다는 생각이 더욱 마음을 아프게 했다. 풍회는 맺혀 오는 눈물을 보여주지 않으려고 고개를 돌렸다. 자환이 그 모습을 눈치 못 챌 사람이 아니었다.

"갑자기 왜 그래……?"

자환이 풍회의 얼굴을 유심히 들여다보았다.

"자네 지금 우는 겐가?"

"아닙니다, 스님."

"아니긴 뭐가 아니야?"

눈물을 보이지 않으려 해도 소용없었다.

"저희 스승님께서는 선화하셨습니다."

"선화하시다니? 아니, 그 소리가 뭔가?"

자환이 가까이 다가앉았다.

"선화라면……?"

풍회도 어떻게 대답해야 할지 몰랐다. 선화가 적송자나 영봉자처럼 하늘로 날아올랐거나, 성스러운 다른 모습으로 몸을 바꿨다 해도 운선선인을 다시 뵐 수 없는 것만은 자명한 사실이었다. 그래서 풍회는 슬픔을 삼키고 낮은 목소리로 대답했다.

"고운 최치원 선생께서는 바위 위에서 학을 타고 하늘로 올라가셨지만 저희 스승님은 동천에서 올라오는 백룡을 타고 삼신봉 너머 안개 속으로 들어가셨습니다."

"아니, 언제 그랬단 말이야?"

"어제 오후였지요."

"허어, 저런……!"

자환은 뭔가 골똘히 생각하는 듯하더니 긴 한숨을 내쉬었다. 잠시 침묵이 흘렀다.

"나는 또 스승님 한 분의 은혜를 저버렸군!"

자환이 자책하는 넋두리에 풍회가 자리에서 일어섰다.

"스님, 잠깐 앉아 계세요. 차를 내올게요."

"차는 무슨 차……."

자환의 말이 떨어지기 전에, 풍회가 부엌으로 들어가 숯을 집어넣어 불을 일군 화로와 다구를 들고 평상으로 나왔다.

"또 그 영지차로구먼?"

"네, 이 차가 웬만한 산삼보다 낫습니다."

평상 한쪽에 말없이 앉아 있던 지행이 풍회의 차 끓이는 것을 도와, 영지에 삽주 뿌리를 넣어 달인 차를 나누어 마셨다. 차를 한 잔 마시고 난 자환이 마음을 차분히 가라앉힌 듯 이야기를 꺼냈다.

"어쨌든 선인께서는 우리와 함께 계셨으나, 나하고는 흐름이 달라서 또 다른 세계를 내왕하셨음인즉, 성선을 하셨다 함은 왕자교가 후씨산에서 흰 학을 타고 다닌 것과 한가지일 게고, 소사가 봉황을 타고 하늘로 오름과도 한가지일 것이야. 또 선인께서는 독자처럼 성품이 신령하셔서 신선의 세계로 가셨으니 경하해야 할 일이로되, 하나 어지신 모습을 다시 뵐 수 없음이 이리 허전한데, 풍회의 마음이야 오죽하겠는가?"

위안의 말을 길게 늘어놓았다.

"하나 우리도 열심히 마음을 닦고 심산유곡에서 수도하면서 선업을 쌓아 선인의 뒤를 따르자 함이 앞으로의 과제일 것이야."

자환의 그 말에 아무도 대답하는 사람이 없었다. 자환이 다시 풍회를 건너다보면서 물었다.

"어떤가? 내 이야기가 그른 소린가?"

"아닙니다. 백번 옳은 말씀입니다."

그렇건만 마지못해 나온 대답 같았다.

"자, 자, 풍회. 차 한 잔 마시고 내 얼굴 좀 보게."

자환이 풍회의 잔에 차를 따르자 풍회가 손바닥으로 마른 얼굴을 씻은 뒤 자환을 쳐다보았다.

"저 위 삼정골 하철굴암에 마하라 하는 스님이 계시지. 그 스님께서 두류산 사사의 훈련을 맡고 계시는데, 자네가 여기 박달내에 있다는 말을 듣고 그 스님께 내가 자네의 이야기를 해 드렸네."

자환이 화제를 다른 데로 바꾸었다.

"저야 스님네들 사사와는 관계가 없지 않습니까?"

풍회가 대답했다.

"아닐세. 관계가 없으면 관계를 맺어야 하고, 또 힘을 합쳐야 될 것이야. 조선왕조에 들어와 소격서가 폐지되면서, 도가도 불가와 똑같이 고난의 길을 함께 걸어왔네. 풍회 자네도 우리 사사의 깊은 뜻을 알고 있다면, 그렇게 생각을 해서는 안 될 것이야. 더구나 선화하신 운선선인과 구월산 학소대사님과의 관계를 자네도 잘 알지 않은가?"

"저야 무슨 힘이 되겠습니까?"

"허허, 무슨 소리⋯⋯. 가까운 시일 안에 짬을 내 하철굴암 마하스님과 함께 각완대사님을 찾아뵙고 이야기를 나눠보게."

"스님께서는 그럼 이곳을 떠나실 생각이십니까?"

풍회가 물었다.

"나야 묘향산에 일이 있고, 구월산에도 일이 있지 않은가? 자네를 만나보았으니 내일쯤 가야산으로 해서 오대산을 거쳐 금강산에 들렀다가 다시 평안도로 갈 생각이야."

"오시자마자 또 떠나시는군요?"

"글쎄, 일이 그렇게 되었으니 어떡하겠나?"

"법준스님은 구월산에 계십니까?"

"아니야, 지금 금강산에 가 있네. 그렇지 않아도 법준스님이 자네 이야기를 많이 하더구먼. 한번 만나보고 싶은데 통 만날 수가 없다고."

"이번에 금강산에 들르시면 안부나 전해 주십시오."

"암, 그렇게 하고말고."

"저는 또 몸을 기댈 언덕도 없군요."

"훗날 좋은 세상 만들어 함께 지내도록 하세."

자환이 풍회의 어깨에 손을 얹어 토닥토닥 두드렸다.

떠나지 못하는 이유

그사이 여신의 삶은 곡절이 많았다. 나이 아홉에 어머니가 돌아가셨고, 이듬해 봄 최 향로마저 영면에 들었다. 최 향로가 죽고 여막에서 눈물로 나날을 보내고 있는데 하루는 안주목사 이사증이 포교를 보내와 여신을 관아로 불렀다. 그러고는 "예전부터 네 재주를 익히 들어왔다. 이제부터 너는 내 아들이다." 하고 등을 토닥여 주었다. 그리고 얼마 후 내직으로 발령이 나, 그는 여신을 한양으로 데리고 올라와 성균관 유생들 명단에 이름을 올려주었다.

그때 여신의 나이 열두 살, 환경이 달라진 성균관에서 공부에는 별로 힘을 기울이지 않고 벗들과 노는 일에 바빴다. 그 뒤 이사증이 다시 외직으로 나가는 바람에, 여신은 의탁할 곳 없는 처지가 되었다. 그러던 어느 날, 다시 유윤덕이란 사람이 여신을 찾아왔다. 종2품 벼슬에 올랐으나 학사 신분으로 있다는 사람이었다. 그는 승정원 도승지를 거쳐 황해도 관찰사를 지내고 한양으로 돌아온 터였다.

"날 알겠느냐?"

여신은 고개를 흔들며 모르겠다고 대답했다.

"난 너의 선친과 아주 가까운 사이였다. 이제 나와 같이 가자꾸나."

학사가 여신의 손을 잡고 흥인문 밖으로 나가 오래된 버드나무가 서 있는 모래언덕을 가리키며 말했다.

"저곳이 네 아버지가 살던 집터였느니라."

그 뒤 학사는 그곳에 학당을 세웠고, 대여섯 명의 제자들을 모아 글을 가르쳤다. 여신은 그때부터 그곳에 머물며 글공부를 하게 되었다.

그런데 유윤덕이 다시 관찰사가 되어 호남으로 떠나게 되었다. 평소 보살핌이 각별했던 스승인지라, 동학들이 스승을 따라 남쪽으로 내려가자고 논의가 모아졌다.

함께 가기로 했던 동학 중 이언경은 그 사이 생원시에 급제해 제외되었고, 여신은 광통방 예문관 대교의 아들 이걸과 청홍도 갑부의 둘째 아들 조병헌, 반궁에서 사귄 유점권과 일행이 되었다. 네 사람은 한 스승 밑에서 공부를 계속하겠다는 뜻을 모아 전주부로 내려갔다.

그런데 관찰사로 부임한 지 몇 달 되지도 않았는데, 유윤덕이 불귀의 객이 되어 다시는 돌아올 수 없는 길을 가고 말았다. 졸지에 상을 당한 스승의 가족들은 한양으로 올라갔고, 여신을 비롯한 동학들도 한양으로 올라가야 할 상황이었다.

이제 겨우 열예닐곱, 여신을 제외하면 인생의 상실감을 뼈아프게 경험하지 못한 동학들은 울연한 심정으로 머리를 맞댔으나 눈물만 앵두처럼 뚝뚝 흘렸다. 겨우 답답함을 진정시킨 이걸이 입을 열었다.

"천 리를 멀다 않고 스승을 따라 왔건만 이런 생날벼락이……."

그들은 이후를 의논했다. 기왕지사 여기까지 왔으니 명승지를 돌아보고 마음을 가라앉힌 뒤 한양으로 돌아가자고 뜻을 모았다. 그래서 일행은 구례현으로 내려왔다.

첫날은 화엄동에서 보냈다. 화엄사는 규모가 대단히 큰 사찰이었고, 주변 대숲에서 푸른빛이 뿜어져 나왔다. 다른 사원과 달리 각황전을 중심으로 전각이 배치되어 있었다. 여신이 보기에 금당과 탑전이 유난히 쓸쓸했다.

스승을 잃은 슬픔이 담긴 시 한 수를 읊고, 연기암으로 올랐다. 천축국 승려 연기조사가 창건했다는 암자는 노고단에서 내려온 산자락이 좌우를 휘감고, 능선 하나가 타고 내려오다 부채를 펴든 듯이 우뚝 서버린 모습이었다. 푸른 노송들이 늘어선 비탈에 관음전이 엉겨 붙듯 매달려 있었다. 바다에서 걸어 나왔다는 건너편 오산 이쪽의 들녘은 햇살을 받은 섬진강이 굽이쳐 흐르고, 주변을 둘러싼 차아한 산들이 청초하게 내려다보였다.

"스승님은 돌아가셨으나 산은 숨을 쉬는구나."

이걸이 한숨을 내쉬었다.

"이 골짜기에 지옥이 있었다 하더이."

"그 무슨 개뿔 빠진 소린가?"

"송나라 인종황제가 총애한 왕비가 죽었더라네. 자꾸 꿈에 나타나, 소첩은 고려국 남쪽 화엄동 골짜기 지옥에 떨어졌습니다. 바라옵건대 이곳에 사찰을 세워 명복을 빌어주소서. 그래서 이 골짜기에 극륜사를 지어 명복을 빌어주었다는 거 아닌가."

"당찮은 소리! 천제께서 천상에 감춰둔 산자락 하나를 뚝 떼어 여기에 옮겨놓았거늘 지옥이라니? 송황제 그자가 두류산 같은 장엄한 산이 제 나라엔 없으니 시샘이 나 하는 소리겠지."

주승의 배려로 일행은 법당 왼편에 숨은 듯 자리한 일맥당에서 머물렀다.

하룻밤을 연기암에서 보내고, 산을 내려와 연곡동으로 향했다. 연곡의 깊은 계곡을 오르내리며 사흘을 보낸 뒤 당재고개를 넘어 범왕에 이르렀다. 계곡의 맑은 물이 바위를 미끄럼 타 떨어지고, 바위 틈새에 뿌리를 박은 소나무의 푸르름이 어찌 신선들 놀이터라 하지 않으랴. 발길 닿는 곳마다 장엄한 산기운이 서리지 않은 곳이 없었다.

일행은 능선을 따라 칠불동으로 올랐다. 칠불암에서 다시 삼신동으로 내려왔다. 칠불, 의신 두 동천의 물이 합수를 이루는 지점에 큰 내가 만들어져 섬진나루로 흘러내렸다. 홍류교에서 건너다보이는, 신흥사 앞을 휘감은 능선의 모습이 마치 목이 긴 사슴이 고개를 늘여 동천의 물을 마시는 형국이었다.

홍류교를 건너 신흥사에 이르니, 흐르는 물에 삼신동 선경이 그림자로 일렁거렸다. 소나무, 바위, 하늘, 구름까지 물결에 잠겨 흐트러지고 모아지는 모습이 살아 숨을 쉬는 것 같았다.

숨을 쉬는 산과 냇물을 보노라니 울울한 시름이 안개 걷히듯 흩어져 산과 물이 하나가 된 기분이었다. 여신은 정녕코 고운 최치원 선생이 이곳에 들어와 세속의 잡설로 더렵혀진 귀를 씻었다는 말이 헛말이 아니구나 싶은 생각을 했다.

신흥사에서 하루를 묵은 일행은 여인의 치마 속처럼 감춰진 선유동을 돌아본 뒤 의신동으로 올라갔다. 의신사는 동천 윗자락에 떠 있듯 우뚝해 보이는 산자락에 자리를 잡고 있었다.

규모가 큰 여러 채의 양지쪽 당우 뒤에 대나무숲이 펼쳐져 있고, 감나무가 듬성듬성 함께 자라고 있었다. 텃밭이 일구어져 열무, 상추, 쑥갓, 고소들이 자라는 것으로 보아 대중 또한 단출하지 않은 듯했다.

의신사는 세속을 완전히 등진 곳으로 고승들이 많이 머문 곳이라 했다. 그들은 일단 그곳에 여장을 풀었다. 여러 날 머물면서 두류산 비경을 찾아다니느라 가을 가는 줄 몰랐다. 그러던 어느 날, 여신 일행은 우연히 박달내로 발길을 하게 되었다.

사람이 다닌 흔적조차 없는 가파른 능선을 돌아 안으로 들어서니 산자락이 병풍처럼 둘러싼 분지를 흐르는 개울 위에 초막 하나가 자리 잡고 있었다. 초막에는 사람이 없고, 담벼락에 줄줄이 엮인 삽주 뿌리와 영지버섯만 대롱거렸다.

언제나 그랬듯 이걸이 앞장섰다.

"이리 오너라!"

한양 생각이 났음인지 초막 앞에서 양반 냄새를 피웠다.

"허, 이 사람. 여기가 광통방 이 대교 와가인 줄 아는가?"

이걸의 뒤꼭지에 대고 조병헌이 말했다.

"어헛! 이리 오너라!"

목소리는 산울림으로 되돌아왔다.

"차라리 구름을 부르게."

초막은 이미 두류와 하나가 된 듯 말이 없었다.

"산이 껄껄 웃는다. 듣느니 바위요, 듣느니 나무로다. 나무가 대답을 한들 알기를 하겠는가, 산이 대답을 한들 들을 수 있겠는가? 두류의 유람이 반년이건만 광통방 샌님의 때를 씻지 못했으니 풍류가 허사로다."

조병헌이 사설처럼 읊어댔고, 말수가 적은 유점권이 여신과 뒤에 떨어져 걸으면서 턱짓으로 초막을 가리켰다.

"저 집이 신선의 거처 아니겠나?"

"신선이야 하늘이 집이라면 반석이 뜰일 것이요. 바위 꼭대기가 자리일 터. 집이 초막이면 어떻고, 와가인들 어떠하리? 거짓말을 한다면 정녕코 우리의 눈일 것이니, 참으로 볼 줄 아는 눈을 가졌으면 보일 것이고, 그런 눈을 갖지 못했다면 보지 못할 것인데, 자네나 나나 그것을 걱정해야 하지 않겠는가?"

여신의 말이었다.

"허허, 이 사람이 오늘 득도를 했구먼?"

산의 성성(聖性)함뿐인 단천골에 세속의 냄새로 왁작거리는 소리에 오십여 장 떨어진 산자락, 느티나무 아래에서 까마귀가 두 마리 날아올랐다. 뒤를 이어 들꿩들이 푸드득 소리를 내며 날아오르더니, 멧비둘기들이 그 뒤를 따랐다.

연이어 산새들이 날아오른 느티나무 가까이 올라가니, 통나무 의자에 상체를 꼿꼿이 세운 젊은이가 미륵반가사유상처럼 앉아 있었다. 하늘을 나는 산새, 산속을 기는 산짐승, 그 모두가 모여 젊은이와 대화라도 하듯 의자 곁에 앉아 있던 사슴 두 마리가 달아났다. 뒤를 이어 토끼, 오소리, 들쥐, 다람쥐들이 뿔뿔이 숲속으로 흩어졌다.

"이자가 신선인가? 도술을 부린 게 분명하렷다."

앞서가던 이걸이 짚고 다닌 꾸지뽕나무 작대기를 들고 가까이 다가가자, 통나무 의자 아래 똬리를 틀고 있던, 팔뚝만 한 살모사 두 마리가 긴 혓바닥을 널름거리며 천천히 자리를 떴다. 그 서슬에 움칫 놀란 이걸이 멈춰 섰는데, 뒤따라온 병헌은 수풀 사이로 사라진 살모사를 보지 못한 듯 통나무 의자 위의 젊은이를 가리켰다.

"사람이려 하니 목두(木頭)도 같고 목두려니 하니 망석중도 같으이."

머리를 길게 땋아 뒤로 내려뜨렸고, 옷은 청색 도포였으나 이리 깁고 저리 깁고 기운 데를 또 기운 걸레쪼가리를 입은 젊은이가 눈을 감고 꼼짝도 하지 않았다.

"여보게, 이자가 숨이나 쉬는지 살펴보게."

살모사에 놀란 이걸이 풀숲을 살피면서 주변에 흐르는 이상한 냉기에 꼭 다문 입을 간신히 열었다.

"내가 보니 이자는 사람이 아니라 허깨비일세."

통나무 의자 주변에 꿩, 멧비둘기, 사슴, 토끼, 오소리, 다람쥐들이 모여 있다가 달아난 것도 예사가 아니거니와 팔목만 한 살모사라니⋯⋯. 이걸은 살모사가 젊은이를 지켜주는 신령 같다는 생각이 들어 더는 입이 열리지 않았다. 병헌은 젊은이를 산속에 살며 약초나 캐는 녀석으로 알고 한발 앞으로 다가갔다.

주변 산짐승들이 다 흩어진 뒤에도 젊은이는 눈도 뜨지 않았고, 돌부처처럼 꼼짝하지 않았다. 병헌이 뒤를 돌아보니 점권이 십여 걸음 뒤떨어져 올라오고 있었다.

"이봐 점권이, 여신이 어디 있나?"

"여신이는 왜 찾나? 여신이는 득도를 했네."

"옳거니, 득도를 한 사람이 와야 말꼬가 트이겠어."

젊은이가 눈을 뜬 것은 여신이란 이름이 나오고 나서였다. '여기 오실 날이 머지않았다.' 선인의 목소리가 귓가에 쟁쟁했다. 풍회는 그제야 주변을 살펴보았다. 복건을 쓰고 쾌자를 입으면 아직도 글방도령이라 부를 만한 앳된 얼굴들이었다. 두 젊은이 뒤에 조금 거리를 두고 두 사내가 올라오고 있는데, 맨 뒤의 얼굴이 낯이 익었다.

풍회는 자리에서 일어나 여신에게로 다가갔다. 두 사람의 시선이 마주치자 더 놀란 쪽은 여신이었다.

"아니, 풍회 도령님……!"

여신이 그 자리에 우뚝 서버렸다.

"여기서 이렇게 만나 뵙게 되다니?"

풍회가 두 손을 머리 위로 올려 도교식 인사를 하고 나서 여신의 손을 잡았다. 여신은 반가움이 아니라 놀라움에서 깨어나지 못했다.

"제가 여기에 들어와 있으니, 이렇게 만나게 된 거지요."

"운선선인께서도 같이 계시옵니까?"

여신의 물음에 풍회는 대답을 않고 여신의 손을 이끌었다.

"내려가십시다."

두 사람이 앞서 초막으로 내려갔다. 점권과 이걸, 조병헌은 영문을 모른 채 그들을 따라 개울 위 초막으로 내려왔다.

"선비님, 인사드리겠습니다."

풍회가 평상에 올라앉은 여신에게 도교의 예로 절을 하려 하자 여신도 같이 일어서서 맞절을 했다. 서로 인사가 끝나고, 어리둥절해 있는 동학들을 여신이 하나하나 소개해 평상으로 올라와 자리를 같이했다.

"우리가 마지막 만난 것이 저희 아버님 산소 여막이었지요?"

"네, 그렇습니다."

여신은 이 만남이 꿈인지 현실인지 분간 못한 얼굴이었다. 반가움을 누르고 목소리를 낮춰 물었다.

"선인께서는 어디 계십니까? 인사 올려야죠."

풍회가 한참 있다가 대답했다.

"선화하셨습니다."

여신이 멀뚱한 눈으로 풍회를 바라보았다.

"선화라 하면……?"

뒷말을 흐렸다.

"득선이지요. 득선을 하면 만나 뵐 수 없습니다."

여신은 그 말을 알아듣고 퍽 참담한 얼굴로 생각에 잠겨 있다가 풍회가 걸치고 있는 옷을 유심히 바라보았다. 옷은 남루했으나 깨끗하게 빤 누더기의 실밥이 바람에 흔들리는 것도 그렇거니와, 이마에 맑은 윤기가 흘렀다.

"선자님이 선계에 노신다는 말씀을 들었습니다."

여신은 풍회를 선자님으로 고쳐 불렀다.

"누가 그런 말을 하던가요?"

"의신사에서 들었습니다."

풍회가 고개를 저었다.

"당치 않은 말씀입니다. 선계라 하면 선화하신 저희 스승님께서 그리하셨다 하겠으나, 저는 두류산에서 나무 자라는 것이나 보면서 소일하는 한낱 초부에 불과합니다."

"겸양의 말씀으로 듣겠습니다. 그것보다도 저의 선친과 친교가 계신 운선선인님을 뵙지 못하게 되어 가슴이 아립니다."

풍회는 그 말에 대답하지 않았다.

"그렇긴 합니다만 선자님을 뵈오니 꿈만 같습니다."

여신의 친구들은 두 사람 사이에 오가는 이야기를 머쓱한 모습으로 듣고만 있었다. 풍회는 곧 여신의 동학들에게 영지차를 대접하면서 단천골에서 있었던 이야기를 해주었다. 여신도 아버님이 돌아가신 후 안주목사를 따라 한양 반궁에서 생활해 온 이야기며, 관찰사가 되어 전주로 내려오신 스승이 타계해 두류산에 들어오게 된 경위를 간단히 설명해 주었다.

풍회는 여신이 이곳에 머물게 될 것이라는 운선선인의 말을 떠올리면서 물었다.

"두류산에는 언제까지 계시겠습니까?"

"반년 넘게 산을 돌아보았으니, 단풍이 지기 전에 떠나려고 합니다."

풍회는 건성으로 고개를 끄덕였다. 운선선인의 말씀이 맞다면 그대는 두류산을 떠나지 못한다. 하나 풍회는 더 이상 말을 하지 않았다.

"떠나시기 전에 한 번 더 뵙지요."

"예, 제가 이리로 뵈러 오겠습니다."

풍회는 이런 것이 운명 아니겠느냐고 생각했다.

여신은 그날 해질 무렵에 박달내를 내려갔다.

맨손의 무예 대결

산짐승들은 평소 두 다리로 걷는 사람을 자기들을 해치는 적으로 여겨 달아나기 바빴다. 한데 풍회가 바위 위든 나무토막 위든 엉덩이를 내려놓고, "얘, 너희 친구가 왔다." 그리고 마음을 열면 노루, 너구리, 다람쥐, 여우, 산새에 이르기까지 주변의 모든 산짐승들이 모여들었다.

운선선인은 묘향산 단군대에서 살쾡이, 호랑이까지 벗으로 삼아 지내오셨는데, 풍회는 그 사실을 까맣게 몰랐다. 마음이 본래 고요해, 고요가 고요를 움직임에도 문풍지 움직임 같은 아주 미미한 고요에 콧대가 높아져 지엄대사를 만난다. 어쩐다 하다가 영관화상의 물푸레나무 작대기에 포로가 되었다. 풍회는 그놈의 작대기에 기가 질려 한 번 더 만나 대거리를 해 기를 팍 죽여놓아야겠다는 생각으로 대승사를 찾아갔다.

산자락이 연꽃처럼 감싼 대승사 돌확 앞에서 마주친 수좌의 안내를 받아 영관대사 선실 문을 두드렸다.

"들어오너라."

"어?"

이 늙은이의 눈이 바깥 문설주에도 붙었나. 방 안에서 먼저 소리가 났다. 설마 내가 와 있는 것을 알고 하는 소리는 아니겠지. 풍회는 발뒤꿈치에 힘을 넣어 마룻바닥이 쫙 갈라질 만큼 소리를 내고 올라서서 선실 문을 열었다. 대사가 곁에 죽비를 놔두고 가부좌를 튼 채 눈을 감고 아랫목에 앉아 있었다.

"앉아라."

입술만 움직였다. 이거 봐라! 절을 하려고 엎드리려는데, 눈을 감은 채 입술이 움직였다.

"절은 할 것 없다."

엉거주춤 그대로 자리에 앉자 또 입술만 움직였다.

"물푸레나무 작대기는 내가 부러뜨려 없앴느니라."

"어?"

대사는 찾아온 사람 얼굴도 보지 않고 누가 왔는지, 풍회의 마음속을 유리알로 들여다보듯 알고 있었다.

"너를 때리려고 대승사에 와서 박달나무 몽둥이를 깎아놓았는데 이제야 왔구나."

"……!"

허! 저게 사람인가, 귀신인가. 할 말이 없었다. 풍회도 새, 노루, 사슴, 하다못해 바위틈의 뱀까지도 모이게 해 같이 마음이 통하는 심밀(深密)함을 가졌건만, 대사 앞에서는 영 통하지 않았다. 대사 앞에 앉으면, 고요라고 생각했던 그런 것들이 깜깜한 어둠이 되었다.

"고라니 몇 놈, 들꿩 몇 마리 모아놓고 마음을 열었다고 네 생사가 해결되었다고 믿느냐?"

"햐!"

풍회는 깜짝 놀라 그 소리밖에 나오지 않았다. 이게 관운장 앞에서 큰 칼 가지고 논다는 것일까. 그러고 있는데 대사가 눈을 떴다. 눈빛이 푸르게 빛났다.

"내가 원통전에 같이 있었더라면 네놈 뒷덜미를 낚아챘을 게야."

전에 벽송사에서 절을 하다 도망친 일을 말하는 것 같았다.

"관세음보살님은 저를 낚아채지 않았습니다."

그 말이 떨어지기가 바쁘게 대사가 죽비를 집어 딱! 하고 내리쳤다.

"이 소리가 들리느냐?"

또 오금이 저렸다. 모으려던 내단의 기가 어디론지 흩어져 버리고 목 안에서 기어드는 소리가 나왔다.

"네, 들립니다."

"벽송사 원통전 관세음보살은 이 소리를 못 듣는다."

"그럼 무엇이 참다운 지혜이옵니까?"

"삼라만상이 신령스러운 빛 아닌 것이 없다고 한다면, 그것은 잡술이니라."

풍회는 자신의 모든 행위를 잡술이라고 생각하지 않았다.

"그만 나가 보아라!"

대사는 도로 눈을 감아버렸다. 풍회는 부스럭 소리도 나지 않게 자리에서 일어났다 저 대사만 만나면 선도(仙道)의 체면이 개잘량(개의 가죽으로 만든 깔개)이 되었다. 손가락만 튕겨도 부스러질 영관대사 앞에서 풍회는 다시 주눅이 들어 밖으로 나왔다.

맥이 탁 풀려 어디로 갈까 하다가 의신동으로 발길을 옮겼다. 불일이 있어서라기보다는 자환스님이 떠나면서 하철굴암 마하스님과 각완대사님을 찾아뵙고, 이야기를 나눠보라던 생각이 떠올라서였다.

풍회는 의신사 앞을 지나 하철굴암으로 향했다. 자환스님이 우리 모두는 관계를 맺어야 하고 어쩌고 했지만, 그거야 반승들이 모이면 오금을 못 펴 저희들끼리 하는 소리지, 내가 왜 그들과 같이해야 하는가. 혹 마하가 학소대사처럼 인격을 갖춘 사람이라면 모르지만 힘깨나 쓰는 사람이라 했는데, 그거야 뻔히 변비에 '똥심' 쓰듯 그럴 것. 여차하면 한 방 먹여놓겠다는 생각을 했다.

풍회가 하철굴암에 다다른 시각이 신시쯤이었다. 주변을 살펴보니 이쪽저쪽이 다 도둑놈 소굴처럼 잇대어, 협수룩한 요사채 말고도 숲속 여기저기 움막도 아니면서 암자도 아닌 까대기 집들이 눈에 들어왔다.

묘향산에서 보면 사사라는 승려들은 낮보다 밤에 더 많은 활동을 했다. 마치 사람의 눈을 피하려는 듯, 낮엔 딴짓을 하다 밤만 되면 발걸음이 빨라지고 활기가 넘쳤다. 그래서 그들이 있는 주변의 대낮은 언제나 한적해 보였다.

풍회는 큰 바위를 돌아 마당이랄 것도 없는 뜰 앞으로 들어섰다. 그랬더니 엊그제 계를 받은 것 같은 사미 하나가 줄달음쳐 나왔다. 그의 눈에 비친 풍회는 분명 승려가 아닐 터인즉, 걸레쪼가리 걸친 것을 보고 긴가민가해 보이는지 발소리를 죽여 다가왔다.

"누굴 찾아오셨습니까?"

"마하스님을 찾아왔소."

사미가 쪼르르 안으로 들어가더니 사람 하나를 앞세우고 나오는데, 살집이 뒤룩한 거구가 팔자걸음으로 어기적거리고 나왔다. 풍회는 무슨 불곰인가 하고 쳐다보니 사람이었다.

"뉘신가?"

대뜸 반말이었다. 얼굴이 앳되고 머리를 길게 땋아 나이보다 어리게 보여 하는 소리일 터이나, 찾아온 손님을 대하는 작자의 태도가 영 마음에 들지 않았다.

"박달내 풍회라는 사람일세."

오는 방망이면 가는 홍두깨다. 한데 풍회의 대답이 저 혼자 탱탱히 높아 있는 그자의 콧대를 건드린 것 같았다. 곰처럼 뒤뚱거리던 그자가 대번 범벅에 꽂힌 숟가락 꼴이 되었다. 이곳이 어디라고 벼룩만 한 게 반말을 까는가 싶은지, 이마에 내 천 자를 그으며 실눈으로 바라보았다. 그렇지 않아도 영관대사 앞에서 주눅이 들어 활개를 치고 싶은 터에, 풍회는 너 잘 만났다, 그러면서 내단의 기를 팔뚝에 올렸다.

"그대가 박달내 도사라는 자인가?"

뒷짐을 지고 뒤로 몸을 젖히면서 물었다.

"허, 이 사람아, 나는 도사가 아니고 선도를 닦는 사람일세."

어찌 들으면 타이르는 것 같은 말씨로 속을 긁으니, 버티어 서 있던 자가 고개를 쳐들고 코를 씰룩거렸다. 감히 메뚜기만 한 게 호랑이굴 앞에서 활개를 치는가 싶었던지 입은 웃고 있었으나, 눈은 화가 나 곁에 서 있는 사미에게 툭 쏘았다.

"박달내 도사가 왔다고 전해!"

불똥이 사미에게로 튀었다. 낌새를 눈치챈 사미가 안으로 쪼르르 들어가더니 곧 문밖으로 목을 길게 빼냈다.

"마광스님, 그분 안으로 모시래요."

풍회는 뒤뚱거리며 앞서 걷는, 마광이라는 거구를 따라 미투리를 벗고 방 안으로 들어갔다. 머리는 깎았으나 까만 수염이 거칠게 자랐고, 몸뚱이가 실꾸리처럼 가운데만 뽈록한 자가 등지게만 걸치고 앉아 있었다. 그자가 다리를 벌리고 앉아 있으므로 피차 인사를 차릴 계제가 아니었다.

"앉으시오."

배만 뽈록한 자가 자리를 권해 풍회는 털썩 주저앉았다

"박달내에서 산다구?"

"그렇수."

대답이 퉁명스러워 그랬든지 마뜩치 않은 표정 위에 묘한 웃음이 떠올랐다.

"자환수좌가 그러던데 무예가 고수라구?"

예의의 기본은 탈영을 해버리고 피차 빈정거리는 투였다.

"소인은 산에 앉아 조용히 지내는 산사람이올시다."

영관대사 앞에서 주눅이 들어 올라온 풍회는 무예수련에서 오는 평안함과 안정이 이미 흔들려 있었다. 거기에 터무니없는 긴장까지 더해져 마음을 비울 수 없었다. 참 별일이었다. 예전에는 한 번도 그래 본 적이 없었는데, 문밖에서 마광이라는 자에게 건방을 떨었던 것이 새삼 부끄럽게 생각되었지만, 그렇다고 평상시의 평정이 회복된 것은 아니었다. 왜 이럴까?

"산사람……?"

마하가 코를 벌룽거렸다. 그리고 앉아 있는 몸을 쭉 훑었다.

"동천 골짜기에 들어와 사는 사람은 모두 산사람이지."

벽에 등을 기대고 무쇠 같은 팔을 무르팍에 턱 걸쳤는데, 무예를 한 사람의 팔은 이렇게 생겼다는 것을 보여주려는 듯했다.

"일전에 자환수좌가 허풍이 좀 세다 했더니……."

도무지 풍회의 행색에서 무예를 수련한 냄새를 맡을 수 없었든지 또 한 번 코를 벌룽거렸다.

"그래도 높은 산에서 살았으니 다리에 힘살은 올랐겠네."

빈정거림을 싸잡아 자환에게 초점을 맞췄다. 그러고는 산에 사는 무인을 보려면 자기를 보라는 듯 손바닥으로 아래턱의 거친 수염을 쓱 비벼 보였다. 눈과 수염만 보면 그는 한 마리의 사나운 야생동물이었다.

"우리 태봉이하고 팔씨름이나 한번 해볼 테여?"

이야기가 조롱으로 바뀌었다. 보나 마나 태봉이란 그들 집단에서 좀 낫다는 졸개일 것이다. 하철굴암은 내놓으라는 완력꾼뿐이니 너의 상대는 중간치나 되는 태봉이가 맞다. 그래서 태봉이를 대타로 내세운 것 같았다. 팔씨름을 해서 설령 져도 그만이고 이기면 그것 봐라, 으흐흐흐…… 그래서 자환수좌에게 받았을 엉너릿손이 엉터리였음을 여러 사람에게 보여줌으로 보상과 과시를 함께 얻으려는 것 같았다.

"제가 알기로 자환스님은 좋은 뜻으로 동분서주하고 있소."

슬쩍 자환수좌를 두둔해 보았다.

"그거야 색시 가마에 강아지 아닌가?"

참 못 말릴 자였다. 저런 자가 어떻게 두류산 사사의 막중한 책무를 다할 수 있단 말인가? 덩치만 어벙하고 속은 쫌생이 같은, 가진 것이라고는 힘밖에 없는 저런 자에게 임자가 있음을 보여줄 필요가 있을 것 같았다.

"말이 고우면 비지를 사러 가서 두부를 사온다는데, 그대가 마하인가, 아니면 마하의 졸개인가?"

시침 뚝 떼고 반말로 시비를 걸었다. 안면몰수하고 마하의 됨됨이에 코침을 쏘았더니, 아니나 다를까, 어깨를 으쓱거리며 영바람을 피우던 그가 한 대 차였다 싶은지 대번 똥 씹은 얼굴이 되었다. 풍회는 내친걸음이었다.

"기는 다람쥐도 허점이 있는 법인데 썩은 몽둥이가 무쇠팔이라니…… 이보게, 그대가 하철굴암 마하가 맞아?"

작정을 하고 나섰다.

"마하란 자가 힘 좀 쓴다고 하던데, 오늘 씨름이나 한판 붙어볼까?"

등 가려운 사람 다리 긁어주듯 계속 부아를 돋궈놓으니, 벽에 등을 기대고 있던 그가 몸을 일으켜 정면으로 쏘아보았다. 풍회는 틈을 주지 않았다.

"이제 보니 당신만 잘난 백정이고 남은 헌 정승이구먼. 그래 좋아, 내 당신하고 씨름해서 지면 태봉이하고 팔씨름을 해보지."

그래도 객기가 있는지라 마하가 흐흐흐, 소리 내어 웃었다. 그때 마하 곁에 앉아 있던 살이 뒤룩히 찐 마광이란 자가 윗사람 체면을 살린답시고 씨근덕거리고 일어났다.

"듣자 듣자 하니 이 녀석이."

제풀에 발딱 일어서 뒷덜미를 낚아챘다. 풍회는 이미 그 자의 속내를 읽고 있었으므로, 같이 따라 일어서면서 팔목을 부드럽게 움켜쥐었다. 그러면서 입으로는 한풀 꺾인 척 엄살을 부렸다.

"왜 이러시우?"

마광이란 자가 다짜고짜 목덜미를 젖히면서 정강이를 걷어차 찰나 팔목을 잡은 손에 기를 모았더니, 그 큰 거구가 대번 얼굴이 새하얘지면서 볏섬 구르듯 털썩 주저앉았다.

"이제 보니 쌀가마니가 아니라 겨가마니였구먼."

다른 사람들은 풍회가 힘을 써 그리되었다고 생각하지 않은 것 같았다. 그래도 힘깨나 쓴다는 큰 덩치가 저토록 맥없이 주저앉은 것은 갑자기 오금 어디가 경련이 났거나 현기증이 일어 그리된 것이라 생각하는 얼굴이었다. 그래서 풍회가 한술 더 떴다.

"이 양반 점심을 잘못 먹은 모양이야."

하나 당한 사람은 알고 있었다. 급소가 눌린 마광이 자리에서 일어나 비척비척 밖으로 나갔다. 보나 마나 그는 안면 근육이 뻑뻑해져 코피를 쏟고, 몸이 건들거려 한동안 정신이 혼미해 있을 터였다.

"자환스님이 하철굴암에 힘 좀 쓴다는 자들이 많다더니, 이거 모두 썩어 나뒹구는 도토리나무 가쟁이들 아냐?"

사태가 여기에 이르렀는데, 일개 조직의 수장이라는 자가 가만히 앉아 있을 수 없을 터였다. 마하가 앞으로 나섰다. 여기서 어떤 태도를 취하느냐에 따라 조직을 이끄는 마하는 능력과 신뢰에 심대한 타격을 입을 기로에 서 있는 셈이었다.

"네놈이 여기가 어딘 줄 모르는 모양인데……"

따라 나오라는 고갯짓을 해보이고 먼저 밖으로 나갔다. 풍회가 같이 따라 나갔다. 천하무적 장사라는 자가 자빠졌다 하면 두류산 사사의 무예가 깨지느냐 마느냐의 분기점에 이른 셈이었다. 하나 풍회는 사사의 판까지 깨고 싶은 생각은 없었다. 단지 약점으로 드러난 마하의 허세를 지적해 지도자로서 태도가 신중해야 한다는 점을 스스로 깨우치게 해주고 싶을 뿐이었다. 그래야 포용력이 생겨 아랫사람들이 따르고 더 많은 호응을 얻어, 그들을 이끌어 큰일을 해낼 수 있게 해주자는 생각을 했다.

"따라오게!"

버르장머리를 확 뜯어고치겠다는 듯 앞장을 섰다.

"따라가오."

"하룻강아지 범 무서운 줄 모른다더니……?"

암자를 나와 모퉁이를 돌아 위로 올라가니 넓은 공터가 있었다. 그는 아직 감을 못 잡은 듯, 어스름이 깔리기 시작한 공터에 당도해 자못 여유를 부리며 풍회를 어린애 취급을 했다.

"저 바위 아래 창고에 병장기가 있다. 자신 있는 걸로 가지고 나와라!"

자기는 맨손으로 대적을 하겠다는 것이었다.

"나도 권술로 하겠소. 그런데……"

풍회의 말이 채 끝나지도 않았는데 그가 가로챘다.

"그런데, 뭔가?"

"저잣거리 왈짜들도 대결에서 지면 자리에서 내려가는 것이 법도요."

"허허허……."

그가 소리를 내어 웃었다.

"그만한 것은 나도 안다."

곧 겨루기가 시작되었다. 풍회가 오른손으로 오른쪽 어깨를 벗기면서 출발했다. 두 사람이 마주 서니, 마하는 기러기 날개처럼 몸을 옆으로 기울이고, 풍회는 호랑이가 타고 넘을 듯한 자세로 손뼉을 치며 앞으로 나아갔다. 오른발로 왼발을 차니, 마하가 뒤로 한 걸음 물러서면서 오른손으로 차는 발을 막고 질러오는 주먹을 손등으로 쳐내는데, 동작은 둔했으나 권법의 형식에는 어긋남이 없었다.

이어서 풍회가 왼발로 오른쪽을 차니 마하가 오른발을 뒤로 빼면서 왼손으로 차는 발을 막고 질러오는 주먹을 손등으로 쳐냈다. 여기까지는 두류산 사사의 훈련대장인 마하의 기본동작을 탐색해 보기 위함이었다. 물론 허점이 드러나기는 했지만 기본 세를 충실히 따르고 있음이 분명해 보였다.

풍회는 공격을 하지 않고, 한 식경을 그렇게 마하의 권술을 탐색해 보는 동안 기본동작이 갖추어져 있음을 알았다. 그렇다면 마하의 체면을 세워줘야겠다고 생각했다. 풍회는 이제까지의 자세를 되풀이하다가 마하가 둔한 몸놀림으로 쫓아오며 뛰어 차는 것을 뒤로 한 걸음 빠지면서 피하자, 호랑이가 엎드린 자세처럼 다시 오른쪽 다리를 돌려 공격해 오는 마하를 사로잡을 듯하면서 뛰어넘어 피해야 하는데, 마하가 회오리쳐 돌려오는 다리에 풍회는 일부러 발목을 부딪치면서 앞으로 넘어져 주었다. 하지만 권술을 익힌 마하가 풍회의 자세가 얼마나 빠르고 부드러운지 그것을 모를 리 없었다.

풍회가 넘어지자 마하가 공격을 멈추었다. 풍회가 자리에서 일어섰다.

"제가 졌습니다."

합장을 해 보이자, 마하가 고개를 흔들었다.

"아닐세."

주먹을 써본 놈이라야 주먹을 안다. 몽당빗자루 같은 싸움꾼이 아닌 바에야 비호처럼 빠른 몸놀림을 하면서도 공격다운 공격을 한 번도 하지 않고 부러 져준 것을 마하가 모를 리 없었다.

"내가 진 대련일세."

하철굴암에서 나올 때와는 사뭇 다른 태도였다.

"무슨 말씀을요. 마하스님 권술이 역시 듣던 대로입니다."

"허허허, 내 다 아느니……."

생각보다 솔직한 면이 있는 사람이었다. 그래서 풍회는 얼른 다른 말로 바꾸었다.

"창술이라든가 검술도 그렇게 뛰어나십니까?"

"뛰어나기는…… 뭐 병장기를 그냥 만져보기만 했지."

그가 처음으로 겸손함을 내비쳤다.

두류산 사사들 사이에서 마하와 풍회의 대련 이야기가 꼬리에 꼬리를 물었다. 삼정골 대련에서 마하가 이겼다, 풍회가 져주었다, 하는 말들이 오갔다. 한데, 져주었다는 이야기에 설득력을 얹어준 것은 손만 들어도 감나무 잎이 우수수했다는 소문과 함께 손목 한 번 잡은 것으로 마광이 보릿자루처럼 무너져 열흘 동안 꼼짝 못하고 누워 있었다는 것이, 풍회가 부러 져주었다는 이야기의 뒷받침이 되었다.

그리고 얼마 후 각완대사 시자 지행이 풍회를 찾아왔다.

"선자님, 오랜만입니다."

"어! 지행수좌가 어쩐 일이오?"

"저희 큰스님께서 좀 뵙자 하십니다."

"큰스님이라니?"

"각완대사께서 바쁘시지 않으시면 한번 올라와 주십사 그러시거든요."

"언제 말이오?"

"지금이면 더욱 좋고, 언제든지 틈이 나시면……."

"뭐, 부러 틈을 낼 것 있겠소? 지금 가십시다."

풍회는 지행을 따라 중철굴암으로 올라갔다.

방 안으로 들어서자 뜻밖에도 마하가 거기에 와 있었다. 각완대사는 호피 모자를 쓰고 풍회가 입고 있는 걸레 같은 누더기를 입고 있었는데, 방 안에 치장이라는 것은 아무것도 없었다. 다만 통나무 탁자 위에 병서로 보이는 책이 두어 권 놓여 있을 뿐이었다.

서로 상견례가 끝나고 바라보니 눈빛이 쏘는 듯 사람을 압도해 들어왔다.

"선자님 이야기는 마하수좌로부터 들었소."

그는 풍회에게 존칭을 썼다.

"의당히 찾아뵙고 인사 올렸어야 했는데 죄송하옵니다."

"산사람이야 오다 가다 마주치면 인사지, 별거 있겠소?"

각완대사가 차를 권하면서 말을 이었다.

"단학을 닦아 무화(武火)가 넘치고 양생방이 남다르다는 이야기를 들었소."

"아니옵니다. 저희 스승이셨던 노사께서는 대덕께서 말씀하신 바에 어긋남이 없다 하겠으나, 저는 거기에 미치지 못하옵니다. 더구나 저희 스승님이 계실 때 방일한 나날을 보내, 스승님께서 선화하신 후 회한으로 방황을 거듭하고 있사옵니다."

"내 그 말은 겸양의 말씀으로 듣겠소."

꼬박꼬박 존칭이었다.

"묘향산 자환수좌를 잘 아신다 하니 하는 말이오만, 승가에 사사라는 조직이 있다는 건 알고 있소?"

"자세하게 안다고 할 수는 없겠습니다만, 저희 스승님과 구월산 학소대사님께서는 그 점에 있어서 뜻을 같이하신 동지분이셨습니다. 방외의 사람으로 승가의 사사 조직을 알고 있는 사람은 아마 저와 저의 스승님 두 분이 아닐까 생각하옵니다."

"스승님 존함이 어떻게 되시오?"

"호를 운 자 선 자, 운선자라 하셨습니다."

"학소대사님을 뵌 적이 있소?"

"생존해 계실 때 저희 스승님을 따라가 여러 차례 뵌 적이 있사옵니다."

"자환수좌를 알고 지낸 건 그때부터였소?"

마치 무슨 기밀을 캐려는 듯, 묻는 말만 계속 이어져 풍회는 기분이 언짢았다. 하지만 점잖으신 큰스님 앞이었으므로 내색을 하지 않았다.

"그러하옵니다. 자주 만나지는 못했지만 묘향산에서도 같이 지냈습니다."

"자환수좌와는 어떤 사이요?"

"저를 친동생처럼 보살펴 주십니다."

각완대사가 천장을 바라보며 뭔가를 깊이 생각하는 눈치였다. 요 며칠 사이 마하와 무슨 내용의 이야기가 오갔는지 그것까지는 알 수 없으나, 방외의 사람이 조정을 뒤엎겠다는 사사의 조직을 알고 있다는 것이 께름칙했던 것 같았다. 각완대사가 기어이 의미심장한 말을 던졌다.

"사사에 동참할 의사는 없소?"

보나 마나 여러 가지 동태를 탐색해 보려는 질문 같았다.

"글쎄요. 제가 선도의 길을 가지 않았더라면 혹……."

말끝을 흐렸더니 각완대사가 고개를 끄덕였다.

"사사의 기밀은 생명을 담보로 한다는 것을 알고 있소?"

"네."

"허면 악형이 뭔지도 알고 있소?"

이건 협박이었다. 풍회는 각완대사를 쳐다보았다. 악형은 곧바로 보여주는 것임에도 이야기로 건네는 것을 보니, 그것을 신뢰라 해야 할지 위협이라 해야 할지 감이 잡히지 않았다. 더구나 각완대사로부터 그런 위협적인 말을 들어야 한다는 것도 썩 달갑지 않았다.

"예, 압니다."

각완대사가 고개를 끄덕였다.

"대사님, 제가 나이는 어립니다만, 죽는 것 그리 두려워하지 않사옵니다."

여차하면 대사와 마하 두 사람을 그 자리에서 즉사시킬 수 있다는 이야기였는데, 각완대사는 그렇게 듣지 않은 듯 얼굴에 미소를 띠고 곁에 있는 마하를 쳐다보면서 입을 열었다.

"그러면 한 식구라 생각하고 이야기하겠소."

풍회의 무엇이 각완대사에게 그런 신뢰를 보여주었는지, 그는 태도를 바꾸어 말을 이었다.

"마하수좌를 만나보아서 알고는 있겠지만 두류산 사사가 산악에 적응하는 훈련은 그만하다 하겠으나, 개인의 기예가 더 향상되어야 완벽한 사사의 기능을 할 수 있으리라 보여 하는 얘기요. 사양 마시고 두류산 사사의 무예를 교수해 주십사 하는 부탁을 드리려 뵙자 한 것이었소."

풍회는 꾹 눌렀던 마음을 풀었다.

"저는 그런 무예를 교수할 만한 자질을 갖추지 못했사옵니다."

"허허. 아까 스승님을 말씀하신 것으로 겸양하신 성품을 알았소. 이것은 두류산 사주의 부탁이자 여기 앉아 있는 마하수좌의 간곡한 당부요. 도가나 불가나 조선조에 들어와 사정이 그만그만한 터에 우리가 힘을 합쳐야 한다는 뜻에서 무거운 책무를 맡아줄 분이 선자님뿐이라는 결론에 이르렀기에 드린 말이외다."

그러고 보니 자환수좌가 두류산을 떠나면서 하던 말이 생각났다. 그는 운선선인과 학소대사와의 관계를 거론하면서, 관계가 없으면 맺고 힘을 합쳐야 한다는……. 이는 틀림없이 자환수좌가 다녀감으로 해서 비롯된 것 같았다. 그렇다면, 두류산에 머물러 있는 동안 무슨 역할이든 하나쯤은 맡아주어야 할 것 같았다.

"풍회선자가 우리 사사의 부족한 면을 채워주면 삼정골 사사가 승승장구할 것입니다."

마하가 거기에 한마디 토를 달고 나섰다.

"좋습니다. 대사님의 뜻이 그러하시다면 부족하나마 제 힘을 보태보겠습니다."

"고맙소. 그렇게 응낙을 하니 두류산 사사가 천군만마를 얻은 것 같소."

"대사님, 말씀 낮춰주십시오. 듣기에 송구하옵니다."

"허허허, 그럼 그러기로 하지."

대사는 그 자리에서 말을 낮췄고, 그날 만남이 풍회로 하여금 두류산 사사의 무예교수사가 되게 했다.

빈 마음의 무게

이제 두류산 사사의 무예교수사가 된 풍회가 읽다가 놔둔 갈홍의 포박자(抱朴子) 내편(內篇)을 마저 읽고 있을 때 밖에서 인기척이 났다. 문을 열어보니 여신이 문밖에 서 있었다.

"어서 오십시오, 선비님."

여신에게 마땅히 칭할 이름이 없어 선비님으로 불렀다.

"마침 계셨군요?"

"책이나 읽으면서 소일하고 있습니다. 한 번 더 들르신다고 해서 기다렸습니다. 동행들은 어디 가셨습니까?"

"저번 첫눈이 온 다음날 모두 한양으로 올라갔습니다."

"그래요? 누추합니다만 안으로 드시죠."

여신을 움막 안으로 안내했다.

"선비님께선 떠나실 생각이 아니신가 보죠?"

풍회는 스승의 말을 떠올리며 슬쩍 속을 떠봤다.

"아니요. 저도 곧 떠나야 하겠지만, 한동안 이곳에 머물러야 될 듯합니다."

"달리 생각하시는 게 있으신지요?"

풍회의 물음에 여신이 그간의 사정을 꺼내놓았다.

여신은 두류산에 오래 머물 것도 아니지만 그렇다고 예정이 있는 것도 아니었다. 낙엽이 지고 날씨가 싸늘해져 산을 오르는 일도 뜸해졌다.

그러던 어느 날이었다. 점심을 먹은 후 그동안 숙소로 써온 의신사 심검당에 앉아 있는데, 하늘이 잔뜩 낮아져 초설이 분분했다. 이걸을 비롯한 동료들은 첫눈이 내리는 것을 보고 아이들처럼 마음이 들떠 대성골로 눈 구경을 나갔다.

여신은 심검당 마루에 앉아 눈 내리는 광경을 보고 있었다. 백설이 하얗게 무리지어 동천에 흩날리니 산은 아무 의미가 없이 멀어져 버린 것 같고, 눈에 보이는 골짜기가 너른 강처럼 적막한 모습으로 다가왔다. 여신은 심검당 마루가 한 척의 외로운 나룻배처럼 느껴졌다.

그때였다. 선실에서 노승 한 사람이 다가왔다.

키가 우뚝하고 허우대가 커서, 중들이 양식 대기가 벅찰 것이라고 동료들의 농지거리 대상이 된 노덕(老德)이었다. 노덕은

성큼성큼 다가오더니 여신이 혼자인 것으로 보고 마루로 올라서면서 말했다.

"나 좀 보세."

먼저 방으로 들어가 아랫목에 가부좌를 하고 앉았다. 여신이 따라 들어가 마주 보고 앉았는데, 눌러쓴 승관 아래 눈썹이 빗자루 끝처럼 쭝긋거렸다. 그는 여신의 얼굴을 쭉 훑고 나서 굵은 목소리로 말을 꺼냈다.

"내 그대를 보니 기골이 청수해 보통 사람이 아닐세. 세상의 명리를 좇는 일을 아주 끊고 '심공급제'를 해봄이 어떠하겠는가?"

목소리에 힘이 실려 있었다.

"서생의 업이란 종일 애를 써봐야 백 년을 한정해 얻는 것이 빈이름뿐이니, 그거 애석한 일 아닌가?"

심공(心空)이란 마음이 비었다는 것을 뜻할 터인즉, 거기에 급제가 붙어 우습게 느껴졌다. 세상에 그런 급제가 어디 있겠는가. 마음이 꽉 차 있어야 생각이 깊다고 하고 지혜롭다 할 것이며, 슬기로운 사람으로 쳐주는 것이 일반적 상정이거늘 심공이라니. 정녕 이 노인네가 얼이 빠진 게 아닌가 하는 생각이 없지 않았다. 왜 그러냐 하면 빈 마음을 급제라 하니 그런 말장난이 어디 있는가. 그렇다면 한번 따져봐야겠다. 그러고는 여신이

다가앉았다.

"심공급제가 뭡니까?"

노승이 눈을 까막까막하면서 오랫동안 말을 잇지 못하고 쳐다보고만 있더니, 느닷없이 소리를 꽥 질렀다.

"그거 말하기 어려우니라."

그러고는 밖으로 나가 버렸다.

이튿날이었다. 노승이 책을 한 보따리 싸들고 심검당으로 건너왔다. 싸들고 온 책을 하나하나 펼쳐 보이는데, 전등록, 선문염송, 화엄경, 원각경, 능엄경, 법화경, 유마경, 반야경 따위 불가의 책만 수십 권이었다.

"이걸 읽고 깊이 생각하면 문에 들어갈 수 있네."

그러고는 가버렸다.

여신은 가져온 책 가운데에서 한 권을 펼쳐보았다 '서래연표(西來年表)'라는 중화의 연대가 몇 장에 걸쳐 펼쳐지더니, 비바시불(佛), 시기불, 비사부불…… 혀조차 돌아가지 않는 한문 글자들로 서역 칠불(七佛)이란 이름이 나열되어 있었다. 이어 천축 15조(祖), 그 가운데 한 조는 방계로 기록이 없다 해놓고, 제1조 마하가섭, 제2조 아난, 제3조 상나화수, 제4조 우바국다로 나열되어 있었다.

그래, 이것이 어떻다는 것인가. 또 다른 한 권을 들춰보았더니, '대각세존 석가모니불 세존이 도솔천을 떠나기 전에 이미 왕궁에 태어나셨다. 모태에서 나오시기 전에 벌써 사람들을 생사에서 건져내는 일을 끝내셨다.' 과연 이만큼은 되어야 맹랑하다는 말이 나올 법하다는 생각이 들었다. 우주를 손가락만하게 압축시킨다면 모르겠거니와, 어찌 이리 언어를 압축시켜 표현할 수 있단 말인가. 부처가 태어나기도 전에 세상 사람들을 모두 생사에서 건져냈다? 참! 항아리 깨진 소리만큼이나 황당하기 짝이 없었다.

여신은 또 다른 한 권을 펼쳐 들었다. '내가 들으니, 한때 부처가 마갈제국 아란야 법보제라는 곳에서 처음으로 바른 깨침을 이루었다. 그 땅은 견고하여 금강으로 되어 있고, 최상의 보배로 된 훌륭한 수레가 맑고 깨끗한 마니와 보화로 장식되어 있는데, 온갖 빛깔이 바다처럼 끝없이 나타나 있더라. 마니로 된 깃발이 항상 빛을 쏘아대면서 신기한 소리를 내고, 여러 가지 보화로 된 그물이 널려 말로 표현할 수 없는 향기에 찬란하게 휘감겨 드리워져 있더라. 마니의 큰 보물들이 저절로 모양을 바꾸는데, 여러 가지 보화의 꽃들이 비가 오듯 끝이 없이 내려 땅 위로 흩어지더라. 그러니 보물로 된 나무들이 열을 지어 섰고 가지와 잎에서 빛이 풍성하게 비치는데, 이것이 부처의 신통력으로 그 장소가 한꺼번에 화려한 현실로 나타나더라……'

공맹의 문구에 익숙해 있던 여신은 최상의 상상력이 요구되는 불가의 문구들이 매우 낯설고 어려워 이해조차 되지 않았다. 그는 들고 있던 책을 내던지고 밖으로 나왔다.

하나 젊잖게 승관을 눌러쓴 노승이 난데없이 나타나 장난을 하자는 것은 아닐 터인즉, 그가 힘을 주어 내뱉은 '심공급제'라는 말이 그만 목구멍에 걸려 통 내려가지 않았다. 중들이 모이면 바람 잡는 소리를 한다더니, 심공급제라는 말이 바람 잡는 소리임에 틀림없었다.

그런데 바람 잡는 소리가 바람으로 날아가지 않고, 수수께끼가 되어 돌아왔다. 그런 맹랑한 수수께끼를 던져준 노승은 숭인장로라는 사람으로, 대승암에 와 있다는 고승 영관대사의 사제가 되는 사람이라 했다.

여신은 촛불을 밝혀놓고 낮에 보다가 놔둔 책을 다시 집어 들었다. 집어 든 책에도 첫머리가 '내가 들으니'로부터 시작되었다. 그 책에서는 '부처'가 '바가바'로 표기되어 있는데, 책 제목을 보았더니 '대방광원각수다라요의경'이라는 긴 이름이 붙어 있었다.

'부처가 신통대광명장에 들어 정신을 바로 집중시켜 받아들이니 모두 똑같이 장엄한 빛으로 머물러 있는데, 그게 생명 있는 모든 것들이 맑고 깨끗함을 드러내는 자리이더라. 그것은 몸과 마음을 벗어나 높낮이가 없는 모든 것들의 바탕이 되는 것으로, 사방팔방이 모두 원만해서 하나나 둘 같은 숫자로 헤아려지는 것이 아니더라. 바가바가 둘이 아닌 하나밖에 없는 깨끗한 경계에서 대보살마하살 십만 인과 함께 있는데, 십만 인의 이름은 문수사리보살, 보현보살, 보안보살, 금강장보살, 미륵보살, 청정혜보살, 위덕자재보살, 변음보살, 정제업장보살, 보각보살, 원각보살, 현선수보살……'

웬 놈의 보살들이 행진을 하는고 하여 여신은 책을 덮었다. 무슨 보살들이 이리 쫙 깔렸는가? 문제는 '신통대광명장'이 무엇이냐 하는 것인즉, 이게 심공급제라는 것인가? 그렇다면 하늘 천, 따 지, 검을 현, 누를 황, 집 우, 집 주처럼 그 뒤에 무엇이 따라붙어야 할 것 아닌가. 물론 뒤의 이야기가 그것을 설명하고 있겠지만, 그러나 재미없는 이야기들이 너무 길고 어려워 그것을 다 읽어내려면 상당한 인내가 필요할 것 같았다.

여신은 또 다른 책을 펼쳐 들었다. 그 책도 첫줄이 '내가 들으니'로부터 시작되었다. 그래서 그 책도 집어 던지고, 또 다른 책을 집어 들었다. 그 책도 마찬가지였다.

불가의 책들은 부처 받들기를 금상 받드는 것보다 더 높이 받드는구나. 그러다 보니 저렇게 장가도 안 가고 일생을 상놈으로 대접 받으며 천덕꾸러기로 사는 건가……? 성현의 가르침이 거룩해 받들어 모시는 것이 인간으로서 당연한 도리라 하겠으나, 유생들이 대성전의 공맹을 저만큼 죽자 사자 하고 받들어 모시지는 않지 않는가. 과연 부처가 그만큼 받듦을 받을 만한 인물이 되는 건가?

유생들이 금상을 떠받듦은, 벼슬자리를 쥐고 있으니 영달을 누리자고 연산조와 같은 폭군도 성군이라고 받들어 모실 수밖에 없는 것이 신하 된 도리라고 갖다 붙이겠으나, 부처는 벼슬자리를 손에 쥔 것도 아니고, 영달을 손에 쥔 것도 아니지 않는가. 조선왕조에서는 인품과 학식이 아무리 높이 갖추어져 있어도 부처를 받든다면 그것이 빌미가 되어 죽을 때까지 상놈이 가는 길을 걸어야 하지 않는가. 상놈의 길을 무덤까지 가져갈 만큼, 부처를 받드는 게 가치가 있는 것일까?

여신이 그런 생각에 잠겨 불서에 빠져 있는 중에 동행들이 떠날 채비를 차렸다. 이곳에서 머물 만큼 머문 그들로서는 이제 본격적인 추위가 오기 전에 떠나기로 작정한 것 같았다.

"아니, 여신이 자네는 짐 안 싸나?"

"난 여기서 겨울을 보낼까 해."

그들과 함께 한양으로 간다 해봐야 다시 반궁으로 들어간다는 것도 그렇거니와 마땅히 찾아갈 곳도 없었다. 더구나 과거를 준비할 만한 학당도 마땅치 않았지만, 이제 과거에 대한 흥미도 없어져 버렸다.

"허, 이 사람, 이러다가 깎는 거 아녀?"

"깎다니?"

조병헌이 마당을 쓰는 수좌들의 민머리를 가리켰다.

"쓸데없는 소리."

"방귀가 잦으면 측간이 가까운 법, 불서를 열심히 보는 게 이상하다 했지."

"헛소리 작작하고 어서들 떠나게."

"그럼 내년 봄에 올겨?"

유점권이 물었다. 여신이 고개를 끄덕였다.

여신의 이야기를 듣고 풍회는 전에 스승께서 예측한 말들이 생각나 넌지시 물었다.

"공부도 공부려니와 큰일을 하시려면 몸을 강건히 하셔야 할 터인데 어찌 생각하시는지요?"

"전에 흥인문 밖 학당에 있을 때 놀이 삼아 예도를 잡아본 적이 있습니다만, 지도를 좀 부탁드려도 되겠습니까? 무예가 아주 훌륭하시다는 말씀을 들었습니다."

풍회는 잠자코 있다가 대답했다.

"제 무예가 선비님을 지도할 정도는 아닙니다."

"겸양의 말씀입니다. 다 알고 찾아뵈었습니다."

겉으로는 귀골로 선비처럼 보였지만, 키가 크고 건장한 허우대에 무골이 감춰져 있었다. 그렇다고 해도 무공에 얼마나 관심을 갖느냐 하는 것도 문제였다. 하나 잘만 다듬으면 문무겸전을 갖출 만하다는 생각이 들었다.

"선비님과는 특별한 연이니 여쭈어 오시면 힘닿는 데까지 절차탁마로 도움이 되도록 하겠습니다. 필요하시면 언제든지 계신 곳으로 올라가 뵙지요."

"아닙니다, 아닙니다. 틈을 내 제가 이리로 내려오겠습니다."

휴정의 이름으로

세존이 물었다.

너는 강당에 앉아 기원정사의 숲을 보고 있다. 숲이 지금 어디에 있느냐?

아난이 대답했다.

강당은 기원정사 안에 있고 숲은 강당 밖에 있사옵니다.

강당 가운데서 무엇부터 보느냐?

먼저 여래를 보고 대중을 보며, 그리고 밖에 우거진 숲을 봅니다.

무엇으로 숲을 보느냐?

창문이 열려 있으므로 숲을 볼 수 있사옵니다. 〈능엄경 제1권〉

여신은 숭인장로가 가져다준 책을 보다가 생각했다. 숲은 눈으로 본다. 창문이 열려 있으므로 누구나 숲을 볼 수 있다. 그렇다면 세존이 말하는 숲과 아난이 말하는 숲이 같은 숲이냐 하는 데 생각이 미쳤다. 개괄적으로는 같은 숲이라 할 수 있겠지만, 결코 같은 숲이 아닐 것 같았다. 첫째, 숲을 바라보는 위치가 달랐고, 설령 같은 위치라 해도 필연적으로 숲을 바라보는 시차가 같을 수 없다. 어떤 형태로든 세존이 바라보는 숲과 아난이 바라본 숲이 같지 않다는 생각이 머릿속에 떠올랐다. 자연의 내밀한 입장에서 보면 동시란 있을 수 없다는 근거가 바로 이것 아니던가?

세존은 거기서 더 정교한 답을 요구했다. 너의 말이 강당 안에서 창문이 열렸으므로 숲을 본다고 했는데, 다른 사람들도 강당 안의 여래를 못 보고 강당 밖을 먼저 보는 일이 있겠느냐고 물었다.

아난은 그럴 수 없을 것이라고 대답한다. 세존은 그 말에, 너의 마음이 대상적 경계를 인식하는데, 인식하는 마음이 몸 안에 있는지 몸 밖에 있는지 그것부터 알아야 할 것이라고 일깨워 준다.

가령 몸 안과 몸 밖에서 인식이 동시에 일어나는 것이라고 해도, 대상을 인식하는 마음은 실체가 없이 일어나 대상과 함께 융합되어 나타나므로, 그곳에는 너의 마음이 없다는 점을 지적해 준다.

참 어려운 이야기가 아닐 수 없었다. 예를 들어, 눈으로 사물을 본다면 사물을 아는 마음도 그곳에 같이 있어야 한다. 그런데 어떤 사람이 푯대의 중간지점에 표시를 해두고 그것을 기준으로 삼으려 할 때, 그 푯대를 동쪽에서 보면 서쪽이 되고, 남쪽에서 보면 북쪽이 되어 푯대 자체의 방향에 혼란이 일어나므로, 그것을 바라보는 마음도 혼란이 일어난다는 말을 한다.

　세존께서 말씀하신다. 감각기관을 통해 대상을 인식함에 있어서 눈, 귀, 코, 혀, 몸뚱이, 생각이 받아들이는 대상은 머무는 곳이 없다고 말하나, 허공을 날아다니는 모습, 땅 위를 걸어 다니는 모습, 물 밑을 헤엄쳐 다니는 것들을 자연계 사물들의 형태라고 했을 때, 너의 마음이 거기에 이끌리지 않는다면, 자연계 사물들의 변화현상에 대한 너의 진실한 마음이 어디에 있겠느냐고 묻고, 거기에 이끌리지 않는다면 그것이 너의 진실한 마음이라 할 수 있겠느냐고 묻는다. 만일 그것도 아니라면, 자연계의 변화에 너의 마음이 가 있지 않은, 무심의 상태에서 이끌리지 않는 그것을 너의 마음이라고 말할 수 있겠느냐며, 세 가지 예를 제시해 주고 다시 묻는다. 만일 너의 마음이 아예 없다면 마음이란 헛된 이름만 있는 것이고, 그 실체란 애초부터 없는 것이다. 그렇다면 너의 마음이 실체가 없는데 어떻게 이끌리지 않는다고 말할 수 있겠으며, 너의 마음이 있다면 실체가 이미 있으므로 이끌리지 않는다는 것도 말이 되지 않는다고 아주 자상하게 설명해 준다. 마음이 실체가 없다면 이끌리지 않는다는 말 자체가 성립될 수 없는 것이고, 마음의 실체가 있다면 어떻게 이끌리지 않음이 진실한 마음이라 할 수 있겠느냐며, 그러하므로 알아야 한다는 단서를 달고, 감관을 통해 대상을 인식함에 있어서 이끌리지 않는 상태를 알아서 깨닫는 그것도 진실한 마음이라 할 수 없다고 결론을 내린다.

여신은 거기까지 책을 읽었는데, 그런 것 같기도 하고 그렇지 않은 것 같기도 해 도시 판단이 서지 않았다. 하지만 유가의 전적에서는 이런 유의 내용이 적힌 책을 접해 보기 쉽지 않았다.

여기에는 뭔가 있다. 그것이 무엇인지 한번 파볼 필요가 있다는 생각이 고개를 불쑥 들었다. 여신은 숭인장로가 가져다준 책을 싸들고 원통암으로 올라갔다.

의신사에서 멀지 않은 덕평봉 아래 원통암이 있었다. 확 트인 화개동천이 한눈에 내려다보였고, 산자락이 굼실굼실 굽이치고 내려가다 백운봉에 부딪친 그 앞에 섬진나루가 있었다.

원통암은 들리느니 바람소리요, 솔가지 사이를 솔솔 꿰고 다니는 맵새 소리뿐이었다. 눈이라도 내리는 날이면 화개동은 은빛으로 물들었고, 천지는 고요해 사람의 마음까지 잠을 재워버렸다.

연배가 비슷한 법수가 원통암에 있었는데, 여신은 그때까지 산문에 사사라는 것이 있는 줄 몰랐고, 법수는 수행에 전념하는 수좌승으로 깍듯이 뒷바라지를 해줘 경전 속에 깊이 빠져들었다.

여신은 겨울 삼동(三冬)을 그렇게 숭인장로가 준 책 속에 빠져 지냈다. 능엄경을 대충 훑고 법화경의 바다 속으로 빠져들었다. 우주에 상서로운 구름이 가득 드리워져 있고, 최상의 깨달음을 이룬 성자(聖者)가 광명을 놓아 꽃비가 흩날리는 일대 장관의 이야기가 꿈속처럼 펼쳐지다가 어렵고 차분한 본론이 시작되었다.

여신은 법화경 본론에 이르러 의신사로 내려가 숭인장로의 방문을 두드렸다. 숭인장로는 여신이 들어와 자리에 앉자 빙그레 웃음부터 웃었다.

"그래, 무엇이 문제더냐?"

"산다는 게 무엇입니까?"

"이놈아, 사는 것이 성가신 것이다. 가만히 있게 놔두질 않어."

사는 것이 성가신 것……. 여신은 자기도 모르게 고개를 끄덕였다.

"그래, 산다는 것을 설명해 주랴?"

"예."

"저기 벽소령에서 호랑이란 놈이 잡아먹으려고 지금 쫓아온다. 걸음아 날 살려라 하고 절골로 도망을 치는데 곧 잡힐 것 같단 말여. 그래 앞을 보니 낭떠러지이고 칡넝쿨이 아래로 내려뻗어 있어서, 급한 김에 칡넝쿨을 타고 내려가다 보니 낭떠러지 밑이 큰 웅덩이라. 가만히 보니 웅덩이에 물이 고였는데 독룡이란 놈이 입을 쩍 벌리고 이놈 어서 내려와라 그러거든. 올라가자니 호랑이한테, 내려가자니 독룡한테 먹히게 생겼어. 그래서 칡넝쿨을 잡고 대롱대롱 매달려 있는데, 팔은 아프고 배는 고파 죽겠는 거라. 우환 중에 도둑이라고 위를 쳐다보니 하나는 희고 하나는 검은 들쥐가 칡넝쿨을 번갈아 갉아먹는단 말여. 이걸 진퇴양난이라 하는 게야. 마침 머리 위로 쭉 뻗어 나온 삼나무 가지가 있는데, 거기에 벌집이 매달려 있었어. 햇볕이 쨍쨍 내려쬐니 벌집에서 꿀이 녹아 뚝뚝 떨어지거든. 입을 벌리고 받아먹어 보니 달아. 이게 사는 게야."

"허허허, 재미가 쏠쏠하겠습니다."

"저 죽는 줄 모르고 재미가 쏠쏠?"

"꿀맛이 다니 어쩝니까?"

"고이안!"

숭인장로가 여신의 얼굴을 쳐다보더니 씩 웃었다.

"법화경은 그런 비유를 잘 봐야 돼."

여신은 알겠다고 대답하고 곧 원통암으로 올라왔다.

깨달음에 이르는 길이 세 가지가 있다고 했다. 하나는 스승의 이야기를 듣고 깨닫는 것이고, 또 하나는 혼자 노력해서 깨닫는 것이다. 그리고 그보다 한 단계 높은 것은 깨달음을 앞에 놔두고 다른 이의 행복을 위해 자기를 돌보지 않고 열심히 도와주는, 이 세 가지(三乘)를 말하고 있었다.

숭인장로의 말대로 법화경에는 그런 비유들이 많았다.

집에 불이 났다. 집은 낡았으나 굉장히 돈이 많은 장자가 사는 집이었다. 오백 명의 식구와 삼십 명의 아들들이 있는데, 대문은 하나밖에 없었다 장자의 아들들이 장난감 수레를 가지고 노느라 나오지 않는다. 장자는 아들들을 불러내기 위해 대문 밖에 사슴이 끄는 수레가 있다고 외쳤다. 아들들이 어디에 있느냐고 앞다퉈 뛰쳐나왔지만 수레는 없었다. 그래서 장자는 아들들에게 흰 소가 끄는 수레를 사주었다. 〈법화경 비유품〉

여신은 이 비유를 보고 씩 웃었다.

장자에게 아들이 있었는데 어렸을 때 집을 나가 거지가 되었다. 장자는 아들이 거지가 되어 오십여 년 동안 어렵게 사는 것을 알았다. 아들을 찾으려고 성문 앞으로 갔더니, 수하인을 거느린 위풍당당한 장자를 보고, '아이고 뜨거라!' 놀라 아들이 도망쳤다. 장자는 재산을 풀어 거지들을 모아 도움을 주었다. 거지가 된 아들도 도움을 받으려고 장자의 집으로 왔다. 장자는 아버지라는 것을 숨기고 변소간 치우는 하인을 보내 같이 변소 치우는 일을 시켰다. 변소 치우는 일이 익숙해지자 집안 관리하는 일을 맡겼다. 집안 관리가 익숙해진 뒤 장자는 죽음에 이르러 모든 사람들을 모아놓고, 그간 재산을 관리한 사람이 아들임을 밝히고, 나의 모든 것이 본래 너의 것이었다고 선포한다. 〈법화경 비유품〉

여기의 아들은 삼승이고 장자는 깨달은 이였다.

하늘에서 비가 내리면 모든 약초와 나무들이 생기가 넘친다. 약초는 효과가 작은 것, 중간 것, 큰 것이 있고, 나무도 작은 나무와 큰 나무가 있다. 구름에서 내리는 비는 고루 평등하게 내리지만 작은 약초는 혜택을 작게, 중간 약초는 중간쯤, 큰 약초는 크게 받는다. 나무도 마찬가지다. 이렇게 처지에 맞게 혜택을 입고

성장하게 된다. 〈법화경 비유품〉

여기서 세 가지 약초는 삼승이고, 작은 나무는 깨닫기로 작정한 것이고, 큰 나무는 한 번 깨달아 더 이상 물러서지 않는 것을 말한다.

큰 장사꾼이 많은 장사꾼들을 이끌고 오백 유순 거리에 있는 보배의 성(寶城)으로 가는데, 대부분의 사람들이 힘이 들어 되돌아가려고 했다. 큰 장사꾼은 삼백여 유순 지점에 허깨비 성을 만들었다. 상인들은 허깨비 성에 도달해 그것을 진짜로 알고 모두 안온한 마음이 되어 푹 쉬었다. 큰 상인은 허깨비 성을 없앤 뒤 다시 상인들을 이끌고 진짜 보배의 성에 도달했다. 〈법화경 비유품〉

여기서 큰 장사꾼은 깨달은 이이고 상인들은 스승의 이야기를 듣고 깨닫는 것과, 혼자 노력해서 깨닫는 것을 말한다. 허깨비 성은 방편이고 보배의 성이 대승(大乘)이다.

어떤 사람이 관료로 있는 친구를 찾아가 거나하게 대접을 받는다. 결국 술이 취해 잠이 들었는데, 관료인 친구가 볼일이 있어

외출을 하면서 잠이 든 친구의 옷 속 값진 보물과 돈을 깊숙이 넣어준다. 잠이 든 친구는 그것도 모르고 먼 길을 떠나 고생고생하다가 다시 친구 집으로 돌아온다. 관료가 친구의 옷을 뒤져 보니 값진 보물이 옷 속에 그대로 있었다. 〈법화경 비유품〉

관료를 찾아간 친구는 보화를 가지고 있으면서도 그것을 몰랐다. 몰랐다는 것은 법화경과 같은 가르침이 있는 것을 알지 못했다는 것이고, 관료로 있는 친구 즉, 깨달은 이를 만남으로써 자기 자신도 곧 깨달음을 이룰 수 있었다는 뜻이다.

어떤 전륜왕이 여러 왕국을 정복했다. 정복할 때 공적이 있는 병사들에게 상을 내렸다. 상으로 말과 수레를 주고 진귀한 보화를 주기도 했다. 더러는 전장을 내리기도 했는데, 왕은 상투 속에 든 진주와 금으로 된 동곳(髻珠)을 가장 공이 큰 장수에게 나누어주었다. 〈법화경 비유품〉

공적이 있는 병사는 수행자이고 공이 많은 장수는 수행이 높은 사람을 뜻한다. 상투는 삼승의 가르침이고 상투에 꽂은 동곳은 대승을 뜻한다.

한 의사가 있다. 그에게는 아들들이 여럿 있었지만 말을 잘 듣지 않았다. 의사가 외출을 한 뒤 아들들이 멋모르고 독약을 마셨다. 의사가 외출에서 돌아와 보니 아들들이 앓고 있으므로 해독약을 주었으나 먹으려 하지 않았다. 의사는 꾀를 내어 다시 외출했다가 자기가 죽었노라고 거짓말을 퍼뜨렸다. 아들들이 놀라 슬퍼하면서 해독약을 먹고 정신을 차려 몸이 완쾌된 것을 알고 돌아왔다. 〈법화경 비유품〉

여기서 의사는 깨달은 이이고 아들들은 삼승이다. 약은 올바른 가르침이고 독약은 그릇된 가르침이다.

이것이 회삼귀일(會三歸一)이라는 것이다. 스승의 이야기를 듣고 깨닫는 것, 혼자 노력해서 깨닫는 것, 깨달음을 앞에 놔두고 다른 이의 이익을 위해 자기를 돌보지 않고 열심히 도와주는, 이 세 가지가 모여 하나가 된다는 것이다. 여기 이 하나로 셋을 깨부수어 셋마저 없애고, 하나라는 것도 놓아버리라는 것이었다. 그것이 무엇인가. 유마힐의 침묵이다. 실재(實在)란 말로 할 수 없고 설명도 할 수 없다. 나타내 보일 수도 없고, 그것을 알게 할 방법도 없다. 그것은 모든 언어를 떠나 있다. 그래서 생명 있는 것들이 아프면, 바로 내가 아픈 것이 된다. 왜냐하면 생명 있는 것들과 내가 둘이 아니기 때문에 그렇다.

어느 날, 여신은 숭인장로를 따라 영관대사를 찾아갔다. 영관대사가 여신을 한번 쓱 쳐다보더니 기특한 모양이었다. 영관대사로부터 여신은 '자연의 실재는 융합된 하나이지 두 모습이 아니다'는 이치를 배웠다. 자연의 본질은 모양도 명칭도 없는 것이고, 모든 것이 끊어진 것이므로 깨달아야 아는 것일 뿐 거저 알아지는 것이 아니라는 것이다.

참으로 깊고 오묘해 그것은 조건에 따라 결과로 나타난다. 이를테면 '일승'이라는 하나 속에 이 우주의 모든 것이 들어가 있는데, 그것은 가장 작은 물질도 아니고 빛도 아닌 것으로, 우리 몸뚱이를 마음대로 통과할 뿐 아니라 바위나 그보다 더한 깡깡한 쇳덩이도 마음대로 통과해 금진(金塵) 속에 들어가 있기도 한 그 모든 것이 하나라는 것이다.

거기에는 시간도 없고 공간도 없었다. 극히 짧은 찰나 찰나가 시간이랄 수 있으며, 공간과 시간이 하나로 합쳐져 어떤 조건에서는 시간이 늘어나기도 하고 또 어떤 조건에서는 줄어들기도 하는, 시공 속에 우리가 있는 것이라고 했다. 그래서 과거 현재 미래가 서로 얽히지도 않고 따로 떨어지지도 않아 차별 없는 것인데, 그 본질은 자애(慈愛)의 극치라는 것이다.

이 심오하고 신비하기 짝이 없는 초자연적 보석이 허공에 가득해 생명 있는 것들이 나름의 재능에 힘입어 이로움을 얻는다는 것이다. 이 심오하기 짝이 없는, 상서로운 자연의 본바탕은 끝도 없고 없어지지도 않아, 모양새가 없는 하나의 형식처럼 자리하고 있다는 것이며, 그것이 곧 흔들림 없는 깨달음이라는 것이었다.

그래서 어떻다는 것인가.

자연의 실재란 본성 없는 그것이 본성이다.
본성이 없다고 하는, 본성 없는 그것이 자연의 실재다.
이제 때가 되어 본성 없는 자연의 실재를 보여주노니,
본성 없는 자연의 실재를 언제 자연의 실재라 말한 적이 있더냐? 〈경덕전등록 권제1〉

여신은 여기에 이르러 문자를 떠난 오묘한 이치가 눈에 보이는 듯했다.

어느덧 봄이 되어 화개동천이 싱그러운 녹색 그림으로 펼쳐져 있었다. 어디선가 두견새 우는 소리가 들렸다. 가슴속까지 그리움 같은 산산한 것이 녹아 스며들면서 저절로 시가 읊어져 나왔다.

홀연히 창밖에서 두견이 우니

눈에 가득한 봄 산, 고향이 따로 없구나.

하루는 물을 길으러 갔다가 돌아오는 길이었다.

물을 길어 오면서 언뜻 머리를 돌리니

흰 구름 속 푸른 산 헤아릴 수 없구나.

여신은 은장도를 꺼내 스스로 머리를 잘랐다. 한양의 동학들이 두류산을 떠난 지 삼 년 만의 일이었다.

"내 일생을 두고 어리석은 미치광이가 될지언정 글을 다루는 서생이 되지는 않으리!"

여신이 이처럼 달라지고 있을 때, 삼정골 윗자락에 무예수련장이 마련되어 풍회는 그리로 올라가 두류산 사사 무예교수를 맡았다.

이듬해 봄, 풍회는 여신이 사문으로 계를 받는다는 소식을 들었다. 결국 모든 일이 운선선인의 말씀대로 그렇게 풀려가는구나 그런 생각을 하면서 의신사 계단(戒壇)으로 내려가 보았다.

대다수 두류산 스님들이 참석한 가운데 대웅전에서 수계 의식이 거행되었다. 수계 절차는 계화상, 교수사, 갈마사의 세 고승 앞으로 나아가는 것으로부터 시작되었다. 계화상이 물었다.

"나이가 스무 살 되었느냐?"

"부모가 허락을 하였느냐?"

"남에게 빌려 쓴 돈은 없느냐?"

"진짜 남자냐? 오역죄를 범한 적이 없느냐?"

질문이 이어질 때 풍회는 저만큼 뒷자리에 앉아 흐르는 눈물을 어쩌하지 못했다.

여신은 일선대사가 계를 주는 스님으로, 석희법사와 육공장로, 각원상좌가 계 받았음을 증명해 줄 스승으로, 영관대사를 조사들로부터 이어온 법을 전해준 스승으로, 숭인장로는 보살펴 성장시켜 준 스승으로 삼아 계를 받고 '휴정'이란 새 이름을 얻었다.

계는 여신이 받는데 왜 풍회가 눈물을 흘리는가. 풍회는 다섯 살 무렵 여신의 그 초롱초롱하던 눈망울이며 영특한 얼굴을 보았고, '큰스님이 될 게야' 하던 스승 운선선인의 이야기와 열 살 무렵 최향로 여막에서 여신을 본 기억이 떠올라 만감이 교차되었다. 풍회는 이십여 년의 세월을 선도(仙徒)로 살아온 자신의 모습이 초라하게 느껴져 우두커니 창밖만 바라보았다.

모든 수계 절차가 끝난 뒤, 휴정스님이 된 여신 앞으로 나아가 두 손을 모아 합장을 했다.

"큰 도를 이루어 많은 생령을 구제하십시오."

"그동안 찾아뵙지 못해 죄송합니다."

풍회를 본 여신이 빙긋 웃었다.

"공부하시느라 바쁘셨을 텐데 별말씀을요."

"무예는 앞으로도 틈을 내 익힐 탭니다."

"네, 그렇게 하시지요."

겨우 인사만 나누고, 큰스님들 뒤를 따라 큰방으로 향하는 휴정의 뒷모습을 바라보고 섰다가 방 안으로 모습을 감춘 뒤 의신사를 나왔다.

신륵사의 꽃놀이

자환이 가야산으로 들어와 보니, 해인사는 문제가 많은 사찰이었다. 학조대사가 만년을 보낸 곳으로, 권승으로 소문난 중들이 죽치고 있던 사찰이라 사사가 뿌리를 내리지 못했다. 세간이나 승가나 권력에 취한 자들은 변화를 싫어했다. 그 점, 가야산이 대표적이라 할 만했다.

학조대사가 누구인가. 원각사에 오래 기거한 사람으로, 세조의 왕사인 혜각 신미대사의 제자였다. 원각사는 옛 흥복사를 이름만 바꾼 것으로, 한양 한복판에 위치한 조선조 초 조계종 총본산이었다. 세조의 신임이 두터웠던 학조는 왕실 내전의 대우를 오래 받아온 사람으로, 친동생이자 중추부영사를 지낸 김수온이 뒷배가 되어준 사람이었다. 그는 원각사에서 평가받을 만한 불사를 일으켰으나, 권신들의 비난이 빗발쳐 밀려났고, 그 뒤 원각사는 폐사에 이르렀다.

자환은 여러 정황을 살피느라 한 달 넘게 가야산에 머물렀다. 그리고 떠나면서 서찰을 각완대사에게 보냈다.

　각완대사는 가야산에서 보내 온 자환의 서찰을 보고 혀를 끌끌 찼다.

"두류산에서 가야산이 지척인데……."

곧 시자 지행을 불렀다.

"하철굴암 마하와 마광수좌를 급히 올라오라 해라!"

당장 불호령이 떨어졌다. 마하와 마광이 실꾸리 같은 몸뚱이로 헉헉 숨을 몰아쉬며 중철굴암에 다다랐다. 방 안에 들어와 앉기가 바쁘게 대사가 자환이 보낸 서찰을 건넸다.

"등잔 밑이 어둡다더니, 불가의 종찰이랄 수 있는 해인사 중들이 유가의 권력에 발을 못 붙여 안달이 난 모양이다. 이 길로 당장 내려가 사사들을 가야산으로 보내 해인사를 접수하라!"

　각완대사의 명령은 곧 실행에 옮겨졌다. 가야산을 사사가 없는 사고지역으로 설정하고 마광과 보원을 해인사로 보냈다. 마광은 허우대가 크고 인상이 위압적이어서 유생들을 닮아가는 유약한 사판승들이 감히 눈을 올려 뜨지 못할 강점이 있었다. 사사 이름이 도철인 보원은 아는 것이 많고 눈치가 빨라 사근사근한데다, 뛰어난 무술 실력이 뒷받침을 해주어 일을 매끄럽게 처리할 능력을 갖추고 있었다.

사실은 가야산에 사사 조직이 전무한 것은 아니었다. 다만 권승으로 알려진 학조대사의 그림자가 드리워져 꿈틀거리지 못했을 뿐, 마광과 보원이 해인사로 들어가 하나하나 조직을 정비하면서 인원이 더 필요할 상황이면 지원해 주기로 하고 곧 가야산으로 떠났다.

자환은 황학산을 거쳐 풍기로 올라왔다. 화엄대찰로 이름난 부석사로 들어가 보니, 보현사 운재화상의 사제 되는 노스님이 그리로 와 계셨다. 자환 일행을 반갑게 맞아주신 노스님은 신혜를 비롯한 안심사 비구니 사사에게 큰방 하나를 내주고, 자환을 노스님 옆방에 머물게 했다.

의상대사가 봉황산 자락에 올라 멀리 바라보이는 경관에 끌려 절을 창건했다는 말을 증명이라도 하듯 무량수전 앞 안양루는 바람도 쉬어 간다는 곳이었다. 그만큼 경관이 빼어난 부석사는 화엄교학이 융성했던 시절 흔적들이 여기저기 서려 있었다.

겨울이 닥쳐 노스님의 배려로 그해 겨울을 보낸 자환은 해가 바뀌어 벚꽃이 피는 계절을 맞았다. 산 아랫자락의 벚꽃이 산 중턱으로 올라가 흰색 무늬를 보인 푸근한 어느 날, 노스님

과 작별하고 문경으로 내려갔다. '문경새재 웬 고갠가 구부구
부 눈물이 난다'는 고개를 넘어 충주진으로 올라왔다.

충주목 정토산에서 강원감영이 있는 원주부 명봉산과 건등
산에 이르기까지 고려조 의천사(義天師)에 힘입어 천태교학을
꽃피운 억정, 청룡, 정토, 거돈, 법천, 동화사가 행렬로 이어지듯
자리를 잡고 있었다.

이러한 거찰들이 조선조에 들어와 폭삭 주저앉아 버렸다. 오
두막은 크게 공력을 들인 집이 아니므로 무너질 때 옆으로 눕
거나 뒤로 자빠지는 것이 보통인데, 거찰은 무거운 흙과 기와
를 지붕에 얹고 있어서 뱅글 돌아 그 자리로 내려앉는다. 그래
서 불화와 부처는 흙 속에 묻혀 썩고, 석불은 깨지고, 철불은
녹이 슬어 부식해 버린다. 그런 속에서도 불가가 면면히 숨을
쉬어온 것은, 마음 쏠림이 형상을 떠나 형상 없는 것에 초점이
맞춰져 있기 때문이었다. 석씨의 도는 마음 없는 것에 표시 없
이 있는 것이어서 유가의 권력이 모가지를 옳게 틀어쥐지도 못
하면서 우리 조상들이 공들여 조성하고 깎고 세워 채색한 문
화유산을 파괴해 왔다.

"이러고도 이놈의 나라가 잘되기를 바라는가?"

폐사가 된 억정사와 반파가 된 정토사를 돌아본 자환이 혀
를 찼다.

"정주의 학이 무엇이기에 우리 조상들을 이리 욕되게 하는 가?"

자환의 말에 신혜와 자옥은 눈물을 보였고, 여윤은 고개를 숙였다.

일행은 거돈사로 올라왔다. 벽화가 씻겨 나가고 기왓장이 깨져 비가 새 지붕이 빙글 돌아 주저앉기 직전이었다. 한데 퇴락한 절간 한쪽에 피골이 상접한 노승이 솥단지를 걸어놓고 그꼴이 된 거찰을 지킬 것이라고 우두커니 바라보고만 있었다. 자환 일행은 거돈사에서 노승을 도와 비가 새는 곳을 덮고 허물어진 곳을 쌓으며 주변을 치우느라 두 달을 보내고, 이웃해 있는 법천사로 올라왔다.

법천사는 대단히 큰 사원이었다. 조선 초 권신인 한명회, 서거정, 권람 등이 공부를 했던 곳으로, 탑에다 낙서질로 그들 이름을 새겨 넣어 유가의 때가 덕지덕지 묻어 있었다. 산모퉁이를 돌아 침투해 들어온 민가가 경내지를 잠식해 이미 사원의 신성함이 사라져버렸다.

선종사(禪宗史)의 종조라 할 도의선사의 선맥을 이은 염거화상의 자취가 남아 있는 홍법사 역시 폐사 직전에 있었고, 고달사도 다르지 않았다. 자환은 폐사가 되어가는 절을 그냥 두고 떠날 수 없어 열흘씩, 보름씩 머물면서 치우고 고치고 청소를 해보건만, 그래 봤자 동쪽 벽을 허물어 서쪽 벽을 보수하는 꼴이었다.

자환이 여주로 내려온 것은 그해 여름이었다. 신륵사는 장수산을 떠날 때, 법현이 꼭 한번 들러보라 한 곳으로, 축령이 주승으로 있었다. 광주 대모산에 있던 영릉이 이곳으로 이장되면서 신륵사가 원찰이 되어 대대적인 불사가 이루어져 본래 면모를 잃지 않은 모습이었다.

"이게 누군가?"

자환을 본 축령이 마치 떼구름에 싸여 온 사람을 맞듯 두 손을 잡고 어쩔 줄 몰라했다.

"법현사형한테 이야기는 들었어."

"법현사형이야 우리들 나침반이니깐…… 어떻든 잘 왔네."

절간 같은 절에서 아는 사람을 만나니 회한이 좀 가시는 듯했다.

"전에 묘음사를 떠나 경기도로 강원도로 돌아다닌다는 이야기는 들었는데, 기껏 여기로 와 있었구면?"

"여기로 오게 된 이유가 있지."

"벽사(신륵사)나루가 한양 뱃길이라 재미가 쏠쏠하다 그 말인가?"

"그걸 어떻게 알았지?"

"법현사형이 그러더구먼. 경강 장사꾼이 벅적거리는 뱃길이라구."

"허허허, 아닐세. 흉년이면 한양으로 입 살러 간 사람들이 없진 않지만 왈짜패 유생들만 들끓어…. 그런데 저 보살님들은 뉘신가?"

고갯짓으로 신혜 일행을 가리켰다.

"아 참, 인사들 하시지요."

자환이 신혜와 자옥, 여윤을 소개했다. 축령은 그녀들이 안심사 비구니 스님임을 알고 깜짝 놀랐다. 그러고는 차를 우려 마시면서 너스레를 떨었다.

"얼굴이 너무 이쁘오."

"이 사람아, 머리를 깎아놔서 그렇지 비구니 스님 안 이쁜 사람 봤나?"

"그게 아니고 신륵사에서 일 년만 살았으면 좋겠다는 생각이 드는구먼."

"일 년을 살면 무슨 깨 쏟아질 일 있나?"

"배를 타고 한양으로 과거 보러 가는 과객들을 발가벗길 수 있겠어."

세조비 정희왕후가 영릉을 이곳으로 옮기고 신륵사를 보은사로 정하자 유생들이 모여들어 놀이터가 되었다는 것이다. 그래서 축령이 주지를 맡았다고 했다.

"며칠 있어 보라구. 좌수니 별감이니 하는 자들 꽃놀이를 보게 될 테니……."

"꽃놀이라니, 화류놀이 말인가?"

"유생들 꽃놀이하는 거 못 봤나?"

신혜 그네들이 자리를 함께하고 있는지라 축령은 더 말을 잇지 않았다.

"좋은 구경거리가 있다니 솥단지를 싸들고 다녀야겠군."

그러고 웃었다.

강월헌은 금당천과 여강의 합류 지점 위쪽 우뚝한 암반 위에 있었다. 노송들이 주변을 푸른빛으로 둘러쌌고, 건너편 강안의 능수버들이 그림처럼 내려다보였다. 수림이 빽빽한 강월헌 위 낮은 구릉에 신륵사가 자리를 잡았는데, 경관이 그만하니 유생들이 시회를 연답시고 연일 모여 소란스럽지 않은 날이 없었다.

"시회라면 고급 풍류데 말이지."

"옛날에는 현묘지도라 했지."

"고아한 아취는 사라지고 연일 가락만 있네."

자환은 축령과 전탑 아래로 내려왔다.

"타령이야, 술타령…… 술타령만 해도 그냥 보아 넘기겠는데, 덥추(기생)들을 데려다가 침만 질질 흘려."

"덥추라니 그건 또 무슨 소린가?"

"중노릇만 했으니 알 까닭이 없지. 몸 파는 여자 말야."

"허허허, 자네는 별것을 다 아네그려."

"절로 터진 입으로 즈이들은 유감동(조선 전기의 유명한 기생) 사촌쯤 되는 돌치라고 떠들어대지만 내가 보기에 덥추도 삼패(하류 기생)쯤 되더구면."

"돌치는 또 뭐야?"

"이러니 자네는 평생 중노릇이나 해야 혀. 애 못 낳는 여자를 돌치라 하는 게야."

"벽사 주지가 되더니 아예 그쪽 전문가가 되었구면."

"기녀들이 아주 없는 것은 아니지. 중치막에 호박갓끈을 내려뜨리고 가야금을 끼어 데리고 온 기생과 점잔을 빼는 치들도 가끔은 있어."

문제는 신륵사 대중이 풍류를 한답시고 기생 놀이판이 된 유생들 치다꺼리를 도맡고 있다는 데 있었다. 술 고기는 말할 것 없고 온갖 기름이 발린 잔칫상을 연일 차려내는 것이 그들이 해온 수행이라고 했다.

"내가 그놈들 버르장머리를 잡으려고 신륵사 주지가 된 건데 말이지……."

축령은 유생들 술판을 다잡지 못했음을 스스로 자책이나 하듯 작은 돌멩이를 집어 여강을 향해 던졌다.

"먹기는 잘하겠네."

축령이 고개를 끄덕였다.

"그러면 됐지 버르장머릴 고칠 것까지 뭐 있겠나?"

아닌 게 아니라 한 열흘 있어 보니 신륵사 정황을 알 만했다. 기생들이 날마다 굿거리장단에 춤을 추며, 목청껏 지화자를 뽑아대는 강월헌은 세월 가는 줄 몰랐다. 경관은 둘째 치고 그곳이 뱃길이 되어 한량은 말할 것 없고, 광대 기질이 있다 싶은 온갖 잡새들이 용문산에 안개 모이듯 모여들었다.

자환이 벽사에 머물던 그해 8월에 한양에서 한성시가 열렸다. 때가 때인지라 섬 진 놈 먹 진 놈 가릴 것 없이 과거를 보겠다고 유생들이 꾸역꾸역 나루에서 내려 신륵사로 올라와 투숙을 하고 떠났다. 그냥 조용히 차려준 밥에 잠만 자고 떠나면 저 좋고 벽사 좋고 다 좋으련만, 흐르는 강 위에 강월헌이 떠 있고, 누각과 당우들이 노송과 느티나무 사이에 그림처럼 어우러져 강아지도 앉으면 절로 시흥이 나온다는 명소라는 것이 문제였다. 그러니 그냥 가는 놈은 열에 하나나 될까 말까. 산이 울면 돌도 운다고 유생이라 하면 너도나도 기생들을 불러 양반 값을 치르느라 구경거리가 볼만했다. 여기에 광대 기질이 있는 놈이 나타나면 그야말로 별별스러운 꽃놀이판이 밤을 새워 이어졌다.

그러던 어느 날이었다. 한성시를 보러 가는 경상도 유생들이 떼를 지어 올라왔다. 서른 명이 넘는 그들이 강월헌과 구룡루에 기생들을 불러들여 꼬박 이틀 낮밤을 판을 벌이고도 모자랐다.

신륵사 대중은 그자들 술심부름, 안주심부름에 손이 모자라 신혜, 여윤, 자옥이까지 나서서 거들어주는데, 개 눈에는 뭣만 보인다더니 유생 한 놈이 신혜의 아리따운 모습에 넋을 잃고 손목을 끌어당겨 다짜고짜 얼굴에 입술을 갖다 댄 것이 사건의 발단이 되었다.

신혜가 한쪽 손가락으로 사내의 천정을 재빨리 눌렀던 것인데, 갑자기 호흡이 마비되어 그 자리에 벌렁 누워버렸다.

"어허, 저런 저년이……."

영문을 몰라 눈을 치뜨고 바라보던 주변 유생들이 욕부터 뱉어냈다. 그 광경을 지켜보던 자환이 얼른 신혜를 후원으로 불러들였다. 자옥과 여윤이까지 함께 불러들여 남장을 시켰다. 머리를 위로 걷어 올려 수건으로 질끈 감싸고 패랭이를 쓴 뒤, 바지저고리에 행전까지 치고 조끼를 입어 놓으니 앳된 사동처럼 보였다.

유생들이 신혜를 찾느라 강월헌과 구룡루가 소란의 도를 넘어 난장판이 되었다. 그 광경을 지켜보던 자환이 축령에게 말했다.

"오늘 밤 저자들 황천 맛이나 보여주세."

"좋아. 때가 온 것 같구먼."

절 안으로 들어가 수좌들을 모두 모았다. 벽사 수좌들이야 축령을 따르는 사사들로 무술로 단련된 무적의 장정들이었다.

"어느 놈이든 달려들면 안 죽을 만큼 두들겨 패놓아라."

축령의 명령이 떨어졌다. 대중들을 구룡루와 강월헌 주변에 배치해 놓고 자환과 축령은 종루로 달려갔다. 수좌 한 사람은 전탑 뒤 바위 위에 올라서서 소라를 불게 했고 축령은 종을 쳤다. 자환이 법고를 두들기며 신륵사에 도둑이 들었다고 외쳐대자, 종소리, 북소리, 소라소리가 경내에 낭자하게 울려 퍼졌다. 화가 날 대로 난 유생들이 여기저기서 비척거리고 일어나 바락바락 소리를 질러댔다.

"아니, 저 중놈새끼들이 미쳤나!"

유생 두어 놈이 종루가 있는 곳으로 쫓아왔다.

"야, 이놈아! 그만두지 못해!"

"절에 도둑이 들었다니깐요?"

말을 한들 뭣하겠는가. 등치고 배 만지는 대답뿐이었다.

"이 간나이 새끼!"

유생 가운데 허우대가 황소만 한 녀석이 갓끈을 풀고 상투
바람으로 도포를 훌훌 벗어던지더니 몽둥이를 집어 들었다. 축
령은 종을 더 세게 계속 때리고, 자환이 종각 아래로 내려섰다.
떡대에 힘만 믿고 달려든 녀석의 팔을 잡아 비틀어 한팔 업어
치기로 종각 아래에 메다꽂고는 놈을 밟고 올라서서 다른 놈
을 어서 오라고 손을 까불어대니, 서너 놈이 도포를 훌렁훌렁
벗어 던지고 쫓아왔다.

자환은 앞엣놈을 복호세(伏虎勢)로 앉으면서 오른쪽 다리를
쭉 펴 돌려 차 거꾸러뜨리고 한 놈은 현각허이세(懸脚虛餌勢)
로, 또 한 놈은 오른발을 들어 하삽세(下揷勢)로 돌려 차놓으니,
놈들이 모두 땅바닥에 주저앉아 버렸다.

종각의 종이 계속 울리고 있는 가운데 그 광경을 지켜보던
구룡루와 강월헌의 유생들이 자환에게 술잔을 집어던지며 떼
로 몰려들었다.

"놈들을 살살 얼러 만져놓아라!"

축령의 명령이 재차 떨어지자 주변을 지키고 있던 대중들이
닥치는 대로 퍽퍽, 툭툭 두드려 패는데, 악을 바락바락 쓰는 놈
이 있는가 하면 아이고 사람 죽는다고 엄살을 피우는 놈들로
벽사가 온통 아수라장이 되었다. 그때 패랭이를 쓰고 행상 차

림을 한 신혜, 자옥, 여윤의 무예 솜씨가 어스름한 달빛 아래에서 춤을 추듯 벌어졌다. 놀란 것은 유생들이 아니라 신륵사 대중들이었다. 저것들이 사람인가 도깨비인가, 대중들은 숲속으로 도망치는 유생들을 뒤쫓아가 모두 끌어내 안 죽을 만큼 두들겨 패면서도 눈은 신혜, 자옥, 여윤에게서 떨어질 줄 몰랐다.

축령과 자환은 대중을 동원해 몸을 숨긴 유생들을 모두 끌어내 사찰 밖으로 내쫓고, 소란을 주동한 몇 놈을 나루로 끌고 내려가 강물에 처넣어 술 대신 물을 먹여놓고 올라왔다. 그리고 대중들을 보제존자 석종 앞으로 모이게 해 신륵사를 빠져나와 치악산으로 올라갔다.

치악산 구룡사에 이르러 한숨 돌린 자환이 실실 웃으며 축령을 바라보았다.

"신륵사에서 열심히 종을 치더니, 주승 노릇까지 함께 종을 쳤구먼?"

"잘됐네. 이러자고 신륵사 주승을 한 건데……."

구룡사에서 한숨 붙인 그들은 일찍 길을 나서 오대산으로 들어갔다. 상원암을 지나 적멸보궁으로 올라가 참배를 하면서, 조선조에 들어와 불가가 망가져 가는 모습을 한탄과 눈물로 달래고 중대를 들러 다시 상원암으로 내려왔다. 일행은 상원암에서 떠날 채비를 차렸다.

"어디로 갈 건가?"

축령이 물었다.

"난 애초에 금강산으로 가는 길이었네. 한데 축령수좌가 걱정이군. 전국에 토포령이 내려지면 이제부터 숨어 살아야 할 판이니 어쩌면 좋은가?"

"토포령이 아니라도 우리들 사는 꼴이 숨어 사는 거였지 별거 있었나? 나는 남쪽으로 내려갈 것이야."

"남쪽이라면?"

"계룡산으로 가겠네."

"그럼 여기서 남과 북으로 갈려야 되겠군. 난 금강산에 들러 묘향산으로 갈 건데. 어디서든 군세기만 하고 굴하지는 마세."

자환은 축령과 손을 맞잡고 작별을 아쉬워하며, 그들 일행과 길을 나누어 헤어졌다.

자옥, 정양사에 남다

자환은 단발령을 넘어 내금강으로 들어왔다. 마하연사에 이르러 법준을 찾으니 백운대 아래 만회암에 올라가 있다고 가르쳐주었다. 한데 법준화상을 모시고 있다는 젊은 수좌를 거기서 만났다. 법준은 하루걸러 한 번씩 마하연사에 내려온다는 것으로, 그의 안내를 받아 백운대로 향했다.

"법명이 어떻게 되는고?"

법준화상을 모시고 있다면 그의 시자일 것으로 생각되었다.

"여현이라 합니다."

만회암 앞에 이르러 여현이 안으로 뛰어 들어가 손님이 왔음을 알리니, 법준이 문을 열어젖히고 사람을 맞는데, 자환임을 보고 맨발로 마당으로 뛰어나왔다.

"기별도 없이 이리 불쑥, 허허, 웃는 자가 백운댄가 법준인가."

"사형님과 백운대가 껄껄 함께 웃고 있소이다."

"백운대가 웃는다면 금강산이 웃는 걸세."

법준이 자환을 방으로 안내했다.

"어떠하시오?"

"나야 그만그만하지."

아리따운 세 여인이 자환을 따라 방으로 들어섰다. 절집 예의를 갖추고 난 뒤, 자환 뒤에 환히 웃고 서 있는 세 여인들을 바라보면서 물었다.

"저 보살님들은 뉘신가?"

"보살님이 아니고 스님들이우."

법준의 눈이 둥그레졌다.

"스님이라니, 비구니 스님이란 말인가?"

"자, 인사들 드리시오."

신혜, 자옥, 여윤을 인사시키고 한 사람, 한 사람 소개가 끝났을 때였다. 마하연사에서 길 안내를 해준 젊은 수좌가 다구를 챙겨 들어왔다.

"여현아, 인사 드려라. 묘향산 자환스님이시다."

만회암 길을 안내해 준 젊은 수좌가 인사를 했다.

"사형님두 상좌 두셨수?"

"허허, 그런 택일세."

"그런 택이라니…?"

여현은 신계현 월은사에서 만난 노스님 상좌였다. 법준이 금강산으로 들어올 때 사사전장 문제로 시끄러웠는데, 결국 사사전장을 향교에 빼앗기고 노스님이 입적하자 법준을 찾아 금강산으로 왔던 것이다. 법준이 여현을 금강산 사사에 편입시킨 뒤 만회암에서 함께 기거하고 있었다.

차를 마시면서 법준이 비구니 스님들을 자꾸 돌아보는 모습이, 중이 머리를 기른 내력이 궁금한 것 같았다. 자환이 머리를 기르게 된 내력과 평양 부벽루에서 있었던 일을 이야기해 주니, 크게 소리를 내어 통쾌하게 웃었다.

"자환수좌 아니면 그런 기지는 상상도 못했겠군."

자환이 두류산에 들러 각완사주와 마하를 만난 이야기와 풍회를 만났다는 이야기를 해주자, 법준은 풍회의 소식을 대단히 궁금해 했다.

"학소대사께서 막 입적한 뒤 잠깐 얼굴만 스쳐 아쉬웠는데, 두류산에 가 있었군!"

자환이 두류산 사사 현황과 가야산을 거쳐 금강산에 이르게 된 이야기를 들려주니, 법준은 자기 일처럼 고개를 끄덕이며 관심을 가져주었다.

"수고가 많았군."

"수고라기보다는 우선 상황만 점검해 본 거지요."

신혜를 비롯한 자옥, 여윤이 우려준 차를 한 잔씩 마시고 석식을 준비하겠다면서 후원으로 나갔다. 자환은 금강산 사정이 알고 싶었다. 법준은 차 한 잔을 쭉 마시고, 금강산 사사가 발빠르게 진전되고 있음을 이야기해 주었다.

"사주 무불대사는 제갈량이야. 온갖 병법에 달통하신 분이신데, 금강산 사사는 이미 군사체제로 전환되어 있네. 묘향산, 구월산, 두류산 사사들도 모두 승군으로 대오를 갖추어야 할 것이야."

자환이 고개를 끄덕이며 공감을 나타냈다. 일이 거기까지 진척된 것은 무부 상월이 선봉 훈련장으로 부지런하고 용맹스럽고 사명감으로 꽉 차 있다는 것이었다.

"이제는 전국 사사를 하나로 묶어 통솔할 사주가 나와야 하지 않겠나? 이건 금강산 사주 무불대사와 상월, 나 사이에서 은밀히 논의된 이야기네만 앞으로 그렇게 되어야겠는데 자네 생각은 어떤가?"

이제는 총사령관이 나와 전국 사사를 단일체제로 묶어 이끌어야 한다는 이야기였다.

"그게 쉽게 이루어지겠습니까?"

"쉽지 않다니, 무슨 문제가 있겠는가?"

각 산문과 산문 사이의 거리도 거리려니와 전국을 통솔하자면 고승이 나서야 할 터인즉, 조선에 고승이라 하는 사람들이 내전(內殿)에 줄을 대고 있거나 유가 권력에 줄을 못 대 안달을 하는 사람들이 많은데, 쉬운 일이겠느냐는 의견이었다.

"듣자 하니 두류산에 벽송 지엄대사 선맥을 이은 영관화상이 헌헌장부라 하던데 어떻던가?"

자환은 한참 생각에 잠겨 있다가 입을 열었다.

"좋지요. 하나 불가의 순수한 선맥을 가까스로 이어온 이판(理判)을 이런 일에 끌어들이는 것이 온당한 것인지, 그 점을 깊이 생각해 보아야 할 것 같습니다. 여기서 석존의 사자상승 문을 닫겠다면 모르겠거니와 먼 훗날을 내다본다면 이판의 맥은 전해 내려오는 전통 그대로 놔두는 것이 좋지 않겠습니까?"

자환의 그 말에 법준이 고개를 끄덕였다.

"맞는 말이야……."

"이번에 두류산에서 뵈오니 각완대사도 완강하고 청빈하심이 받들어 모실 만하다고 생각했습니다만, 금강산 사주께서는 어떠하십니까?"

"금강산 사주께서는 말이 없는 분이지. 암하노불이랄까?"

"암하노불이라뇨?"

"면벽이 소림사 종조를 뺨치고도 남네."

"허허허, 금강산 달마로구면……."

두 사람은 서로 얼굴을 마주 보고 웃었다.

"제갈량은 현장에서 꾀를 내곤 했는데, 무불사주께서는 면벽만 하고 계시지만 깜짝깜짝 놀랄 지침이 그 면벽에서 나오네."

"세수가 많으십니까?"

법준이 고개를 끄덕이면서 말을 이었다.

"지난번 나더러 은밀히 허응당 보우스님을 만나보라고 하데."

"보우스님이 금강산에 계십니까?"

"전에 이 암자에도 계셨지. 그 뒤 백운대 너머 선암에도 계셨고, 마하연 아래 사자암에 계시기도 했는데, 한번 찾아가 날로 심해져 가는 조정의 척불을 어떻게 생각하느냐고 물어보았지."

"그랬더니요?"

"허응당은 몸이 굉장히 쇠약한 분이야."

"그분 몸 쇠약한 것과 사사의 뜻과 무슨 관계가 있소?"

"허응당이 널리 공부를 하고 선문에 들어 깨달음에 이른 분이니 어찌 견해가 없을 수 있겠는가마는 그분은 불가와 유가의 일치점을 찾아내 조화를 이루려 하는 데서 방향을 찾고 있는 것 같더군."

"그렇다면 사사가 지향하는 방향과 다르군요."

"허웅당은 '일정(一正)'을 주장하데."

"그게 뭔데요?"

"일(一)은 불가에서 말하는 우주만유에 두루 미친 상주불변한 본체를 말하는 것인데, 정(正)은 일체 만물을 있는 그대로 거짓 없이 비추는 거울과 같은 순수한 것이라고 그래. 이 무잡한 것이 사람의 성(性)인데 이것이 움직이면 사단심인 인(仁)에서는 측은지심, 의(義)에서는 수오지심, 예(禮)에서는 사양지심, 지(智)에서는 시비지심이 우러나고 인간의 기본적 감정이랄 수 있는 희로애락애오욕(喜怒哀樂愛惡欲)이 하나의 성으로부터 일어난다는 것이지. 그것이 불가에서 말하는 미(迷)와 오(惡)에 관계없이 중생이 본래 갖추고 있는 불성이다. 그렇게 생각하고 있는 거야."

"그거야 성리학자들 하는 소리 아니오?"

"그래서 유학의 오상(인의예지신)은 불가의 방편과 같은 것이니, 불가와 유가를 각을 세워 보지 말고 거시적인 안목에서 하나로 보자 하는 이야기야."

"허웅당이 사사의 움직임이 있다는 것은 알고 있습니까?"

"그야 깜깜하지. 사사의 기밀이 어떤 건가?"

"허면 용렬한 자들끼리 모여 유가의 권력에 줄타기나 하자 그것 아닙니까?"

"허응당의 말은 임금은 어질고 신하는 충성을 해야……."

하고 말을 이어가는데, 자환이 법준의 말을 가로챘다.

"임금이 어질어요? 그래 이방원이 어진 사람이오? 수양대군이 어진 사람이오? 아니 연산군이 어진 사람입니까? 또 신하가 충성해야 한다면 이성계가 충성을 한 사람입니까?"

"내 얘길 좀 더 들어보게. 만백성의 어른인 임금의 인과 신하의 충, 그리고 어버이의 자애와 자식의 효, 형의 우애와 아우의 공손, 지아비의 화합과 아내의 순종함을 확충하면 그것이 모두 비로자나불의 진리요, 그것을 행하는 것이 보현보살의 묘행이 되는 것 아니냐 그러더이."

"얼씨구……."

"그것이 꼭 그른 것만은 아니지 않는가. 유교의 일상적 윤리를 잘 이행하여 그것을 확충하면 그것이 바로 불교의 본성이 되고, 불교의 이상인 보살도와 하나가 된다 하는 뜻인데, 종극에는 유가의 윤리와 불가의 윤리가 같다 그런 뜻이지."

"그래, 어떻게 했소?"

"무불대사께 말씀을 전해 드렸더니 고개를 젓데."

"대사께서 고개를 젓는다는 게 무슨 뜻이오?"

"입을 닫고 면벽만 하고 계신 분이라 내가 그 속내를 어찌 알겠나?"

"그럼 법준사형은 어떻게 생각합니까?"

법준은 눈을 감고 한참 동안 입을 열지 않았다.

"왜 말이 없소? 우리 사사도 유가들과 물타기를 하자 그 말이오?"

자환이 재차 채근대자 법준이 눈을 뜨면서 입을 열었다.

"좀 구차스럽기는 하나, 그것도 불가를 위한 일이라 하니 어찌하겠나?"

"어허, 이리 죽으나 저리 죽으나 죽기는 마찬가진데 꼭 사형까지 그런 초라한 소리를 해야 되겠소?"

하나 법준은 대답을 하지 않았다.

신혜가 저녁공양이 다 되었음을 알려 왔으므로 두 사람은 후원으로 나가 저녁을 먹었다. 식사를 하면서 신륵사 축령수좌 이야기가 나와 또 한바탕 웃다가 이야기의 초점이 표훈동 정양사에 이르렀다.

"자환수좌, 가만히 생각해 보니 상월과 난 사사의 일을 헛되이 한 것 같으이."

"무슨 말씀이오?"

"저 아래 표훈사 위 정양사가 비구니 스님 처소인데, 왜 비구니 스님들을 사사에 편입시킬 생각을 못했는지 아차! 하는 생각이 드는구먼."

"지금도 늦지 않았습니다. 정양사 비구니 스님들을 빨리 사사로 양성하십시오."

"그리하자 해도 경험 있는 비구니 스님이 없어서 하는 말일세……."

넌지시 자환의 도움을 요청하고 있었는데, 자환이 동문서답을 했다.

"처음엔 저도 안심사에서 제가 직접 훈련을 시작했습니다. 마하연사 사사 가운데 무예가 출중한 사사를 내려보내 추진하면 되지 않겠습니까? 무뢰배들에게 취약한 비구니 스님들에게 무예를 교수함이 우선 본인들을 위해서 좋고, 앞으로 사사의 뜻을 펴자면 비구들이 감당 못할 분야가 한두 군데가 아닐 것으로 봅니다."

법준이 안심사에서 온 신혜 일행을 바라보면서 대답했다.

"내가 왜 그걸 모르겠나? 자네는 마하연 사사 가운데 능력 있는 사람을 내려보내라 하지만, 묘향산에 저리 훌륭한 지도자들을 많이 놔두고 율의(律儀)의 가짓수가 다른 비구니 처소로 비구를 내려보내라니, 어찌 벽창호처럼 자네 생각만 하는가?"

그러고는 신혜 일행을 쳐다보면서 물었다.

"어떻소? 내 말이 틀렸소?"

그때서야 자환이 웃으면서 말을 받았다.

"아니 그럼, 제 제자들을 뺏어가려고 하는데 제가 뭐라고 하겠습니까?"

"이제 보니 자네 제자 욕심이 부엉이 같은 사람이구먼."

"사형님, 나도 우물을 같이 파고 혼자만 먹겠다는 사람은 아니우."

그리하여 안심사 비구니 사사 가운데 정양사에 교수사로 파견할 스님을 선정하는 데 이야기의 초점이 모아졌다. 자환이 신혜, 자옥, 여윤의 얼굴을 보면서 금강산으로 와서 무예교수를 할 비구니 스님이 없겠느냐고 물었다. 자옥이 머뭇머뭇하다 대답했다.

"왜 없겠습니까?"

"그럼 누가 좋겠소?"

자옥이 대답했다.

"선광스님도 있고, 수현, 원경…… 많습니다."

그 말에 신혜가 대답했다.

"통솔력과 예지력을 모두 갖춘 스님이라면 여기 자옥스님만 한 분이 없을 겁니다."

모든 사람들이 자옥을 쳐다보았다.

"언니도 참, 내가 무슨 예지력을 갖췄다고 그래?"

그러나 별로 싫은 기색이 아니었다. 자환이 자옥의 속내를 읽은 뒤 입을 열었다.

"신혜수좌 얘기에 저도 동감입니다. 웬만하면 전국적으로 폭넓은 비구니 사사의 양성을 위해 자옥수좌가 나서 주는 것이 어떻겠습니까?"

"명령이라면 그리하겠습니다."

"명령은 아니오."

자환의 그 말에 여운이 나섰다.

"언니, 그렇게 해. 그래야 나도 금강산에 자주 오지."

자옥이 한참 생각을 해보더니 대답했다.

"별 재주는 없습니다만, 그럼 제가 여기 남겠습니다."

본인이 의사를 확실히 했으므로 자옥이 금강산 비구니 사사 교수사로 남기로 결론이 내려졌다. 자환은 묘향산에 돌아가면 자옥스님을 보좌할 사사 스님 두 사람을 더 내려보내기로 하고, 그 편에 자옥의 옷이며, 책이며, 행장을 같이 보내주기로 이야기가 마무리되었다.

이게 무슨 물건이냐

휴정은 계를 받고 영관대사와 마주해 앉았다.

"남악회양선사가 출가한 지 여러 해 됐지. 출가를 했으면 죽고 사는 거, 그거 하나 끝장을 내야 되는데, 아직 해결을 못했으니 헛공부를 한 거라고 한탄을 했던 게야. 혹 육조대사를 찾아가면 해결할 수 있을까 싶어 갔더니, 대뜸 문에 들어서는 것을 보고, '어디서 오는가?' 하고 물어. '숭산에서 옵니다.' 그랬더니, '이게 무슨 물건이 왔는고?' 그런단 말이야. 남악회양이 그 말에 꽉 막혀 버렸어! 앞뒤가 캄캄한 먹통이 되어 쩔쩔 매고는 도로 남악으로 갔지. 8년 동안 그 숙제를 안고 끙끙 머리를 싸맸던 게야……. 숭인스님이 준 염송집에서 이런 이야기가 있는데 읽어보았겠지?"

"네, 읽어보았습니다."

"그 뒤 8년 만에 육조대사를 찾아가 뭐라고 했던가?"

"한 물건이라 해도 맞지 않습니다. 그랬습니다."

"그랬더니?"

"헛것인지 아닌지 참구해 보니 증명된 것이 그것이더냐 하고 물었습니다."

"그래서?"

"참구해 증명해 낸 바 없지 않으나, 더럽혀지지 않는 것이라고 대답했습니다."

"그 다음 육조대사께서 뭐라고 했던고?"

"더럽혀지지 않는 그것이 모든 깨달은 이들이 아끼고 보살펴 주는 것이니, 그대도 그렇고 나도 그렇다고 말씀하셨습니다."

휴정의 대답에 영관대사가 목소리에 힘을 주었다.

"그것을 '한 물건'이라고 한다. 오늘부터 한 물건을 찾아 내게 일러라."

영관대사의 이야기는 거기서 끝났다.

그것이 앞으로의 숙제였다. 하나 그 숙제는 난감했다. 한 물건이 하늘을 나는 나비라면 휴정은 날개가 물 위로 드러누운 돛처럼 젖어버린, 처량한 꼴이 된 모양새였다. 그럴수록 한 물건은 신령한 것이었고, 휴정은 신령한 그것에 갇혀 스스로 돌멩이가 된 기분이었다. 하루가 겹치는 것만큼 세상의 모든 것이 한 물건이란 것 속에 꽁꽁 묶여 있다가 사라져버렸다. 신령한 것……. 차츰 마음이 격심해지기 시작했다.

격심해진 어느 날, 영관대사를 모시고 있던 대승사를 떠났다. 밥그릇 하나만 들고 한 물건을 찾겠다는 결심으로 산을 올랐다.

한 물건. 이게 뭔가? 그림자인가? 그림자는 소리가 없이 따라다니면서 움직인다. 움직여도 있고 움직이지 않아도 있다. 빛이 있으면 있고 빛이 없으면 사라진다. 빛의 그늘. 하나 그림자는 생각을 따라왔다 생각을 따라가는 것이 아니었다.

휴정은 삼정골로 올라가 그 위 언덕에 올라서서 벽소령을 바라보았다. 마천으로 넘어가는 고개 양편에 나비의 날개처럼 거대한 산자락이 펼쳐져 보였다. 저것이 정말 나비의 날개가 되어 펄럭인다면 바람이 얼마나 일까? 거대한 바람…… 바람은 보이지 않는다. 보이지 않게 왔다가 마른 풀잎들을 건드리면서 스스스 지나간다. 바람은 소리로 들을 수 있다. 하나 어디서 불어오는지 그 시작을 알 수 없고 끝나는 곳을 알 수 없다. 시작도 끝도 없는 바람…. 바람도 생각을 따라왔다 생각을 따라가는 것인가? 아니다.

나비 날개처럼 생긴 벽소령 산자락에 아지랑이가 아롱거린다. 가까이 있는 바위 위에서도, 먼 산에서도, 아롱거림은 햇볕이 비치는 곳이면 어디든 있다. 빛이 없으면 자취를 감추고……. 자취, 자취……. 아지랑이도 생각을 따라 아롱거리다가 생각을 따라가는 것인가? 아니다.

양지쪽에 원추리 잎이 샛노랗다. 연녹색 원추리 잎 사이로 빨간 매발톱꽃이 피어 있다. 매발톱꽃 꽃술에서 향기가 날아와 코끝을 스친다. 향기는 꽃 아닌 것에도 있다. 그리고 요요하게 바람을 타고 날아간다. 바람이 불면 향기도 따라서 춤을 춘다. 이것을 한 물건이라 할 수 있을까.

휴정은 낮은 언덕을 내려섰다. 나비 날개 같던 산자락이 꿈틀거리며 일어서는 것 같았다. 어깨를 들먹이며 날아오를 듯 앞으로 달려든다. 저 거대한 나비의 날개가 너울너울 춤을 추어 날아오르면 두류산도 거대한 꽃이 되어 드넓은 꽃잎 하나로 열릴까. 향기는 더 넓은 곳으로 바람이 되어 날아가 우주를 흔들겠지. 그리고 우주를 감싸겠지…. 그것이 석가모니 부처님이 꿈꾼 우주일까. 그리고 그것이 하나일까? 아니겠지…. 휴정의 생각은 끝이 없이 이어졌고, 생각의 끝은 황당했다.

나무는 잎을 피우기 시작했고, 고개를 들면 드높은 창공뿐이었다.

처처에 흰 구름 날고

산 너머 산, 물 건너 물인데

두견새 노랫소리는

먼 길손을 위함인가. 〈선가귀감 '두견'〉

벽소령에서 명선봉을 바라보고 오르다가 오른쪽으로 방향을 틀었다. 세 갈래 길에서 능선을 따라 아래로 내려섰더니, 멀리 웅장한 산등성이가 곤(鯤)이라는 괴어(怪魚)의 등때기처럼 꿈틀거렸다.

장관이로다! 바위 위로 올라갔다. 고개를 들어 바라보니 손가락만 한 낮달이 손에 잡힐 듯 하늘에 걸려 있다. 손만 들면 하늘에 박힌 별들을 하나하나 따낼 수 있을 것 같았다.

발아래로 산들이 내려다보였다. 명선봉에서 능선으로 이어진 삼정산 아래 사원이 멀리 바라보였다. 한 물건이 있다면 저 웅장한 능선 어디에 숨어 있는 것이 아닐까. 삼정산 너머 아스라이 암자 하나가 떨어진 낙엽이 깔린 모습처럼 보였다.

한 물건을 찾으려면 저 능선을 넘자. 넘고 또 넘어 거기에도 없으면 다시 또 능선을 넘자.

휴정은 가파른 산길을 내려갔다. 신우대 잎들이 바람에 사그락 소리를 냈다. 청청한 소나무와 청태 낀 바위들이 성곽처럼 둘러싼 산자락 아래 초옥 한 채가 납작하게 붙어 있었다. 저 고즈녁한 초옥에 사는 사람이 누구일까. 그도 숨을 쉬고 있을까. 숨을 쉬고 있다면 정녕 두류산과 하나가 되어 있으리.

초옥은 삼면이 벽이 없고
늙은 중이 평상에서 조는구나.
산은 푸르러 반쯤 젖었는데
비는 멀어져 석양이 지나가네. 〈선가귀감 '초옥'〉

휴정은 마당으로 내려섰다. 육환장을 어깨에 걸친, 산신처럼 새하얀 노승이 배례석인 듯, 마당 가운데 깔린 돌 위에 앉아 졸고 있었다. 하얗게 센 눈썹이 눈을 가렸다. 휴정이 합장을 해 보였는데, 시선이 안으로 감긴 채, 찾아온 사람을 바람으로 아는 듯 날아가겠지 하는 모습으로 없는 듯 앉아 있다.

"휴정이라 하옵니다."

발등 높이의 배례석 앞으로 가 무릎을 꿇고 큰절을 올렸다. 노승이 사람을 보고도 못 본 것인지, 여전히 눈이 안으로 감겨 먼 산으로 얼굴을 돌린 채 손가락으로 부엌만 가리켰다. 시장할 터이니 가서 끼니나 챙겨 먹어라, 그러는 것 같았다.

휴정은 부엌으로 가면서 노승을 돌아보았다. 단정히 앉은 그의 시선이 비스듬히 옆으로 돌아가 있었다. 그 시선 끝에 연하봉에서 천왕봉으로 이어져 두류의 중심을 이룬 능선이 장엄하게 내려뻗어 있었다. 저 장엄한 산을 바라보면서 무엇을 생각할까. 휴정의 눈에 들어온, 노승의 새하얀 모습이 두류산 산신처럼 느껴졌다.

부엌으로 들어가 솥을 열어보니 정갈하게 껍질을 벗겨 삶은 감자가 그릇에 담겨 있었다. 노승이 저녁 끼니로 남겨둔 듯했으나 휴정은 시장한 나머지 그것을 꺼내 두 조각을 내어 뽀얗게 김이 서린 감자를 입속으로 가져갔다. 부뚜막의 투가리 뚜껑을 열었더니 산초 잎이 둥둥 띄워진 김칫국물이 있었다.

김칫국물을 마셔가며 시장기를 달랜 뒤 휴정은 밖으로 나왔다. 마당 가운데 노승 앞으로 다가와 다시 무릎을 꿇었다.

"한 물건을 찾으러 왔습니다."

노승이 눈을 뚝 뜨는가 하더니, 다시 먼 산으로 시선을 보내버렸다. 하얗고 긴 눈썹이 미풍에 하늘하늘 흔들렸다. 노승은 끝내 말이 없었고, 휴정도 묵묵히 그대로였다. 해가 멀리 서쪽 능선 위에 두어 뼘으로 걸려 잘 익은 조홍시처럼 물들어 갔다.

붉게 물든 조홍시가 자줏빛으로 스러진다 했더니, 어느 틈에 능선 아래로 뚝 떨어져 버렸다. 해가 없어진 하늘엔 붉은 북새가 여광으로 남아 있었다. 바람 끝이 조금씩 차가워졌다. 서쪽 하늘의 여광이 검은빛으로 엷어지더니 상현달이 슬픈 빛으로 나타났다.

"노장님, 안으로 드시죠."

휴정의 말에 노승은 한참 뜸을 들였다가 자리에서 일어섰다. 멀리 천왕봉을 안대로 삼은 본채로 들어가면서 잠이나 자라는 듯 휴정에게 세 칸 홑집 초옥을 턱으로 가리켰다. 초옥은 두 칸이 연이어 방이었고 한 칸은 군불을 때는 부엌으로 문 위에 '삼소굴(三笑窟)'이라 새긴 판때기가 걸려 있었다.

방은 깨끗이 치워져 있었고 아랫목에 방석 하나가 단정히 놓여 있었다. 언제 군불을 땠는지 방바닥이 따뜻해 마음이 아늑했다.

그곳이 도솔암 삼소굴이었고, 하염없이 묵묵히 노니는 노승이 학묵대사였다. 휴정은 학묵대사의 하염없음을 배우며 그곳에서 한 철을 났다. 양식이 떨어져 학묵대사가 탁발을 나가면 휴정도 같이 따라 나갔다. 하얀 산신령 같은 학묵대사는 계곡을 타고 마천으로 내려갈 때도 있었고, 영원암으로 내려가 상무주로 올라 줄줄이 암자로 이어진 길을 따라 실상사로 내려가기도 했다.

가을이 되어 남원부 인근 마을을 돌며 탁발을 해왔다. 얻어온 먹을거리도 가지가지였다. 입쌀, 보리쌀, 좁쌀, 수수, 감자, 간장, 된장…… 걸사의 처지이고 보니 가릴 것이 없었다. 휴정도 시주들이 주는 대로 받아 왔다.

그러던 어느 날이었다. 인월에서 탁발을 시작하여 운봉으로 걸어 나가 산성전(山城殿)에 이르니 대궐 같은 와가가 있었다. 솟을대문 옆으로 사랑이 두 채나 있고, 네모 돌기둥을 연못에 세워 그 위에 지은 정자형 누각이 왼쪽에 있었다. 별당은 따로 떨어져 있었고, 안채는 대문에 가려 보이지 않았다.

부잣집이니 그냥 갈 수가 없었다. 딸랑딸랑 요령을 흔들어 대며 다가갔더니 대문 앞에 가마가 세워져 있고, 금박이 남색 긴치마에 장옷을 걸친 여인이 가마 곁에 서 있었다. 여인이 장옷을 걷고 합장을 해 보이더니 허리를 무릎까지 굽혔다. 와가 집 안방마님으로서는 보기 드문 일이었다. 여인이 타려던 가마에서 발걸음을 돌려 안으로 들어가더니 커다란 함지박에 찹쌀과 깨소금을 가득 퍼가지고 나왔다. 그리고 휴정이 메고 있는 바랑 끈을 냅다 잡아채듯 벗기더니 쌀을 가득 넣어주면서 물었다.

"어느 절에서 오신 스님이시오?"

"도솔암에서 왔습니다."

여인이 쌀을 털어 넣다가 휴정을 쳐다보았다.

"도솔암 대사님은 잘 계신지요?"

"예."

그때 방문이 열리면서 삼작노리개를 든 규수가 밖으로 나왔다.

"어머님, 노리개를 놓고 가셨어요."

여인에게 노리개를 건네주는 규수의 눈이 휴정과 마주쳤다. 휴정은 시선을 피했으나 처자는 눈을 피하지 않았다. 규수답지 않게 휴정을 한참 동안 간단없이 바라보았다. 처자의 곁에 몸종인 듯한 아이의 볼에 불그스름한 홍조가 나타나더니 민망스러운 눈빛으로 처자를 쳐다보았다.

"가을이 끝나면 학묵대사님을 뵈러 올라가겠습니다."

"네, 그렇게 안부 전해 올리지요."

여인이 가마를 타고 앞서서 갔고 휴정은 바랑을 지고 돌아섰다. 대문 앞에 나와 섰던 처자는 휴정의 모습이 보이지 않을 때까지 그 자리를 지키고 있었다. 하나 휴정은 그것을 몰랐다.

그 저택은 남원부 사대부가 운봉 박씨로 세조대에 위세를 떨쳤던 정난공신 운성부원군 후손이 사는 집이었다. 유다르게 불심이 깊은 안방마님은 도솔암 학묵대사의 대시주이기도 했다.

탁발을 해서 한 철 먹을 식량이 군혀지자 학묵대사의 하염없음이 다시 시작되었다. 하나 휴정은 숙제로 짊어지고 온 한 물건이 학묵대사가 즐기는 하염없음 속에 들어 있다는 것은 상상도 못했다.

그러던 어느 날이었다. 한 번도 이렇다 할 이야기가 없이 지내온 터라 짊어지고 온 숙제를 풀 요량으로 학묵대사를 찾았으나, 보이지 않았다. 우물가로 내려가 살펴보니 우물 오른편에 불쑥 솟은 천연의 대(臺)가 있고, 대 위에 나무평상이 있었다. 학묵대사는 나무평상에 앉아 낮잠을 조는 듯 하염없음을 즐기고 있었다. 대에서 내려다보니 두류산이 한눈에 들어왔다. 휴정이 학묵대사 앞으로 다가갔다.

"대사님, 달마대사께서 참으로 마음을 찾기 어렵다 그랬거든요?"

하얀 눈썹 아래 학묵대사의 눈이 웃음을 머금었다.

"마음은 찾으려 하면 없고, 잊어버리고 있으면 부지불식간에 있는 것 같고 그러던데, 그것 찾는다는 것 말짱 헛일 아니옵니까?"

좀처럼 입을 여는 일이 없던 학묵대사가 한마디를 던졌다.

"거기서 뒤로 한발 물러서거라."

앞으로 한발 나가라는 것이 아니고 뒤로 물러서라는 것이었다.

"네, 한발 물러섰습니다."

"네가 찾으려 하는 마음이 거기 있지 않느냐?"

휴정은 휴! 소리가 나왔다. 참으로 신기한 일이었다. 찾으려

했던 마음은 앞으로 돌진만 하는 진격형이었고, 한발 후퇴해서 살펴보니 돌진만 하던 마음의 실체가 거기에 있는 듯했다. 그것을 움켜쥐려고 하니 웬걸, 순식간에 어디론가 휘익 사라져 버렸다.

"어라, 이게 번갠가. 어디론가 금방 사라져버리네?"

학묵대사는 그 다음 일은 너 알아서 하라는 듯, 천왕봉으로 이어진 두류능선만 바라보고 있었다.

순식간에 사라져버린 마음의 자취를 좇아 큰 데로 나아가니 한없이 커졌고, 작은 데로 찾아가니 한없이 작아졌다. 참으로 모호했다. 옛 선지식은 널리 퍼진 것으로 말하면 우주의 처음과 끝에 다다른다고 했고, 좁고 작기로 말하면 바늘 끝도 거기에 미치지 못한다고 했다. 그렇다면 그것 또한 모호하달 수밖에…. 그럼 모호한 그것이 한 물건인가? 순간 휴정의 머릿속에 번쩍하고 지나가는 무엇이 있었다. 그래서 다시 물었다.

"한 물건이란 게 크기로 말하면 처음과 끝이 없고 작기로 말하면 바늘 끝만도 못한 그것이옵니까?"

학묵대사가 고개를 흔들었다.

"아니다. 거울을 매달아 둔 것이다."

느닷없는 소리였다. 거울을 매달아 둔 것……. 휴정은 여지없이 앞뒤가 뒤바뀌어 버렸다. 그날부터 학묵대사의 하염없음이 내면으로 들어와 요동을 치며 격심해지기 시작했다.

학묵대사와 그런 대화가 있고부터 휴정의 삼소굴은 적막강산이 되었다. 잠을 자도 자는 것이 아니고, 눈을 떠도 뜬 것이 아니었다. 대낮에도 두류산은 곤의 등때기처럼 꿈틀거렸고, 밤의 두류산은 곤이 숨을 죽이고 엎드려 있는 모습이었다.

대낮의 하늘은 끝이 없이 드넓었고, 달이 뜬 두류산의 하늘은 까닭 없이 외로웠다. 달이 지면 처량했고 달이 없는 밤이면 두류산이 온통 벙어리가 되어 앞을 가로막고 있었다.

드넓은 하늘을 보면 가슴이 터질 것 같았고, 때때로 처량한 별빛이 비감으로 찾아들어 영문도 모르는 눈물을 고이게 했다. 그렇게 도솔암의 나날은 깊어만 갔다.

눈 감으면 밤이거늘

삼정골 수련원으로 풍회를 찾아온 사람이 있었다. 사바세계가 드넓다고 하나, 두류산 골짜기로 풍회를 찾아온 사람이 있다는 것이 신기했다.

눈이 둥글해져 찾아온 사람을 살펴보니, 키가 작고 몸집이 당당하게 벌어져 체력을 단련한 게 분명해 보였다. 머리 깎은 중이 체력을 단련했다면 사사가 틀림없었다.

"작은 신선이 당신이우?"

말투가 버르장머리 없이 되바라졌다.

"신선이랄 건 없고 그냥 풍회라 하오."

"사람을 여기 놔두고 박달내를 뒤지느라 헛품만 팔았네."

"누가 박달내를 뒤지라 했수?"

"했소."

대답이 톡톡, 튀는데, 그렇다고 화가 나 있는 것은 아니었다.

"누가 뒤지라 했소?"

"금강산이 그랬소."

동문서답이었다. 그는 웃지도 않고 오지랖 사이에 손을 집어넣더니 꼬깃꼬깃 구겨진 서찰 한 장을 꺼냈다.

"나는 금강산 여현이라는 중이오."

묻지도 않은 자기소개를 했다.

"여현?"

처음 듣는 이름이었다.

"금강산 바위들이나 아는 이름이니, 어서 서찰이나 읽어보시오."

풍회가 서찰을 펴들었다.

풍회선자에게

생각이 지극하던 차 자환스님으로부터 소식 전해 들었소이다. 날로 수행 높음이 방장산을 넘고 배움 깊음이 청학동 골골을 새겨 흐른다 함은 예전에 장수산에서 보아 잘 알고 있거니와, 지금은 대선인(大仙人)이 되어 계심이 눈에 뵈는 듯 하오이다. 하나 가는 세월을 붙잡을 수 없는지라 얼굴을 뵌 지 까마득하거늘, 말로 듣고 생각으로 헤아려봄이 어찌 한 번 만나는 것만 하겠소이까. 선자께서 두류산에 있다는 이야기를 전해 듣는 순간 한달음에 달려가고 싶었으나 금강산의 풍광이 기절한지라, 이쪽으로 운수를 겸해 일차 발걸음을 해주십사 하여 서찰을 띄우나니, 만사 제쳐두고 한번 왕림해 주시기 엎드려 바라나이다. 법준.

풍회는 빙그레 웃었다. 이제는 사사도 군사체제로 바뀌어 균형이 잡혀 있었고, 수련도 병장기를 쓰는 군사훈련이 주를 이루고 있어서 삼정골도 전과 같지 않았다. 그렇다고 할 일이 없는 것은 아니지만 우수한 병사가 선발되었으면 거기에 걸맞는 올바른 규율이 엄히 서야 군대로서의 구실을 해낼 수 있을 것이란 생각을 했다. 그래서 사사에서 늘 한발 비켜 서 있는 기분인 터에 하는 일마저 심심해 두류산을 잠시 벗어나려던 차였다.

대개 유가의 군율은 요순이 '어짊으로 천하를 다스리니 백성이 따랐다'는 식이었다. 때가 어느 땐데 지금도 예기나 대학에서 이야기한 준거를 벗어나지 못했다. 하나 승군은 달랐다. 군대란 법가(法家)에 철저히 의존해야 한다는 점이 각완대사의 신념이었다.

유가의 군무(軍務)가 규율이 전혀 없는 것은 아니나 조선은 오랜 세월 전쟁이 없던 터라, 군무가 물 빠진 뭇처럼 느슨히 풀려 올가미 없는 개 꼴이었다. 원래는 모든 사람이 정남이라 하여 군역의 의무를 지도록 했지만 나라의 부역을 베(價布)로 대신 치르게(布納) 하면서 군대의 의무도 베를 납부하면 면제를 받았다. 그러다 보니 방군수포제는 비리의 온상이 되었다. 군역을 치른 놈은 세상물정에 어두워 머저리 취급을 받는 자들이거나, 가진 것이 없어 병신 취급을 받는 가난한 자들이었다. 여기서 한 등급 더 낮은 머저리는 방군수포제로 바치는 베를 착복할 줄 모르는 자들이었다.

한마디로 말하면 머저리 집단이 조선왕조의 군졸이었다. 양반은 노비를, 지주는 하인을 군역에 대신 보내 오합지졸이 되었는데, 거기에 조례, 나장, 일수, 조군, 봉군, 역졸들을 군대라고 모아놓고 뇌물이나 주고받으며 시시덕거리는 일이 조선조 군무인 셈이었다. 국가안보가 개돼지처럼 취급되는 천출들에게 맡겨졌고, 거기에 종사하는 자들은 그들의 피나 빠는 박쥐 같은 무리들이었다.

그 점을 잘 알고 있는 각완대사는 나라 다스리는 군주의 성씨를 바꿀, 대개혁을 주도하기 위해 승군을 철저하게 법가에 의존했다. 무엇보다도 훈련을 위주로 하였고, 규율을 엄중하게 해 상벌이 엄격히 시행되게 했다.

하나 그것은 사사들의 문제일 뿐, 풍회는 물 건너 호랑이였다. 여신이 계를 받고 스님이 되어 떠난 뒤 쓸쓸한 나날을 보내자니, 형영상조(形影相弔, 몸과 그림자가 서로를 그리워함)랄지 왠지 휴정이 야속하게만 여겨졌다. 외롭게 자라오기는 했어도 운선선인의 각별한 보살핌으로 열심히 선도를 닦아왔던 풍회는 선인이 선화한 뒤 만났던 휴정이 은연중 마음을 나눌 의지처로 자리매김이 되었던 것인데, 행방이 묘연해져 버렸다.

이제 스님이 되었으니 대승사에서 영관대사를 모시고 있겠거니 하면서 보고 싶은 마음을 꾹 눌러 참았다. 아무 곳이면 어떠랴? 수행 잘하고 건강하면 됐지. 그런데 작년 겨울 영관대사가 의신사 적묵당으로 거처를 옮길 때, 휴정의 모습이 보이지 않았다. 혹시나 싶어 대승사로 올라가 봤더니 거기에도 없었다. 풍회를 더욱 쓸쓸하게 만든 건 휴정이 어디로 갔는지 그것조차 아는 사람이 없었다.

싱거운 사람! 어디를 가면 간다고 이야기나 해줘야지…. 자못 섭섭함으로, 계룡산이든 묘향산이든 한바탕 싸돌아다니고 나면 혼자라는 허전함이 좀 가시지 않겠나 싶었다. 그런데 바짓가랑이를 잡아당기는 사람이 있었으니, 영관대사였다. 누가 오라 하거나 가라 하지도 않는데, 산을 싸돌아다니다 만난 영관대사, 제풀에 걸려 풀지 못한 매듭이 발목을 잡았다.

영관대사는 사냥꾼이 아니다. 한데 풍회는 대사의 덫에 걸려 꼼짝할 수 없었다. 대사의 내면을 들여다보려 해도 보이지 않았다. 알려고 해도 알아지지 않았다. 자로 재려고 해도 잴 자가 없었고, 무언가 건져보려고 해도 건져지지 않았다. 대사는 끝없이 깊고 아득히 멀기만 했고, 만나기만 하면 사람을 꽁꽁 옭아매는 무엇이 있었다.

풍회는 영관대사의 올가미에서 풀려나야 두류산을 떠날 수 있을 것 같았다. 그래서 여현을 수련원에서 쉬도록 해놓고 적묵당을 찾아갔다. 빛바랜 세살문을 똑똑 부드럽게 두드렸더니 대답이 없었다. 부러 발뒤꿈치로 마룻장을 쾅 울리면서 탕탕 문을 두드렸다. 여전히 기척이 없었다. 대답을 기다릴 게 무어 있어, 발소리만 듣고도 누가 왔는지 환히 알 터인즉….

덜컹 방문을 열었다. 오후 햇살이 문창으로 내려와 넓은 적묵당 안이 환했다. 대사가 아랫목 방석 위에 허리를 꼿꼿이 펴고 앉아 있었다. 풍회가 대사 앞으로 가 무릎을 꿇고 막 앉으려던 참인데 먼저 대거리가 날아왔다.

"작별하러 왔나?"

하여간 귀신이 아니고서는 이럴 수가 없다.

"대사님, 사람 마음을 환히 들여다보는 명경을 가지고 계십니까?"

선정을 닦아 지혜가 있다 해도 이만큼 남의 속을 꿰뚫어 볼 수는 없을 것 같았다.

"내가 거짓말을 했느냐?"

"자다 봉창 두들겼습니다."

슬쩍 거짓말을 해보았다.

"지금이 낮이냐 밤이냐?"

또 걸려들었구나 하는 생각이 퍼뜩 떠올랐다.

"낮입니다. 눈을 뜨십시오."

영관대사가 눈자위를 끔벅끔벅 눈을 뜨는 시늉을 했다. 저럴 때는 꼭 어린아이와 같았다.

"깜깜한 밤이로구나. 불을 밝혀야겠다."

또 무슨 수작을 부리려는지 화로를 끌어당겼다.

"불은 제가 밝히겠습니다."

촛대를 끌어당겨 화로에서 불씨를 꺼내 불을 살라 붙였다. 대낮 햇빛이 문창으로 들어와 불은 켜나 마나 했다.

"네가 어디에 있느냐?"

풍회는 당했구나 했다.

"대사님 앞에 있습니다."

그때 죽비가 날아오더니 풍회의 어깨를 사정없이 내리쳤다.

"아얏!"

아프다는 비명이 떨어지기가 바빴다.

"그것이 너다!"

풍회는 또 속았구나 하고 죽비가 내리친 어깨를 만졌다.

"눈을 뜨면 낮이요, 감으면 밤이다. 그래도 업은 아기 삼년 찾을 테냐?"

"······?"

"억!"

대사가 억하고 소리를 질렀다. 풍회는 순간 모골이 송연함을 느꼈다. 그러고는 쩔쩔 매고 있는데 다시 물었다.

"무엇이 듣고 있는고?"

"제가 대사님 목소리를 듣고 있습니다."

"허허허…."

대사는 그 대목에서 실없는 사람처럼 껄껄 웃었다.

"소리는 듣는 것이 아니다."

풍회는 어리둥절했다.

"소리 듣는 그놈을 이리 데려오너라."

할 수 없었다. 풍회는 되거나 말거나 참동계에서 읽었던 말을 지껄여댔다.

"심연에 있는 우주에 양은 뼈가 되고 음이 살이 되어 여기 있습니다."

대사가 고개를 좌우로 저으면서 목소리를 부드럽게 해 다시 물었다.

"인소품구나 체본일무(人所稟軀 體本一無)라 하지 않았더냐?"

"참동계에 그렇게 쓰여 있는 것을 읽었습니다."

"사람은 몸을 받은 바탕이 아무것도 없는 데에 그 바탕이 있다 그리했느니, 그건 네가 더 잘 알 터인즉, 원정운포에 인기탁초(元精雲布 因氣託初)니, 애초부터 정기가 구름처럼 퍼져 있는데 기가 씨앗이 되어 싹이 튼다 했겠다. 그 다음이 무엇이더냐?"

대사는 참동계를 술술 꿰고 있었다.

"음양위도(陰陽爲度)는 혼백소거(魂魄所居)라 했습니다."

"그 뜻이 무엇이냐?"

"음과 양이 절도를 이룬 가운데 혼백이 있다. 그 얘기옵니다."

"음양이 절도를 이룬 가운데 있다는 혼백이 무엇이겠느냐?"

"혼은 정(精)이고 백은 영(靈)입니다."

"허허, 이제 보니 이놈이 주둥이만 열렸군."

대사가 껄껄 웃음을 터뜨렸다.

"문제는 '체본일무'에 있거늘 거기서 한발 더 나아가거라. 언젠가 네가 나한테 이야기하지 않았더냐? 형전정복(形全精復)이 여천위일(與天爲一)이라, 몸과 마음을 더 보태지도 더 빼지도 않고 본바탕을 그대로 유지해 우주와 하나가 되는 수련을 해온다 그러하지 않았느냐?"

"네, 그러했사옵니다."

"몸으로 하늘을 날고 손으로 땅을 들어 올리려 하거든 너의 타고난 기품이 어디에 있는지 그것부터 먼저 알아야 하지 않겠느냐?"

"정녕 그것이 능량(能量) 아니겠사옵니까?"

"능량이 움직이는 것이냐, 가만히 있는 것이냐?"

"움직이기도 하고 가만히 있기도 합니다."

"그 본체가 무엇이냐?"

"……?"

풍회는 또 말이 막혔다. 대사가 죽비를 딱! 하고 내리쳤다.

"이 소리를 듣는 그놈이 본체니라."

하나 풍회는 머릿속이 깜깜하기만 했다.

"더 수련을 쌓거라."

"네, 그리하겠습니다."

풍회가 대사 앞에 고개를 깊숙이 숙였다.

"그만 나가 보아라."

문을 열고 적묵당을 나왔다. 분명코 대사는 실망이 컸으리라. 하지만 풍회는 영관대사의 속마음을 알지 못했다. 멋지게 대거리를 하겠다는 생각이 도리어 머릿속만 아뜩해져 적묵당을 나왔다. 답답했다. 앞뒤가 꽉 막힌 기분이었다. 두류산을 떠나지 않고서는 이 답답함을 이겨낼 재간이 없었다. 터질 것 같은 가슴을 싸쥐고 수련원으로 올라왔는데, 내면 깊숙한 어디에선가 알 수 없는 무엇이 똘똘 뭉쳐 요동을 치는 느낌이었다.

여현이 수련원에서 참을성 있게 기다리고 있었다. 막상 두류산을 떠나려 하니 소의 멍에처럼 구부러져 보이는 건너편 안당재 능선 위에 '작별하러 왔느냐'는 영관대사의 첫마디가 갈고리처럼 걸려 보였다. 갈고리가 영관대사의 손에 쥐어져 멱에 걸린 듯했고, 낚아채면 영락없이 대사에게로 끌려갈 것 같았다. 그래서 하늘을 바라보며 고개를 흔들었다. 여현이라는 중이 말없이 풍회를 바라보고 서 있었다.

"갑시다. 두류산을 떠납시다."

영관대사에게 어깃장이라도 놓듯 자리에서 일어섰다. 풍회는 마하에게 그간 사정을 이야기했고, 중철굴암 각완대사에게도 미리 두어 달 금강산을 다녀오겠다고 말씀을 드렸다. 대사는 아쉬워하는 눈치였으나 마지못해 고개를 끄덕였다. 그동안 수고가 많았다며 금강산에 가거든 무불대사님을 뵙고 안부 전하라 하시면서, 어디를 가든 두류산 사사를 잊지 말라고 당부했다. 풍회는 그렇게 하겠다고 대답하고 중철굴암을 나왔다.

"가버리자. 금강산으로……."

풍회는 짐을 챙겨 여현을 앞세우고 길을 나섰다.

여인의 울음소리

삼척을 지나니 험산유곡이었다. 물을 건너고 크고 작은 고개를 넘어 칠성대에 이르자 해가 설핏했다. 풍회는 여현을 앞세워 칠성대 아래 초협한 암자로 들어갔다. 그곳에서 저녁 끼니를 때우고 나서도 산 위에 해가 두어 자나 걸려 있어서, 둘은 다시 길을 나섰다.

대관령 위 두어 뼘 바투 걸린 석양이 자취를 감추자, 동해 바다에서 둥근 달이 떠올랐다.

제민원(濟民院)을 지나니 산세가 가팔랐다. 멀리 대관령을 가리고 선 소나무 숲에서 귀촉도가 울고, 치르르 칠칠칠, 풀숲에서 가을을 재촉하는 풀벌레 소리가 밤의 적막을 깨뜨렸다.

불쑥 앞으로 내려온 산모퉁이를 도니 개울 물소리가 소곤소곤 들렸다. 바위를 휘감아 도는 개울에 달빛이 깨져 으리으리한 은빛으로 흔들렸다. 은빛 부서지는 개울을 건너자 신갈나무 숲이 앞을 막아섰다.

그때 숲속에서 여인의 울음소리가 들렸다.

"쉿!"

풍회는 본능적으로 몸을 낮추었다. 제민원이 코앞이라 눈 먼 호왈감이 아니고는 나타날 리 없는 그런 곳이었다. 설령 큰 짐 승이 사람 냄새를 맡았더라도 '사람 살리라'는 외침이 먼저지, 저리 코를 훌쩍이며 울음을 울 까닭이 없었다.

풍회는 엉거주춤 몸을 숙인 여현에게 엎드리라는 손짓을 보 내고 울음소리를 향해 조심스럽게 접근해 갔다. 비스듬히 뻗어 나간, 한 아름 넘는 돌배나무 밑에 사람의 모습이 보였다.

귀신인가. 무릎 사이에 얼굴을 묻고 등허리를 동그랗게 만 여인이었다. 새어 든 달빛 사이로 어깨를 들먹이며 우는 모습이 처량해 보였다.

"혼자입니까?"

뒤따라온 여현이 귓속말로 속삭였다.

"누가 보쌈을 해 왔나보이……."

으름넝쿨이 뒤얽힌 가시덤불 뒤로 돌아간 두 사람은 동태를 살폈다. 숨을 죽이고 주변을 눈여겨보았으나 여인 외에 다른 사람은 없어 보였다.

"신랑이 죽어 근처에 묻혀 있나 봅니다."

"그럼 묘지가 있어야지 왜 숲만 빽빽한 곳이야?"

"신들린 여자 아닙니까?"

바로 그때였다. 어깨를 들먹거리며 울던 여인이 고개를 들었다. 치마끈 같은 긴 끈을 목에 감고 일어서더니, 후닥닥 돌배나무 등걸을 타고 올라갔다. 어어어! 하는 순간 돌배나무 위 나뭇가지에 목에 걸린 끈 한쪽을 매는가 싶더니 느닷없이 아래로 툭 떨어졌다.

"저거? 저거…?"

할 틈도 없었다. 나뭇가지가 출렁 흔들리며 여인의 목이 끈에 감겨 공중에서 버둥거렸다. 반사적으로 몸을 솟구친 풍회가 여인에게 달려가 얼른 위로 안아 올렸다.

"빨리 끈을 풀라구!"

뒤따라 온 여현이 돌배나무를 타고 잽싸게 올라가 여인의 목에 연결된 끈나풀을 단검으로 쳐냈다. 여인이 보릿자루처럼 밑으로 처져 내렸다. 풍회가 여인을 안아 땅바닥에 앉히고 목에 묶인 끈을 풀었다. 순식간의 일이라 여인은 혼절하지 않았으나 어리둥절 주변을 둘러보았다.

"겁도 없이…… 도랑 건너가 황천인 줄 아나 봐?"

여현이 나무에서 내려와 중얼거렸다. 여인이 퍽 당황해 하며 풍회를 보더니 눈을 감아버렸다. 여인은 그 모든 사실을 죽은 뒤의 일로 알고 있을지 몰랐다.

풍회가 여인을 바위에 기대어 앉히고 곁에 앉았다. 한참 동안 눈을 감고 있던 여인이 정신을 차린 듯 눈을 떴다. 나무 위에서 뛰어내리면서 충격을 받은 듯 손바닥으로 목을 감싸 안았다.

"정신이 드십니까?"

"당신들은 뉘셔요?"

"길 가던 사람들이오."

여인이 한 손으로 무릎을 짚고 일어서려다 도로 주저앉으며 목으로 손을 가져갔다. 나무에서 떨어져 내리면서 목을 다친 듯했다.

"명 짧아 죽은 무덤은 있어도 서러워 죽은 무덤은 없다고 했소. 보아하니 앞날이 창창해 뵈는데 무엇이 그리 기박해서 이런 험상한 모습을 보이우?"

여현의 말에 여인은 대답하지 않았다.

"세상이 원수 같더라도 꿋꿋이 살면서 갚아내야지."

잎새 사이로 새어 든 달빛이 여인의 얼굴을 비췄다. 열대여섯쯤 되어 보이는 색시였다. 문양이 고운 만화단 치마에 남끝동 노랑저고리를 입고 있었으나, 나무 위에서 뛰어내리느라 가르마가 흐트러져 머릿결이 덩덕새 모양이었다.

"댁이 어디세요?"

나이 탓이리라. 불 난 데 키 들고 덤벙대듯, 성급한 여현의 물음에 여인은 뺨 위로 눈물만 흘렸다.

"우리가 길을 가지 않았더라면 큰일 날 뻔했소이다."

상대방 사정은 헤아리지 않고 계속 번지수가 엇나간 말만 늘어놓자 여인이 눈을 떴다.

"누가 살려달라 했나요?"

목소리는 퉁명스러웠고, 다시 눈물을 펑펑 쏟았다. 분위기가 숙연해졌다. 그 바람에 여현이 두어 걸음 앞으로 나가 등을 돌리고 돌아섰다. 누가 뭐라고 해도 자결을 결심한 여인은 살아 있음이 슬픔으로 돌아온 듯했다. 풍회는 떡갈나무 사이로 달빛이 새어 들어와 풀잎과 같이 팔랑거리는 모습을 보면서 여인이 울음을 그칠 때까지 기다렸다.

하염없이 눈물만 흘리고 있던 여인이 정신을 가다듬은 듯 몸을 일으켜 세웠다.

"노여워하지 마세요. 밤길을 가다 아씨의 이런 모습을 대하게 되니 우리도 넋이 나가 제정신이 아닙니다."

다시 침묵이 흘렀다.

"요즘은 누구에게나 다 험한 세상이지요."

한참 있다가 풍회가 목소리를 낮춰 재차 물었다.

"댁이 어디세요?"

손바닥으로 목을 감싼 여인이 상체를 돌렸다.

"왜요? 데려다 주시려고요?"

말투에서 완강한 저항이 느껴졌다.

"산속이라 이슬이 내리면 추워집니다."

"이대로 죽게 내버려 두세요."

살아 있는 것이 고통으로, 살아 있는 것을 저주하면서 사는 사람들도 있다. 그것이 절망이다. 그러면 태어나지 말았어야 했다. 누가 이 여인을 돌배나무에 목을 매게 했는가.

"살아 있는 개가 죽은 정승보다 낫다고 했소."

그 말에 여인이 혼잣소리로 중얼거렸다.

"어머니가 죽일 여자예요."

죽일 여자가 어머니라니…… 자결을 결심하게 한 배후에 그녀의 어머니가 있다는 이야긴가? 그러고 보니 여인의 얼굴에 알 수 없는 원망이 가득히 나타나 보였다.

사람은 누구든 가장 힘들고 고통스러울 때 어머니를 찾는다. 어머니만이 자기 몸을 버려 자식을 구원해 낼 인간의 마지막 품안이자 사랑이다. 그 영혼이 자녀에게 효행의 근원이 되어 왔는데, 그녀는 어머니에게 저주를 퍼붓고 있었다.

유가사회에서 효와 충은 만백성의 표본으로 추앙된다. 효가 인간의 도리임이 분명한데, 죽음으로 어머니에게 항거하려는 여인의 처지를 쉽게 납득할 수 없었다. 풍회는 입을 다물었다.

"선자님, 보현사로 가시죠."

여현이 말했다. 풍회는 여인이 몸을 추스른 뒤 부축해서 신갈나무 숲에서 나왔다. 대관령을 넘어 상원암으로 가려던 애초 계획을 바꿔 다시 제민원 앞으로 내려와 보현산으로 들어섰다.

밤 이경쯤 되었을까, 보현사에 도착하니 주승이 잠자리에 들지 않고 있었다. 경위를 설명하고 객방에 들었다. 촛불을 밝히고 살펴보니 여인은 많이 침착해 있었다. 모두머리는 비녀가 빠져 흐트러졌고, 입성(옷을 속되게 이르는 말)이 몸매에 착 감기듯 태가 흐르지 않았지만 얼굴이 갸름하고 윤곽이 뚜렷해 보기 드문 미인이었다. 눈은 충혈되고 지분(연지와 백분)은 얼룩져 있었으나 눈에서는 생기가 도는 것을 볼 수 있었다.

얼굴이 예쁘다고 자결하지 말라는 법은 없다. 자결을 결심한 여인이라 내외를 한다고 객실에 혼자 놔둘 수도 없었다. 목놀림은 부드럽지 않겠지만 죽기로 작정했다면 언제 다시 방문을 뛰쳐나가 벼랑에서 뛰어내리거나 나뭇가지에 목을 매달지 알 수 없는 일이었다.

"수건에 물을 적셔 목에 감고 계세요."

풍회는 찬물을 떠 와 축인 수건을 여인의 목에 감아주었다.

그것을 핑계로 여인을 지키고 있을 속셈이었다. 여인은 쑥스러운 기색이었으나, 개켜진 이불에 등을 기대고 물 축인 수건을 목에 감고 있었다.

여인이 차츰 안정된 모습을 보이자 여현은 입술이 근질거려 견딜 수 없는 모양이었다.

"아씨 입성을 보니 우리 같은 상것은 아닌 것 같수?"

신갈나무 숲에서처럼 여인이 강한 저항을 보이지는 않았다.

"요즘 상것들이 당한 설움이 어떤지 아시오?"

이불에 등을 기댄 채 여인은 귀만 열어놓고 있었다.

"양반집 아씨라 잘 모를걸……? 우리는 길에만 나서면 눈만 붙은 애들도 중 중 까까중! 그러오. 그래도 그건 약과지. 유생들 눈에 띄었다 하면 어! 물렀거라, 재수 없다! 그럽니다. 중이 무슨 길바닥에 나뒹구는 개똥인가? 만만한 게 홍어 뭣이라고 건듯하면 잡혀가 곤장을 안 맞나…… 하여간 더러워도 그냥 사요."

여현의 그 말에 색시가 어렵게 입을 열었다.

"저도 양반 아니에요."

여현이 멈칫 여인의 얼굴을 살폈다.

"어? 그럼 중인집 색시요?"

여인이 고개를 흔들지 못하고 손을 저어 아니라고 대답했다.

"이 별감 집 종년이에요."

"……?"

너무 뜻밖의 말이라 여현의 눈이 휘둥그레졌다. 종년이란 말에 잠시 침묵이 흘렀다. 그리고 보니 몸에 착 감겨 붙지 않는 여인의 만하단 치마와 남끝동 노랑저고리가 영 낯설어 보였다.

"이름이 무엇이오?"

"최억이에요."

여인이 입을 열더니 대답이 수월수월해졌다. 그녀의 태도가 달라졌음은 이쪽에 대한 경계가 풀렸음을 보여줌이었다.

"조선팔도에 종살이하는 사람이 어찌 한둘이겠소?"

"저는 자매된 종이에요."

자매(自賣)? 풍회와 여현의 시선이 공중에서 엉겼다.

풍회는 말로만 들었던 사람을 사고파는 일의 실체를 실제 보게 된 것이다. 여인이 마음이 풀려 들려준 이야기는 이런 것이었다.

구산역 나들목 건너편 양지바른 산자락에 솟을대문 우뚝한 와가가 있었다. 처마 귀가 번듯이 들린, 별당까지 갖추어진 와가였다. 전에 한양 무수리간에서 별감을 지낸 이씨 성을 가진 자의 집이었다. 그가 벼슬을 내놓고 향촌으로 내려와 살고 있는데, 사람들이 그를 별감으로 불렀다. 살림이 넉넉한지라 산

수 좋은 대관령 석수를 마시니 몸에 병은 없고, 엎드리면 코 닿는 동해 바다에서 팔팔 뛰는 생선만 건져다 먹으니 나이가 망명을 해버린 떨꺼둥이 퇴물이었다.

억이 왈, 무남독녀 외딸로 세 살 때 아버지를 여의고 마지못해 숙수간 일을 다니는 어머니와 함께 살았는데, 어머니 역시 뾰족한 수완이 없었던지라 나이가 들어 숙수간 일마저 끊겨 날품을 팔았다. 하나 연년이 흉년이어서 나물죽 한 사발을 못 먹고 끼니 건너뛰기를 삼 년, 할 수 없이 쪽박을 들고 나섰다. 하지만 보릿고개의 어려움은 너나가 없는 세상이라 봄 석 달을 맹물로 허기를 달래다 보니 부황이 들어 걸을 수도 없을 지경에 이르렀다. 반면, 구산역 나들목 이 별감은 재물이 차고 넘친데다 동해 바다에서 건져다 먹은 팔딱거리는 생선 탓에 주책없이 사타구니가 방아질이니 그것이 죽을 맛이었다. 그렇다고 기녀들 방에 들어앉아 파고 살 수도 없는 터라, 억이의 이야기를 전해 듣고 반색을 했다. 본래 천출이 아닌데다 얼굴이 반반하고 나이가 어려 소실이라는 말은 차마 못하고 자매문서를 작성해 중간에 사람을 넣었던 것이다. 억이 어미에게 '딸을 호강시켜 줄 터이니 보내라' 한 것이었는데, 억이 어머니는 이래도 굶어 죽을 판, 저래도 굶어 죽을 판, 딸 목숨이나 살리자는 생각에 단돈 열 냥에 딸을 팔았다는 것이다. 그 뒤 이 별감은 그녀의 어머니를 제천인지 단양인지 구산에서 멀리 떨어진 곳으로 쫓아 보내고 억이에게 잠자리 시중을 들게 했다는 것이다.

늘그막에 이 별감이 열댓 살 난 억이에게 일락서산에 석양단이요, 소화신령에 모초단으로 옷을 해 입혀 별당에 들이고 잠자리 호강을 하는데, 그 아비에 그 자식이라 왈짜로 소문난 별감 아들이 억이를 몰래 잠자리에 끌어들임으로, 유가의 학에서 목숨보다 더 중히 여기는 부자상친이 부자상간으로 바뀌었던 것이다. 더 가관인 것은 마을 촌로들이 가로되, 열 냥에 팔려 간 억이를 손순(신라의 효자) 못지않은 효녀라고 칭송했다는 것이다. 억이는 그때의 사정을 이렇게 털어놓았다.

"뼈를 깎고 살점을 떼어내 어미를 봉양함이 자식으로서 해야 할 어진 일이라 하니 그런가 보다 했지요. 집안이 가난해 돈에 팔려 한 가정의 아비와 자식 사이를 오가며 잠자리 시중을 드는 것이 효행이라니, 쌓인 것이 울분뿐이어서 양반들 얼굴에 침을 칵 뱉어주고 싶은 심정이 가슴을 치고 올라와 울기만 했지요."

참 할 말이 없었다.

"그래, 가슴 치는 울분이 자결을 하게 했습디까?"

억이는 아니라고 손을 저었다.

"앞뒤 깜깜했어요. 이 별감 부자는 둘 다 침 흘리는 순간만 있고, 딴 것은 아무것도 없데요. 그런데 하루는 동네 암캐가 겨울에 제가 낳은 강아지가 커서 이듬해 흘레(짝짓기)하는 것을 보고 이 짓은 개나 하는 짓이구나 했지요. 양반들의 권세와 돈은 사람을 개돼지로 만드는 것일 뿐 딴 것이 없었어요. 효행도 제 마음이 시켜서 스스로 해야지, 제가 어찌 효행을 몸으로 보여준 심청이와 같은 사람이겠어요? 사람이 실성한다는 것 아무것도 아니더만요? 목구멍으로 창자가 넘어오는데 더는 못 견디겠어서…… 흑흑……."

그녀는 끝내 울음을 쏟고 말았다.

똥은 덮어도 냄새가 나는 법이라 그 아들은 집을 나가 버렸고, 세상 사람들이 그 아들을 개불상놈으로 소문내기 전에 이 별감이 자기를 감쪽같이 없애려는 낌새를 알아채고 자결을 하려고 목을 맸다는 것이다.

"그래, 이 별감이 죽이려 하는 걸 어떻게 알았소?"

"수청방에 장반을 불러 감영 주변에서 논다는 바닥쇠를 끌어들인 걸 봤지요."

"이런 죽일 놈이 있나?"

통분을 참지 못한 쪽은 되레 여현이었다.

"선자님, 유가의 책에 부자유친만 있고 모녀유친이 없는 이유를 이제야 알겠네요."

풍회는 눈을 감은 채 묵묵부답이었다.

"아니 선자님, 듣고만 계실 거예요?"

"그럼 어찌하겠나?"

"당장 별감한테 쫓아가 그 망종들 알몸을 벗겨 주리를 틀라고 발고를 해야죠."

"자신 있어?"

"자신이 있으나 마나 그럼 가만 놔둘 거예요?"

"되레 태장이나 맞지 말게."

"허어! 누가 태장을 맞아요?"

"이 사람아 경아전, 외아전이 다 고놈이 고놈이야."

"이제 보니 선자님 되게 겁쟁이네."

여현이 발딱 일어섰다.

"어떻게 하려구?"

"혼자 가겠습니다."

입을 꾹 다문 모습이 뭔가 일통을 낼 얼굴이었다.

"내려가서 이 별감 이 작자 상투를 잘라갖고 올게요."

문을 박차고 나갔다. 풍회가 뒤를 따라 나갔다.

"이봐! 가기 전에 주승한테 승복 한 벌만 얻어다 주게, 헌 옷도 괜찮아."

"뭘 하시게요?"

"개도 나갈 구멍이 있어야 해."

주승한테 올라간 여현이 나오는데 손에 승복이 들려 있었다.

"건봉사로 공부하러 간 상좌 옷이라고 합디다."

여현이 승복을 건네고 금강문 계단을 내려갔다. 풍회는 승복을 받아들고 객실로 들어갔다.

"아무래도 일이 벌어지게 생겼소. 우리와 행동을 같이해야 할 것 같으니 그 옷 벗고 요 승복으로 갈아입으시오."

억이에게 옷을 내밀었다.

"입고 있는 옷은 보자기에 싸서 밖으로 내놓으시오."

억이가 옷을 갈아입는 동안 밖에서 기다리니, 옷보자기가 곧 밖으로 나왔다. 풍회는 두어 번 헛기침을 하고 객실 문고리를 잡고 일렀다.

"금방 올 테니 눈이나 한숨 붙여두시오."

붙잡힌 풍회와 여현

풍회는 한 손에 억이가 벗어서 내놓은 보자기를 들고 한 손에는 방갓을 들고 여현의 뒤를 따랐다. 얼마 안 가 달빛 괴괴한 비탈길을 내려가는 여현의 모습이 눈에 들어왔다. 어디 보자, 금강산 사사로 기른 기량이 얼마나 되는지……. 풍회는 조용히 뒤를 따라가 여현을 지켜볼 참이었다.

남대천을 따라 내려간 여현이 구산 객사 앞에 이르러 이 별감 집을 묻는지 동네 사람 하나가 나들목 건너편 높다란 솟을대문을 가리켰다. 솟을대문에서 그리 멀지 않은 지점에 당산나무가 있고, 그 앞에 벽오동 몇 그루가 대저택 사랑채를 가리고 서 있었다.

큰사랑은 대문 옆에 붙어 있고, 간격을 두고 따로 떨어져 있는 별채가 별감 아들이 거처한 작은사랑 같았다. 높은 담장 안에 남향으로 안채가 앉았고, 안채에서 떨어져 서남향으로 돌아앉은 별채가 별당인 듯했다.

여현이 대문 앞으로 다가가더니 긴 소리로 외쳤다.

"이리 오너라!"

이 빠진 강아지가 언 똥에 덤빈다던가.

"게 아무도 없느냐?"

시국이 어느 땐데 감을 못 잡고 그것도 한밤중에 권세 높은 별감 집 앞에서 게 없느냐 해놨으니, 일은 이미 벌어져 버렸다.

"이리 오너라!"

그 한 소리에 좀처럼 열릴 것 같지 않던 육중한 대문이 삐그덕 소리를 냈다. 곧 나이 어린 종이 문 앞으로 나와 두리번거렸다. 여현이 앞에 있음에도 두리번거리며 사람을 찾는 것은 중은 사람이 아니기 때문이었다.

"나리 계시느냐?"

어라! 찾아온 사람이 통영갓에 뒷솔기 터진 학창의를 입은 선비가 아니라 웬 풋내기중이 그것도 반말이었다. 꼴에 이슬 내린 풀숲을 걷느라 지대기의 풀기가 다 풀려 종아리가 물 먹인 포대기를 감아놓은 것 같았다. 나이 어린 종이 어이가 없는지 고개를 뻣뻣이 세웠다.

"네놈이 나리를 찾았느냐?"

"나리를 찾아온 손님한테 그 무슨 말버릇이냐?"

새끼 종이 가소롭다는 듯이 삿대질을 해댔다.

"네 뼈다귀가 쇠토막은 아닐 터인즉, 온전할 것 같냐?"

"허! 그놈 말버릇 한번 고약하구나."

그 바람에 대문 앞이 소란해졌고, 새끼 종이 대문 안으로 쪼르르 달려 들어갔다.

"허허, 그 주인에 그 종놈이구나."

채 말이 끝나기도 전에 체격이 우람한 사내가 대문 밖으로 나왔다.

"야밤에 언 놈이냐?"

여현이 앞으로 성큼 다가섰다.

"나리를 찾는 중놈이 이놈입니다요."

새끼 종이 여현을 가리키며 쫑알거리자 사내는 어이가 없는지 중천의 달을 쳐다보며 소처럼 웃었다.

"어찌할까요? 광에다 가둘까요?"

"아니다. 미친놈은 몽둥이찜이 제일이니라."

사랑 벽에 세워진 목도용 몽둥이를 집어 들더니 여현의 등짝을 향해 내리갈겼다. 그 찰나 여현이 공중으로 휙 솟더니 오른발로 몽둥이를 걷어차면서 왼발로 덩치 큰 종의 발따귀를 걷어차는 태껸 기술을 보여주고 사뿐히 내려섰다. 어이쿠! 덩치 큰 종이 그 자리에 주저앉고, 다시 새끼 종이 대문 안으로 쪼르르 사라졌다. 곧이어 그 집 수노 같은 사내가 무쇠팔을 걷어붙이고 나오는데, 그 뒤로 몽둥이를 집어 든 여러 놈이 뒤따라 나왔다.

"언 놈이냐? 요 땅개 같은 놈이냐?"

다짜고짜 무쇠팔로 모가지를 움켜쥐려 하자, 여현이 땅에 손을 짚고 재주를 팔딱 넘더니 두 발로 수노의 턱을 탁탁 걷어차고는 공중제비로 옆을 돌아 두어 발짝 건너에 흐트러지지 않은 자세로 섰다. 그 바람에 수노는 엉덩방아를 찧었고, 몽둥이를 든 놈들이 여현을 둘러쌌다.

"물고를 내버려!"

막 여현을 향해 몽둥이를 내려치려는 찰나였다.

"점잖으신 별감댁 문전에서 이 무슨 짓들이오?"

발등까지 내려온 도포에 방갓을 눌러쓴 유객이 손에 보따리를 들고 여현 앞을 막아섰다.

"넌 웬 놈이냐?"

"웬 놈이라니? 말씀이 지나치시오. 내 뒤따라오면서 보니 저 수좌승이 나이가 어려 무례를 좀 범한 것 같소이다만, 화급한 일로 이 댁 나리께 다투어 진상할 물건이 있어 왔거늘, 환대는 못한다 할지라도 사대부가의 체통이 이럴 수 있소?"

방갓은 썼으나 차림은 중 비슷했는데, 말씨에 워낙 무게가 실려 점잖은데다 전해 드릴 물건이 있어 왔다 하니 영문을 모르는 하인배들은 서로 얼굴만 쳐다보았다.

"가 겸인어른께 말씀드려라."

수노가 고갯짓을 하자, 새끼 종이 안으로 쪼르르 달려 들어가더니 자가사리 수염을 기른 중늙은이가 양태 좁은 갓을 쓰고 대문 앞으로 나왔다.

"이 밤중에 웬 소란들이냐?"

"겸인어른, 이자가 나리께 진상할 물건을 가져왔다 합니다."

중늙은이가 자가사리 수염을 손가락으로 쓱 쓸어 올리며 풍회를 쳐다보았다.

"대감나리께 진상할 물건이 무엇이오?"

"워낙 귀중한 것이라…… 아랫사람들을 물리시오."

풍회가 옷보자기를 들어 보이자 겸인이 좌우를 돌아보며 눈짓을 하니 하인들이 모두 대문 안으로 들어갔다.

"가래바지올시다. 속속곳하고."

속속곳이란 말에 겸인의 자가사리 수염이 파르르 떨면서 눈꼬리가 모로 올라붙었다. 풍회가 얼른 말을 이었다.

"속속곳이라 하니 놀라신 모양인데 이 속곳으로 말하면 궁녀가 몇 천 명이나 되는 대명국 황제 주후총 폐하께서도 만져보지 못한 속곳이오. 다만 대감마님께서, 아드님하고만…… 그만큼 귀중한 물품이라서……."

명황제 주후총 어쩌고 하는 귀중품이란 말에 청지기가 말귀를 채 꿰지 못하고 대답했다.

"대감나리께 진상할 물건을 나한테 주시오. 지금은 기침중이라……."

"기침을 하신다니 그러시구랴."

풍회가 억이의 옷 보따리를 청지기에게 건넸다.

"자, 그럼 우리는 여기서 기다릴 테니 대감께 전해 드리고 전갈을 가지고 나오시오."

청지기는 억이의 비단 치마저고리가 든 보퉁이를 들고 뭔가 이상한 듯 고개를 갸웃거리며 바깥사랑으로 들어갔다. 풍회는 아무도 없을 때 억이의 치마저고리를 싸들고 왔다는 이야기를 여현에게 해주었다. 눈치 빠른 여현이 대번 알아듣고 씩 하고 웃었다. 한참을 기다렸더니, 청지기가 고개를 숙이고 밖으로 나와 찌그러진 얼굴로 풍회와 여현을 별감 사랑으로 안내했다.

사랑으로 들어서니 잠자리에서 입었던 옷을 갈아입은 듯 중치막에 술띠를 두르고 사방관을 쓴 이 별감이 보료 위에 앉았는데, 얼굴이 초조해 보였다. 풍회는 방갓을 벗고 앉았고, 뒤따라 들어온 여현이 풍회 뒤편에 비켜 앉았다. 이 별감이 꼿꼿한 시선으로 노려보듯 두 사람을 훑어보았다.

"이 보따리가 무엇이냐?"

희끗거리는 턱수염을 손가락으로 세우고 물었다. 풍회가 여현을 돌아보면서 눈짓을 했다. 여현이 네가 대답을 하라는 뜻이었다.

"안에 물건을 보시면 나리께서 더 잘 아실 것 아니옵니까?"

여현이 대답했다.

"허, 고이연. 이 옷이 무엇이관데 너희들한테 있으며, 나한테 가져왔느냐?"

얼굴에 강한 긴장이 흘렀지만 오리발을 내밀 작정이었다.

"시신을 수습하면서 만약을 몰라 거두어둔 것이옵니다."

시신이라는 말에 사방관 아래 찢어진 눈자위가 씰룩거리는 모습이 내심 초조함을 감추지 못했다. 그렇지 않아도 죽여 없애려던 년의 시신을 수습했다니 조바심이 들끓듯 했으나 겉으로는 태연한 척했다.

"시신이라니. 그 무슨 소리더냐?"

그는 복잡한 내심을 숨기고 얼굴을 싹 바꾸었다.

"죽었습니다. 목매 자결했습니다."

자결이란 말에 별감의 손끝이 가늘게 떨렸다. 잘만 하면 앉아서 도랑 치고 가재 잡는 이득을 얻을 것 같다는 생각이 없지 않은지 얼굴에 웃음기까지 내보였으나, 입에서 나온 말은 그와 반대였다.

"그래, 목매 자결한 여인이 나와 무슨 상관이 있다는 것이더냐?"

"죽은 여인은 최억이라 하였고, 이 댁 별당마님으로 나리의 소실이라 하였습니다."

"뭐, 소실?"

눈썹이 파르르 떨렸다. 딱 잡아떼고 사태를 보아가면서 대처할 요량으로 웃음기까지 보이던 별감의 얼굴에 다시 찬물이 끼얹어졌다. 놈들이 뭔가 끄나풀을 가지고, 노리는 것이 돈이냐 다른 무엇이냐 그것이 문제인 듯 눈동자를 이리 굴리고 저리 굴렸다. 돈이라면 일을 쉽게 끝나겠으나 천륜을 범한 낌새까지 알고 왔다면 마무리가 쉽지 않을 거라고 생각하는 것 같았다.

"네 이놈! 난데없는 옷 보퉁이만 들이밀고 사대부가의 소실이라니, 네 입이 그러고도 목숨이 붙어 있기를 바라느냐?"

"나리, 눈이 두렵지 않사옵니까?"

생각보다 침착하게 여현이 조목조목 별감을 옥죄고 들어갔다. 얼굴을 노기로 분장해 양반의 위세로 기선을 제압하여 쫓아내려 한 것 같았으나, 여현이 앞에 놓인 보따리를 풀어 억이의 치마저고리를 별감 앞에 털털 털어 보였다.

"이 옷이 나리께서 최억이에게 해 입혀 품고 잔 만화단 치마 아니옵니까?"

"네 이놈! 무엇이 어쩌고 어째?"

"나리, 첩실 최억이 엊그제까지 작은사랑 아드님 사랑채를 오가며 두 분의 잠자리를 달구어 드리다 이게 아니다 싶어 자결을 했는데, 나리께서는 그러고도 조상님을 떳떳이 뵈올 수 있사옵니까?"

"이봐라!"

장죽을 든 별감의 팔이 부르르 떨렸다.

"밖에 조 서방 있느냐?"

"예, 대령해 있사옵니다."

밖에 서 있던 청지기가 마루로 올라와 문을 반쯤 열고 고개를 굽실했다.

"이놈들을 오라를 지어 곳간에 가두어라!"

별감은 벌떡 일어나 안채로 들어갔고, 청지기가 문밖에 대기하고 있던 하인들을 소리쳐 불렀다.

"대감마님 분부시다! 요놈들을 끌어내 꽁꽁 묶어 곳간에 처넣어라!"

건장한 장정들이 득달같이 달려들어 풍회와 여현의 팔을 비틀어 문밖으로 끄집어냈다. 눈치를 보니 여현이 팔꿈치로 장정의 가슴팍을 내질러 양발로 두 놈을 쳐내고 벗어나려 하자, 풍회가 옆구리를 쿡쿡 찔렀다. 모른 척하라는 신호였다. 여현이 그 신호를 알아채고 몸에 힘을 뺐고 하인들이 달려들어 풍회와 여현을 결박지어 곳간으로 끌고 갔다. 풍회가 작은 소리로 속삭였다.

"내가 나설 때까지 모른 척하라구."

"알겠습니다."

놈들이 곳간으로 끌고 들어가 입에 재갈을 물려 기둥에 묶었다.

"문을 단단히 잠그고 도망 못 가게 지켜라!"

한 놈을 문밖에 세워 망을 보게 하는 것 같았다.

"조 서방 잠깐 들어와 보게."

안채로 들어간 이 별감이 청지기를 불러들였다.

"어떻게 됐나? 발김쟁이(못된 짓을 일삼는 사람) 아이들은?"

억이를 없애려고 며칠 전 강릉부와 삼척부를 오가며 바닥쇠로 사는 두어 놈과 사전에 이야기가 된 터였다.

"내일입니다. 내일 해시에 제맹이(제민원) 앞에서 만나기로 했습니다."

"내일까지 갈 것 없다. 오늘 밤 그놈들을 불러 저놈들을 선자령 깊은 골짜기로 끌고 가 아무도 모르게 생매장해 버려라."

이 별감이 은자 두 꾸러미를 던져주었다.

한때 변경 백정대에서 활동한 적이 있는 발김쟁이 두 놈에게 미리 귀띔을 해뒀던 터라 은밀히 불렀더니 득달같이 달려왔다. 두 놈을 사랑으로 불러 각각 은자 한 꾸러미씩 건네주며 선자령으로 올라가는 길목에서 기다리게 했다. 억이는 자결을 했겠다. 광 속에 갇힌 두 놈만 쥐도 새도 모르게 처치해 버리면 억이를 둘러싼 관계를 아는 놈은 아무도 없는 터였다. 별감은 억이와의 관계를 아는 놈은 모조리 없앨 작정이었고, 거기에 돈을 아낄 계제가 아니었다. 수단과 방법을 가리지 않겠다는 별감의 낌새를 청지기가 모를 까닭이 없었다.

밤이 으쓱해져, 볏섬을 겻자루 둘러메듯 어깨에 메고 뛴다는, 힘이 장사라 하는 하인 두어 녀석을 시켜 풍회와 여환의 얼굴에 검은 보자기를 씌워 밖으로 끌어냈다. 마을 앞을 지날 때 사람들이 물으면 별감 댁에 도둑이 들어 몽둥이로 때려잡아 감영으로 데려간다고 둘러대면서 선자령 길목으로 올라갔다.

청지기가 먼저 와서 기다리던 발김쟁이 두 놈을 만난 뒤 아무도 눈치 못 채게 아랫것들을 돌려보냈고, 마소의 고삐를 넘겨주듯 풍회와 여현을 묶은 밧줄을 발김쟁이에게 넘겼다.

"자, 데려왔네."

발김쟁이 두 놈이 풍회와 여현의 몸뚱이를 묶은 오랏줄을 끌고 산으로 올라갔다. 얼마쯤 지났을까. 길은 좁고 바닥에 돌들이 튀어나와 여현은 자꾸 꼬꾸라지면서 길바닥에 나뒹굴었다. 풍회야 고도의 선도를 닦은 사람이라 눈을 가리고도 밤길이 대낮 같았으나, 여현은 얼굴에 씌워진 검은 천 사이로 달빛마저 보이지 않았다.

"이 새끼 버벅거리기는……?"

발김쟁이 한 놈이 여현을 걸어찼다. 수모를 참지 못한 여현이 두 발을 모아 뛰어올랐는데 발김쟁이 코끝에 발 뿌리가 와 닿았다.

"아쭈."

발김쟁이가 고개를 젖혀 피하면서 여현을 한 번 더 사정없이 걸어찼다.

"선자님, 어떻게 좀 해봐요."

여현이 응원을 청했다.

"해보긴 뭘 어떻게 해봐, 이 새끼야!"

다시 한 번 걸어찼다.

"자네나 나나 죽으러 가는 판에 뭘 어떡하겠나?"

풍회는 부러 이 기회에 고생이나 좀 해보란 듯 너스레를 떨었다.

"어? 이 새끼들 봐? 아주 장단이 착착 맞네?"

이번에는 다른 발김쟁이 놈이 풍회의 엉덩이를 걸어찼다.

놈들이 제민원을 피해 옆으로 돌아 후미진 보현산 자락으로 오르는 것 같았다. 쌀쌀 물 흐르는 소리가 계곡을 타는 듯했는데, 여현은 한 걸음 옮기면 한 걸음 나뒹굴고 또 한 걸음을 옮기면 돌에 부딪쳐 또 나뒹굴었다. 답답한 것은 끌려가는 쪽이 아니고 끌고 가는 쪽이었다.

"보는 사람도 없는데 눈가리개는 풀자구."

한 놈이 칼끝으로 여현의 얼굴에 씌워진 검은 보자기를 찢었다.

"허, 이 자식 중놈 아냐?"

어이가 없는 모양이었다.

"중놈 주제에 별감댁 종년을 건드려?"

"너펄거리는 속곳가랑이 맛이야 중놈이나 백정이나 매한가지여."

"어디 어떻게 생겨먹은 녀석들인지 쌍판이나 보자."

다른 한 놈이 풍회의 얼굴에 씌워진 보자기를 걷어 올렸다.

가리개가 벗겨져 쳐다보니 두 놈 다 험상궂기가 두억시니 같았다. 주변을 살펴보니 산이 앞뒤를 가로막은 계곡이었고, 발깁쟁이 두 놈이 요도(腰刀)를 들고 희희낙락거렸다.

그때였다. 풍회가 뒤로 돌려 묶인 오랏줄에 내단의 기를 모으자 팔목에 묶인 줄이 우두둑 소리를 내면서 끊겼다. 희희낙락이던 두 놈이 깜짝 놀라 격보(擊步)로 달려들었다. 풍회는 서두르지 않고 한 놈의 어깨 밑으로 들어가 팔목을 꺾어 칼을 빼앗아 들었다. 이번에는 다른 한 놈이 진보(進步)로 달려왔다. 풍회는 가볍게 공격을 막아낸 다음 칼끝으로 여현의 팔목에 감긴 오랏줄을 끊어주었다.

풍회의 비호같은 몸놀림에 칼을 빼앗긴 한 놈이 겁을 먹고 뒤로 물러났고, 다른 한 놈이 칼끝으로 배를 겨누고 달려드는 것을 막아 쓰러뜨린 후 풍회는 공중 높이 칼을 던져 올렸다. 그리고 몸을 한 바퀴 돌려 다시 일어서려던, 칼 든 녀석의 뒤통수를 갈기면서 공중에서 내려오는 칼을 받아 쥐고 녀석의 칼마저 빼앗았다. 그 광경을 지켜보고 있던 청지기가 걸음아 날 살려라 하면서 골짜기 아래로 쏜살같이 내달았다.

여현이 청지기를 쫓아 내려갔고, 칼을 회수한 풍회는 칼끝으로 두 놈을 가까이 불러들였다.

"이리 와 무릎을 꿇라!"

여각(旅閣)이나 궤방(櫃坊)에서 행짜를 부리며 살아온 자들이라, 재빨리 풍회가 적수가 아님을 알아차리고 순순히 무릎을 꿇었다.

그때 청지기를 잡으러 내려간 여현이 두루마기 끈으로 청지기 손목을 묶어 앞세우고 올라왔다. 청지기는 갓이 벗겨졌고 흐트러진 상투에 끈이 풀린 망건이 얹혀 있었는데, 두루마기와 저고리의 옷고름이 모두 뜯겨 통통하게 살이 밴 배통아리가 드러나 보였다. 여현이 청지기를 발김쟁이 곁에 나란히 꿇려 앉히고 냅다 옆구리를 걷어찼다.

"허 이런, 때리지 말고 말로 하게."

풍회가 개울물에 손을 씻으려고 뒤로 물러났고, 여현이 그들에게로 다가섰다.

"이 별감 하청을 받고 우릴 죽이러 왔더냐?"

그러나 대답이 없었다.

"얼마씩 받았나?"

묵묵부답이었다. 이번에는 청지기한테 물었다.

"이봐, 이자들에게 얼마씩 주었나?"

청지기는 말이 없고 발김쟁이 한 놈이 대신 나섰다.

"죽을죄를 지었습니다. 용서하십시오."

"이 자식아, 죽을죄가 아니라 얼마씩 받았냐고 묻지 않나?"

"열 냥씩 받았습니다."

"뭘로?"

"은자로 받았습니다."

풍회가 손을 씻고 올라오면서 대답했다.

"그거면 연년 흉년에 굶주린 구산 백성 일 년을 구휼할 돈이로구나."

"억이를 열 냥에 사들여 어미를 멀리 내쫓고 부자간에 잠자리 호강도 모자라 사람을 죽이라고 거금을 아끼지 않다니?"

"어허, 말씀 삼가게."

"주둥이 닥쳐! 이 살쾡이 같은 작자야."

풍회가 청지기를 걷어차는 여현을 젖히고 발김쟁이 앞으로 나섰다.

"자네 이름이 뭔가?"

"을동이라고 합니다."

"자네는?"

"쇠봉입니다."

"그래, 공맹의 글이라면 위로 꿰고 아래로 꿰어 별감까지 지낸 자가 이런 못된 짓을 했거늘, 이 바닥의 협기를 가진 자라면 인면수심인 별감 같은 자를 징치해야 옳지 않겠나? 한데, 단돈 몇 푼에 우릴 죽이려 나서다니, 우리가 힘이 없었더라면 꼼짝없이 보현산 원혼이 되었을 것 아니냐? 그러고도 너희들이 진정한 바닥쇠라 할 수 있겠느냐."

"잘, 잘못했습니다."

"그래, 자네들을 기억해 둘 걸세."

이번에는 청지기에게로 향했다.

"겸인어른, 고개를 드시오!"

청지기가 고개를 들었다.

"지금 내려가거든 별감어른께 이 칼로 자결을 하라 하시오."

들고 있던 칼을 청지기에게 건네주었다.

"내가 지켜볼 것이오."

청지기가 고개를 아래로 처박았다.

"고개를 드시오! 정작 자결을 해야 할 사람은 살아 있고, 죄 없이 자결을 하려던 억이는 하늘의 뜻인지 우리들 눈에 띄어 살려놓았소. 만일 별감이 부끄러움을 모르고 자결을 하지 않으면 그 죄상을 낱낱이 밝혀 기어이 목을 딸 터인즉, 오늘 밤 안으로 자결을 하라 전하시오!"

"아닙니다. 우리가 이 길로 내려가 이 별감 목부터 따놉시다."

여현이 나섰다.

"아닐세, 한 번은 뒤를 돌아볼 기회를 주어야지."

"하이고! 개하고 똥 다투기 하자는 거예요?"

풍회는 들은 척도 않고 발김쟁이들을 자리에서 일어서게 했다.

"앞으로는 그른 일이면 나서지 말라! 알겠느냐?"

그러고는 그냥 돌려보내 주었다. 발김쟁이 두 놈은 진짜 협객의 하는 일이 이런 것이라는 듯 고개를 들지 못했고, 잔뜩 겁을 먹은 청지기는 내내 고개를 내리깔고 있다가 돌려보내 놓으니 뱀 대가리처럼 고개를 빳빳이 쳐들었다. 낯색에는 비굴한 순종이 발려 있었으나 속은 그 반대였다. 보송하게 부풀어 오른 광대뼈에 원한을 품고 내려가는 모습을 보니 바로 저것이 문제라는 생각이 없지 않았다.

"선자님, 염소 잡아 잔칫상 벌려놓고 우리는 맹물만 마셨네요?"

여현이 섭섭함을 감추지 못했다. 풍회는 웃었다.

"이 별감에 비하면 청지기는 죄가 없네. 하나 정승집 송아지 백정 무서운 줄 모른다고 무엇이 옳은 줄도 모르는 그것이 더 큰일이잖나."

그렇다고 청지기를 죽일 수도 없었다. 또한 이 자리에서 이 별감 하나 죽인다고 세상이 달라지는 것도 아니었다. 세상을 달라지게 할 과업이 무엇인가? 풍회는 고개를 흔들면서 코딱지만 한 작은 일에 열을 낼 필요가 없다는 생각을 하면서 발걸음을 돌렸다.

"빨리 가자구! 오늘 밤 안으로 구룡령을 넘어야 하네."

"구룡령이 버들잽니까? 이 새벽에 어떻게 구룡령을 넘어요?"

마음에 여유가 생겼는지 여현이 늘어진 소리를 했다.

"이 정도에서 일을 끝내는 게 금강산 스님을 도와드리는 것이야, 이 사람아."

하나 여현이 그 말뜻을 알아듣지 못했다.

"저 겸인 녀석이라도 불알을 까놔야 되는 거 아닙니까?"

"금강산에 당도할 때까지 나한테 맡기게."

여현은 대답하지 않았다. 풍회는 앞서 보현사로 올라갔다. 여현도 말로만 듣던 풍회의 무용(武勇)을 확인했다 싶은지 뒤를 따라 올라갔다. 풍회는 걸음을 빨리했다. 풍회와 거리가 멀어지자 여현이 달빛 속에서 숨을 헐떡거렸다. 풍회는 간격이 좁혀졌다 싶으면 속보로 다시 간격을 띄워놓았다.

인시(寅時)쯤 되어 보현사에 닿았다. 새벽 예불을 하는지 종이 댕댕 울렸다. 객실 문을 열어보니 억이는 선잠이 들어 있었다. 신산한 삶에 목숨을 끊으려 했던 그녀가 실낱같은 희망을 보았는지 선잠이라도 잠에 취해 있었다. 깨우려 하니 참 안됐다는 생각이 들었으나 풍회는 서두르지 않을 수 없어 억이를 깨워 길 떠날 채비를 차리게 했다.

"웬 발걸음이 날아가는 새 같습니까?"

그때 여현이 헐레벌떡 보현사 마당으로 들어섰다.

"빨리 여길 떠나야 하네. 억이를 데리고 선자령으로 올라가게."

"아이고, 숨이나 좀 돌립시다."

억이가 처음 입어보는 승복 매무새를 고치고 밖으로 나왔다. 여현이 승복을 입은 억이를 보고 어리둥절했다.

"새벽 안으로 오대산을 벗어나야 하네."

"오대산은커녕 선자령도 못 넘겠습니다."

"잔말 말고 빨리 서둘러!"

위압으로 내리누르니 여현이 억이를 앞세워 금강문 계단을 내려갔다.

"밑으로 가지 말고 개울을 건너 위로 오르게."

여현에게 이르고 풍회는 법당으로 올라갔다. 막 새벽 예불을 마치고 나온 주승을 불문곡직 안으로 끌고 들어가 부처님 좌대 밑 천조각을 들치고 나무접시, 놋그릇, 녹슨 촛대, 초 토막 할 것 없이 모두 끄집어내 법당 바닥에 흩어놓았다.

"이 무슨 행악질이요?"

화가 난 주승이 풍회를 노려보았다.

"애매한 두꺼비 돌에 치게 됩니다."

"그래, 밥 먹여 잠재워 준 과보가 이거요?"

"일은 내가 저질렀소만, 원래 강도라 이렇소."

풍회는 화가 꼭지까지 오른 주승의 팔목을 비틀어 잡고 후원으로 내려왔다. 후원 뒤꼍에 늘어뜨려진 빨랫줄을 걷어다 주승을 기둥나무에 돌려 묶었다. 그 바람에 공양주 할머니가 부억에서 나왔다.

"살려주시오! 우리 스님은 아무 죄가 없소. 살려주시오!"

영문도 모르고 손을 잡고 늘어지는 공양주 할머니까지 풍회는 기둥나무에 묶었다.

"물에 빠진 놈 건져주니 망건 내놓으란다더니 저런 날강도 놈을 봤나?"

화가 풀릴 까닭이 없는 주승이 기둥나무에 묶여 목소리를 높였다. 주승과 공양주 할머니를 묶어 놓았더니, 이번에는 잠을 깬 동자승이 마루로 나왔다. 동자승까지 묶어야 한다는 것이 참 못할 짓이었다. 하나 할 수 없었다.

"좀만 기다리거라. 아침까지만……."

동자승까지 기둥에 묶고 수건을 찢어 입에 재갈을 물려놓았다. 그런데 그때 앞서 금강문을 나간 여현이 절 안으로 들어섰다. 보현사 오른쪽 계곡을 건너 비탈을 오르다 풍회가 뒤를 따라오지 않자 도로 내려온 것 같았다. 한데 절집 식구들이 기둥나무에 꽁꽁 묶인 경천동지할 일이 벌어져 있었다.

"선자님, 이 무슨 짓입니까?"

"설명할 시간 없네."

"아니, 미쳤어요?"

여현이 주승의 결박을 풀려고 했다.

"가만 놔! 도둑질은 김씨가 하고 오라는 이씨가 져!"

풍회는 법당에서 금동촛대를 집어 들고 밖으로 나와 자꾸 뒤돌아보는 여현을 돌려세웠다.

"이건 내가 가져가오. 오늘 새참 때까지만 기다리시오."

여현의 등을 밀어 금강문 밖으로 내쫓았다.

"아니, 이럴 수 있는 겁니까?"

"군말 말고 뒷일은 나한테 맡기랬잖아?"

"그렇지만…?"

"저 주승도 스님이고 자네도 스님이야."

풍회는 들고 나온 촛대를 금강문 안쪽 구석에 세워놓고 오른쪽 계곡으로 내려가 서쪽 가파른 비탈을 올랐다. 묘시(卯時)가 가까워 온 듯 동쪽 하늘에 검붉은 북새가 피어올랐다.

"지금부터 내 말을 허투로 듣지 말게."

시무룩해져 뒤따라오는 여현에게 일렀다.

"다시 한 번 말하지만, 날 밝아지기 전에 구룡령을 넘어야 해."

개울 위 가파른 비탈로 올라온 풍회는 억이를 등 뒤에 바짝 세우고 내단에 기를 모았다. 기를 모으자 산이 낮아지는 것 같았고 주변의 나무들이 정지해 버린 듯했다. 자연히 목소리에 힘을 들어갔고, 분위기가 거역할 수 없이 엄숙해졌다.

"여현이 자네는 억이씨 뒤에 바짝 붙어 서! 자, 몸에 힘을 빼고 숨을 깊이 내뱉으시오."

억이는 풍회의 말을 열심히 따라했는데, 심통이 난 여현은 시늉만 따라하고 있었다.

"자, 이번에는 숨을 짧게 천천히 들이마시오."

억이는 차츰 긴장된 모습이었고 여현은 그 반대였다.

"긴장하지 말고 마음을 편히 가지시오. 아무 생각 말고 마음을 텅 비우시오. 자, 그러면 숨을 마실 때는 짧게, 내쉴 때는 길게 뱉으시오."

풍회는 숨 고르는 법을 연습해 보이며 일행과 혼연일체의 호흡을 시도했다. 그리고 등 뒤 억이에게 일렀다.

"아무것도 보지 말고, 억이씨는 내 발이 어디를 밟는지 발뒤꿈치만 보시오. 여현인 억이씨 발뒤꿈치만 보고. 자 그럼, 내가 딛는 발자국만 딛고 천천히 따라오시오."

하나 여현은 그 말을 귀담아듣지 않았다. 그렇다 해도 힘이 남아도니까 걱정할 것 없었다.

"하나, 둘, 하나, 둘…."

걸음을 떼어 옮기면서 구령을 붙였다. 그렇게 얼마쯤 걷다가 억이와 마음이 하나가 되게 해 서로 교류가 이루어진 뒤 풍회는 보폭을 넓혔다. 잠을 깬 새소리도 들리지 않았고, 풀벌레 소리도 들리지 않았다. 귀에는 바람 스치는 소리뿐이었고, 발에 밟힌 것이 흙도 같고 푹신거리는 섶도 같았다.

그렇게 얼마를 갔을까. 두 사람은 산성 꼭대기에 서 있었다. 장엄하게 내려뻗은 선자령 능선 아래로 밀밭 고랑처럼 5월의 산자락이 굴곡을 이루고 내려가다가 펀펀해지면서 바다와 맞닿아 펼쳐졌다. 바다에는 아침 해가 솟느라 주황빛 북새가 장관을 이루었다.

한데 여현이 보이지 않았다. 심술이 가라앉지 않아 속보의 대오에서 떨어져 숲속에서 혼자 부산을 떨고 있음이 틀림없어 보였다.

산꼭대기로 올라와 한참 기다리니 숨이 턱에 닿을 듯 헉헉거리고 올라왔다. 여현이 휘파람을 불듯 가쁜 숨을 몰아쉬면서 땅바닥에 털썩 주저앉았다.

"제가 세상을 헛산 거지요."

뻘뻘 흘리는 이마의 땀을 오지랖으로 닦으며 앞뒤가 잘린 말로 중얼거렸다.

"무슨 소린가?"

"지금이 꿈인가 그럽니다."

"여몽환포영(如夢幻泡影)이라 하지 않았나. 꿈이라면 버리게."

세 사람이 잠시 숨을 돌렸다가 길을 떠날 때는 바다 위에서 함지박만 한 둥근 해가 빨간 햇살을 일렁이며 떠오를 때였다.

"선자령 언덕이 어디라고 몸도 성치 않은 억이씨를 달고 훌훌 날아오르시는 거 봤습니다. 저희 큰스님한테 축지법을 쓰신다는 이야기를 듣고 긴가민가했더니, 오늘 두 눈으로 똑똑히 봤네요. 하늘을 펑펑 날아오르는군요."

"실덕(失德)을 하셨군."

"실덕을 하다니요?"

"법준스님 말이야. 자네 같은 어린 사람한테 쓸데없는 소리나 하고……. 그만 일어나게."

이번에는 억이 긴장이 풀렸는지 걸음걸이가 느려졌다. 자꾸 뒤를 돌아보는 풍회의 눈빛에 조급함이 나타나 있었다.

"일 났군. 지금쯤 오대산을 넘어가 있어야 할 텐데……."

"선자님, 그렇게 빨리 가야만 할 이유가 어디 있습니까?"

"쫓아오는 사람은 말을 타고 달려오네."

"누가 말을 타고 온다고 정신 나간 소리를 하세요?"

또 무슨 엄부럭이냐는 듯 안연자약한 여현에게 풍회는 더할 말이 없었다. 하염없는 하늘을 향해 끝없이 뻗어 있는 능선, 가파른 능선을 오르내리며 내륙으로 접어들자 가도 가도 산뿐이었다. 북새로 하늘을 붉게 물들인 아침 해가 어느 틈에 머리 위로 쑥 올라와 있었다. 보현사에서 선자령까지는 억이를 긴장시켜 댓 걸음에 오를 수 있었으나, 목을 감싸고 자꾸 눈살을 찌푸린 모습을 보니 기력도 기력이지만 목에 통증이 매우 심한 듯했다.

진고개에 이르자 기어이 쑥부쟁이 밭에 주저앉고 말았다.

"여현수좌가 좀 업어야 되겠는걸?"

그 말에 억이가 펄쩍 뛰었다.

"아니에요. 걸을 수 있어요."

사내의 등에 업히라는 말이 낯을 화끈히 달아오르게 했던지 발딱 일어났다. 진고개에서 계곡을 타고 내려가다 이를 악문 억이를 앞세워 능선을 올라 아래로 내려가니, 자장율사가 초옥을 짓고 수도를 했다는 동대가 나왔다.

동대는 자비의 상징인 일만 관음이 상주한다던가. 이야기만 들어도 저절로 위안이 되는 암자에 이르니 나이 지긋한 비구니 스님이 맞아주었다.

"아이구. 어디서 이 험한 산길로 오시는교?"

승복 차림의 두 사람을 보자 격의가 없었다. 목이 빨갛게 부어 통증을 참아내는 억이에게는 맞춤이다 싶은 암자였다. 풍회는 여현에게 잠시 쉬어 갈 수 있게 배려를 해달라는 말을 하라고 일러놓고, 암자 모퉁이로 돌아가 첩첩히 앞을 막아선 산들을 바라보았다.

동대에서 점심을 먹고 떠나려던 참이었다.

"승복은 입고 삭발을 안 한 걸 보니 색시는 행자님이슈?"

노비구니가 물었다. 여현이 고개를 끄덕이며 그렇다고 대답했다.

"말도 없고 아주 참한 것이 도를 잘 닦겠습니다. 어느 절로 가시우?"

"저 먼 두류산 화개동에서 왔구만유."

여현이 동문서답으로 행선지를 밝히지 않았다.

"아이고, 멀리서도 오셨네. 목을 많이 다쳤던데 어쩌다 그랬소?"

"올라오다 골짝에서 넘어져 나뭇가지에 부딪쳤대요."

"타박상인가 싶어 우선 당귀잎하고 복숭아씨를 찧어서 붙여 놨소. 저리 되면 통증이 오래가지. 통증이 가시지 않거든 얄싹한 나무 받침대를 목에 대고 옷고름으로 감아두어야 하오. 행자가 통 말을 하지 않아서 일러드린 것이니 그리 아시구랴."

"고맙습니다."

풍회는 비구니 스님에게 작별인사를 하고 억이를 앞세워 오대천으로 내려왔다. 길이 가파르지 않아 상원암까지 오르는 데는 별 어려움이 없었다.

"보궁에 오르기는 틀렸네."

여현에게 한마디 하고는 곧바로 북대로 향했다. 북대를 거쳐
야 두로령을 넘는다는 이야기를 들었기 때문이었다.

도가의 변형술

오대천 상류 골짜기로 접어드니 능선이 가팔랐다. 서 있으면 코가 땅에 닿을 지경이었다. 이런 험로라면 기를 모아 속보를 해야겠지만 억이가 그것을 감당 못할 것 같았다. 하는 수 없이 숨을 몰아쉬며 산비탈을 올라채게 내버려 두었다.

어렵게 산마루에 오르니 북대가 자리 잡고 있었고, 북대에서 보이는 것은 끝없이 겹치고 겹친 산이요, 아득히 먼 하늘뿐이었다.

북대에서 두로령으로 이어진 평탄한 길은 억이가 그렇게 힘들어 하지 않았다. 산비탈을 한참 돌아가 고갯마루에 이르러 아래를 내려다보니 천 길 낭떠러지처럼 까마득했다. 그래서 억이를 신갈나무 고목 아래에 잠시 앉아 쉬게 하고, 풍회는 구룡령으로 이어지는 산줄기를 바라보았다.

"선자님, 포졸들이 쫓아와요."

뒤에 처져 따라오던 여현이 황급히 뛰어왔다.

"말 울음소리가 나기에 돌아보니 북대 모퉁이를 돌아오고 있어요."

말발굽소리가 멀리서 들리며 고목이 된 신갈나무 사이로 구슬상모의 모습이 어른거렸다.

"기어이 뒤를 밟았군!"

북대에서 상황봉 중턱을 가로지른 길을 창을 든 포졸들이 말을 탄 포교를 뒤따라 땀을 뻘뻘 흘리며 쫓아오고 있었다.

"어떻게 할까요?"

"글쎄, 가파른 내리막을 억이를 데리고 뛰기가 좀 그렇군."

"부딪칠까요?"

"자네 혼자 저 군졸들을 당해 낼 수 있겠나?"

"선자님께서 반만 당해 내면 제가 반은 책임질게요."

"힘을 아낄 줄 아는 것도 전술이지."

"그럼 잡혀주자 그겁니까?"

풍회는 정말 잡혀주기라도 하려는 듯, 아래로 내려가지 않고 억이를 앞세워 그들의 눈에 훤히 띄는, 두로봉 오르는 능선길로 접어들었다.

"저기 도망친다. 잡아라!"

포교가 말 옆구리를 구르며 외쳤다.

"와! 잡아라! 저놈들을 잡아라!"

창을 든 포졸들이 미친 듯이 뛰어왔다.

하나 풍회는 서두르는 기색이 없었다. 휘어져 돌아가는 길에서 두어 발 위로 올라가 도토리나무 가지를 쭉 찢어 꺾더니 억이의 손에 쥐어주었다.

"저만치 가서 이걸 들고 가만히 앉아 있으시오."

억이가 십여 걸음 길 위로 올라가 손에 든 도토리나무로 몸을 가리고 그 자리에 앉았다. 이번에는 발아래 신갈나무 고목을 집어서 여현에게로 던졌다. 여현은 그것을 두 손으로 받았다.

"자넨 그 나무를 들고 거기 고목 뒤로 돌아가 입 다물고 서 있게."

그리고 풍회는 억이 옆으로 다가가 나자빠진 통나무 둥치를 일으켜 앞에 세우고 서 있었다. 여현은 만약을 몰라 단검을 빼들고 신갈나무 고목 뒤에 몸을 숨긴 뒤 풍회를 바라보았다. 풍회는 미동도 않고 서 있는데 주변의 나뭇잎들이 갑자기 바람이 멎은 듯 잎파랑이 하나 흔들리지 않았다. 사위가 얼어붙듯 냉엄한 기류가 여현이 서 있는 고목 뒤까지 밀려온 느낌이었다. 마치 투명한 공간 속에 박제가 되어 갇혀버린 기분이었다.

분위기는 적막하게 고정된 것 같았고, 풀잎 하나 흔들리지 않았다. 모든 것이 일시에 정지해 버린 듯, 하늘과 산이 고요해져 버렸다. 고요함이 허공을 끌어당기는 것 같았고, 유리와 같은 투명함으로 장막을 쳐놓은 듯했다. 모든 형상이 있는 듯 없는 듯, 여여하다는 것이 이런 것일까. 여현은 그 정황을 달리 설명할 수 없는 상태에 들어가 있었다.

"이랴! 어허, 이랴!"

말을 탄 포교가 득달같이 쫓아왔다. 풍회와 여현의 일행이 두로봉으로 오름을 보았는지라 그들도 아랫길로 내려가지 않고 곧장 능선으로 방향을 틀었다.

여현은 박제된 사람처럼 나무둥치 뒤에 꼼짝 않고 서 있자니 포교가 한 손에 칼을 뽑아들고 다른 손으로 말고삐를 잡아채며 억이가 앉아 있는 아랫길로 뛰어들었다. 말을 탄 구슬상모 뒤로 더그레를 걸친 포졸들이 삼지창을 들고 뜀박질을 했다. 하나 포교는 길 위의 풍회를 보지 못한 듯 앞으로 내달렸고, 털벙거지가 뒤로 젖혀져 땀방울이 흐른 포졸들도 길 위에 서 있는 풍회가 보이지 않는 듯 포교의 뒤만 쫓아가고 있었다.

"멈춰라!"

포교가 말 위에서 두로봉 능선을 바라보았다.

"아래로는 내려가지 않았는데, 그것 참 행적이 묘연하구나."

손바닥으로 해 가리개를 해 고개 아래를 살폈다. 가파른 고갯길은 새소리만 지구지구 쫑쫑 그럴 뿐 사람의 흔적은 그림자도 없었다.

"도깨비 같은 놈들이군?"

"숲속에 은신한 것 아닙니까?"

포졸 한 놈이 아는 체를 했으나 포교는 그 말을 무시해 버렸다.

"여기서부터는 홍천현이니 잠시 휴식을 하도록!"

포교가 산 아래를 내려다보며 명령하자, 포졸들이 길바닥에 주저앉아 땀을 닦았다. 바로 그 광경이 풍회의 코앞에서 벌어졌다. 포졸 한 놈이 길바닥에서 일어서더니 나뭇가지를 들고 앉아 있는 억이 앞에서 고의춤을 풀었다. 이어 오줌줄기를 소리가 나게 내쐈다. 포졸의 눈에는 억이가 도토리나무로 보이는 듯, 오줌을 눈 뒤 물건을 털털 털어 집어넣고 고의춤을 추슬렀다.

"그만 일어나라!"

다시 포교의 명령이 떨어졌다.

"저 숲속을 수색한다."

두로봉 산자락을 가리키며 포교가 앞장을 섰고, 창을 든 포졸들이 뒤를 따랐다. 포교는 풍회 일행을 토포하는 일만이 자기들의 충실한 임무란 듯 이랴! 이랴! 말을 몰면서 급히 언덕을 오르는데, 말이 풀숲 속에 가로 자빠진 커다란 나뭇등걸을 뛰어넘으면서 히이잉! 소리를 질렀다. 그 바람에 머리 위로 뻗어 나온 참나무 가지에 포교의 이마가 부딪쳐 뒤로 발랑 나가떨어졌다.

예상치 못한 사고였다. 그 때문에 수색이 멈춰졌고, 땅바닥에 쓰러져 비명을 지르는 포교를 포졸들이 등에 들쳐 업고 오던 길로 되돌아갔다.

"이상한 일이야. 이리로 올라챈 것을 분명 봤는데 흔적이 없으니⋯⋯."

포졸 한 놈이 말고삐를 잡고 걸으면서 뒤따라오는 놈을 돌아보았다.

"귀신이 곡할 노릇이네."

"이 새끼는⋯⋯. 임마, 귀신이 어떻게 곡을 해?"

다른 한 놈이 또 거들었다.

"중놈들이 별별 재주를 가져 둔갑을 한 거야."

포졸들이 다시 북대로 모습을 감춘 뒤 풍회가 앞에 세우고 있던 통나무를 자빠뜨렸다. 고목 뒤에 몸을 숨겼던 여현도 모습을 드러냈고, 억이가 도토리나무 가지를 들고 일어섰다.

"선자님, 어찌된 일입니까?"

여현이 풍회를 쳐다보았다.

"환히 내려다보고 있는 우리를 못 보다니요?"

믿기지 않는 모양이었다. 사실은 그것이 요나라 신선 방회가 즐겨 썼던 변형술인데, 운선선인에게 배웠던 것을 풍회는 그날 처음으로 써보았다.

"선자님이 술을 부렸지요?"

"자네들이 착한 사람들이라 천지신명이 도와주신 거네."

"아따, 거짓말도 술을 부리듯 하시네?"

"거짓말이 아니고, 그래서 사람은 늘 착하게 살라고 그러는 거야."

붉게 물든 석양이 서쪽 봉우리에서 아래로 떨어지려고 가물가물했다. 풍회는 서둘러 두로령 내리막길을 내려갔다. 밤이 되어서야 깊숙한 계곡을 빠져나와 구룡령 길목에 이르렀다.

아흔아홉 구비 구룡령은 양양과 고성에 사는 사람들이 한양을 오가면서 넘나드는 고개였다. 일행은 길가 주막에 들어 하룻밤을 쉬고, 구룡령을 넘었다.

미천골에 이르니 동대 비구니 스님이 찧어 붙여준 복숭아 씨앗도 효과가 다했는지 억이가 얼굴을 찡그리고 코를 훌쩍거렸다. 저리되면 통증이 오래간다는 비구니 스님 말이 맞는 듯 특단의 조치를 취해야 될 것 같았다.

"안 되겠지요?"

여현이 알아차리고 물었다.

"며칠 묵어갈 암자를 찾아야겠네."

자기를 속이지 말라

　물어물어 찾아간 곳이 선악산 줄기의 작은 암자였다. 이름조차 잊혀져 인적이 끊긴 폐사. 당우는 그대로였으나 '극락보전(極樂寶殿)' 현판이 떨어져 마당에 뒹굴고 있었다. 반나마 허물어진 요사채. 어찌 보면 이런 폐사가 남 눈치 볼 것 없이 억이의 몸 추스르기 맞춤한 곳일지 몰랐다. 문제는 때울 끼니가 없다는 점이었다.

　"누가 우리를 먹이고 재워 봉양해 줄 리 없으니 여기서 며칠 나야겠군."

　풍회는 비상식량으로 지니고 다니는 솔잎가루를 나누어 먹여 허기를 면하게 했다. 불당으로 들어가 새까맣게 곰팡이가 핀 방석을 햇볕에 말리고, 혹 먹다 둔 수수쌀이라도 있나 싶어 쓰러진 요사채를 뒤져봤으나 본바닥 서생원까지 철수가 끝나 있었다.

도금이 벗겨지고 옻칠이 드러나 새까맣게 그을린 것 같은 아미타부처 무르팍 밑에서 그날 밤을 새웠다. 이튿날 여현은 탁발을 나갔고, 풍회는 요사채를 파헤쳐 솥과 그릇들을 찾아내 우물에 씻어 햇볕에 말렸다. 탁발 나간 여현이 주는 대로 받아 왔다면서 보리쌀, 좁쌀, 수수, 된장, 간장, 감자를 한 바랑 짊어지고 올라왔다.

보리쌀로 늦은 점심을 지어 끼니를 때운 풍회는 나무로 받침대를 깎아 억이의 목에 대고 천 조각으로 동여매 주었다.

"별수 없네. 억이씨 목이 어지간해질 때까지 여기서 보내야겠어."

그 말에 억이가 몸 둘 바를 몰라 하자, 여현이 위로해 주었다.

"승가가 사는 일이 원래 이런 겁니다."

여현은 날마다 탁발을 다녔고, 풍회는 암자를 손질하기 시작했다. 극락보전 현판을 제자리에 걸고, 주변 잡초를 베어내 말끔히 치웠다. 허물어진 요사채를 뜯어내 통나무로 기둥을 받쳐 판자쪽을 대고 손질을 했다. 그렇게 며칠 지나니 폐사가 피난을 나갔다 돌아온 주인을 만난 형세가 되었다.

억이의 목이 많이 부드러워져 조금 여유가 생겼다. 초가을 늦은 달이 떠올라 여현이 모기를 쫓는다며 반쯤 마른 쑥대를 안아다 마당에 불을 피웠다. 법당 앞 소나무 위로 솟은 달을 바라보면서 오랜만에 여유를 즐겼다.

"선자님, 지난번 두로령을 넘을 때 말예요."

여현이 두로령을 넘던 때의 이야기를 꺼냈다.

"토포 나온 포졸들 눈을 어떻게 가렸기에 앞에 우리를 못 보고 그냥 돌아갔지요?"

"이 사람아, 살아 있는 사람 눈도 가리나?"

"다 보았습니다."

"보긴 뭘 봐?"

"갑자기 바람에 흔들리던 신갈나무 잎이 뻣뻣이 굳어버렸고, 느닷없이 하늘이 오그라든 것 같았지요."

"하늘이 거머리라도 된다든가, 오그라들게?"

"그러지 마세요. 이 궁리 저 궁리 다 해보고 하는 소리예요."

"탁발 다니면서 부처 생각은 않고 그 궁리만 했구먼?"

"그것, 비밀로 해드릴 테니 저한테만 말씀해 주시죠."

"이보게, 나는 비밀이 없는 사람일세."

여현이 고개를 좌우로 젓고, 다시 쑥대 한 깍지를 안아 와 모깃불 위에 놓았다. 연기가 달빛 속으로 안개처럼 한가로이 피어올랐다.

"다 압니다. 선자님한테 경천동지할 비결이 있다는 거."

달빛 속으로 피어오르는 연기를 바라보면서 풍회가 대답했다.

"도대체 뭘 알고 싶은 겐가?"

"포졸들이 버젓이 서 있는 우리를 못 보았으니 신기하잖아요."

"세상에 신기할 것이 그리도 없던가?"

"아니, 손자 밥 떠먹고 천장 쳐다보듯 할 거예요?"

"그럼 하나 묻겠네. 이 암자로 오다 보면 굽이져 도는 모퉁이가 있느니."

"네, 있습니다."

"모퉁이 언덕 위에 눈에 띄는 것 없던가?"

여현이 기억을 더듬는 듯 소나무 위로 쑥 올라온 달을 보고 있다가 고개를 저었다.

"없던데요."

"바로 그걸세."

"그거라니요?"

"부도 한 기가 있어. 본래 그 자리에 놓인 돌을 크게 변형시키지 않은……."

"저는 못 보았는데요?"

"바로 그것이라지 않나? 포졸들이 앞에 서 있는 우리를 못

본 건 자네가 이 암자를 오르내리며 언덕 위의 부도를 못 본 것과 같은 이치야. 가서 확인해 보게. 부도는 거기 분명히 있네. 본다는 게 뭔가? 보면 있고 못 보면 없는 게지."

"들어보니 떡 드시고 입 씻는 소리 같네요."

"내 이야기를 끝까지 들어봐. 문제는 자네가 있는 부도를 없다고 하는 것일세. 나는 그 부도를 보아서 머릿속에 있고, 언덕 위에 부도는 분명히 있는데, 자네는 그 부도를 보지 못해 머릿속에 없는 거지……. 그날 포졸들도 나는 거기 분명 서 있었지만 그들이 날 못 보았으니 없다고 그냥 돌아간 거 아닌가. 본다는 것이 뭔가? 외부에 나타난 대상을 눈으로 보고 마음속에 저장해 둔 것일세. 자네가 두로령에서 흔들리던 신갈나무 잎이 뻣뻣이 굳고 하늘이 갑자기 오그라든 것 같다고 한 것은 자네가 신갈나무 잎과 하늘을 그렇게 보았고, 자네의 생각이 그렇게 여기고 있어서 그런 거지. 그때 실제로 그런 일은 없었네."

여현은 고개를 흔들었다.

"그렇게 말씀하시면 할 말이 없습니다……."

"자네가 자네를 속인 거야. 불교를 공부했으니 자네가 더 잘 알겠네만, 모든 것은 마음의 표출일 뿐이야. 마음을 떠나 존재하는 것은 아무것도 없네. 사실은 모든 것이 우리를 둘러싸고 있는 것 같지만, 그것들이 확고부동한 실체를 갖고 있지 않다 그 말이야. 눈으로 본다는 것은 보고 있는 순간 나타나 있는 상태일 뿐, 시간은 자꾸 흘러 연속성이 없는 것인데, 연속성이 있는 것처럼 그렇게들 알아……. 시간이 흐르고 있으니 눈에 보이는 것들을 변형시킬 가능성은 있지만, 바로 그것이 스스로의 생각을 스스로 속이는 것이야."

"이야기가 어려워집니다."

"자네는 나를 무슨 술수나 쓰는 사람처럼 생각하니까, 난 그렇지 않다는 것을 설명한 것뿐이야. 이 우주의 모든 것이 전체로서 하나의 원인은 되겠지만 본래 대상이라는 것이 없는 것일세. 살아 있는 것은 살아 있는 그것을 원인이자 대상이라고 한다면 우리들 마음이 우주 삼라만상의 원인이자 대상이 되겠지. 부처님은 모든 것이 텅 비어 본래 아무것도 없다고 하지 않았던가? 나는 그것을 원인이자 대상이라고 알고 있네."

"아따, 어렵네요."

"포교와 포졸들이 우리를 못 본 건 찾는 대상이 우리들이 아니었기 때문일게야."

"무슨 말씀을요? 놈들은 눈을 부릅뜨고 우리를 찾고 있었습니다."

"그럴 수도 있겠지. 하나 그들은 도둑을 잡으러 왔으니까 그들 눈에는 도둑놈만 보였겠지. 그렇지만 자네나 나는 도둑이 아니지 않는가. 그러니 도둑만 보고 있는 사람들 눈에 도둑 아닌 사람은 보이지 않았던 게야."

"아따, 거짓말도 수가 되게 높네요?"

"설명을 하자면 그렇다는 것이지."

"하이고, 차라리 눈 감고 아웅 하세요."

"그럼 그날 포졸들이 두로령의 모든 것을 다 보았다고 할 수 있겠나? 가서 물어보게. 그들이 봤다고 한 것은 그날 말에서 떨어진 포교일 뿐, 자네나 내가 등을 기대고 있던 신갈나무 고목을 보았다는 놈은 아마 몇 안 될걸. 이 암자 입구의 부도가 자네 마음에 없는 것처럼 말이야. 그들도 그날 두로령에 무엇이 있고 무엇이 없었는지 쫙 꿰고 있는 놈은 한 놈도 없을 게야. 왜 그런 줄 아나? 사람 마음이 여여하게 깨어 있지 않아서 그래."

"참, 황탄합니다. 술을 부리지 않았다는 이야기가 왜 이리 장황합니까?"

이야기는 거기서 끝났지만 여현은 풍회의 이야기가 터무니없다고 생각했다. 어떠한 매듭도 지어진 것 없이…….

그 뒤로도 여현은 탁발을 해 오고 풍회는 암자 주변을 정리하면서, 억이를 간호했다. 그렇게 억이의 목이 부드러워졌을 때는 거의 보름을 지나 있었다. 그동안 폐사였던 암자는 말끔한 모습으로 바뀌었다.

풍회는 일행을 이끌고 양양으로 나와 인제현을 넘고 다시 원통에서 서화를 거쳐 웅봉령을 넘어 금강산으로 들어갔다.

장이부수(壯而不秀)하다는 두류산과는 산세가 사뭇 다른 내금강 만폭동을 꿈속을 걷듯 올라가 만회암에 이르렀다. 풍회가 암자 안으로 들어선 것을 보고 법준이 뛰어나와 반기는데, 역시 옛날 낙산암에서 만났던 법준수좌 모습이 아니었다.

"이게 누군가? 어헛! 유붕방래하니 뭐 어쩐다더니 금강산에 기쁨이 가득하구나."

둘은 손을 맞잡고 안으로 들어가 예의를 갖추고 마주 앉았다. 풍회의 머릿속에 제일 먼저 떠오른 것은 정말 법준이 많이 변했구나 하는 것이었다. 풍회의 기억 속에 법준은 하얀 모시 도포에 방갓을 쓰고 덜렁거리던 모습이었다. 학소대사 열반 시 잠깐 보았을 때도 느꼈지만, 그때는 잠시였고, 지금은 옛 모습이 깨끗이 지워지고 딴사람이 되어 있었다.

"얼마 만인가, 우리가?"

"학소대사님 열반하신 날 패엽사에서 잠깐 뵙고 처음인 것 같습니다."

"그렇군……. 운선선인께서 선화하셨다는 이야기는 들었네."

법준은 비록 만회암 작은 암자에 있으나 금강산의 무게를 느낄 만큼 대화상이 되어 있었다. 여현이 자꾸 큰스님 큰스님 하던 말이 그제야 이해가 갔다.

"귀한 손님이 먼 곳에서 오셨는데 사는 것이 이러니 대접해 드릴 게 없군."

그는 여현을 불러 명나라에서 선물로 보내 온 차를 내오게 했다.

"인사 올리십시오."

풍회가 같이 온 억이를 인사시켰다. 법준이 두 손을 모아 정중히 인사를 받았다. 여현이 차를 우려와 마시며 강릉부에서 억이를 만나 동행하게 된 과정을 간략하게 설명해 주었다.

"그래서 승복부터 입었군. 허허허……."

법준이 너털웃음을 웃었다.

"불쌍한 저를 살려 여기까지 데리고 오신 은혜 무어로 갚아야 할지 황공하옵니다."

억이의 말에 법준이 답했다.

"불쌍한 사람이란 이 세상에 아무도 없소. 한 생각 챙기면 다 훌륭한 사람들이지."

"고맙습니다."

"하나 입고 있는 그 옷이 어디 가서 대접받는 옷이 아니니 어쩌오. 허허허……."

"사실 이번에 강릉 보현사 주지스님께 참으로 못할 누를 끼

쳐드렸습니다."

"그게 다 나라가 중심이 없어 그런 거네. 차차 갚아 나가도록 하지. 아마 이후의 사정을 다 짐작하셨을 것이네."

풍회가 억이의 살아 나갈 방도를 주선해 달라고 하자 법준이 억이를 다시 한 번 바라보았다.

"흡족하지야 않겠으나 방법을 구해 볼 테니 몸조리나 잘하시오."

"네, 감사하옵니다."

그러고는 방 한 칸을 따로 내주었다. 여현이 억이를 안내해 밖으로 나갔고, 풍회는 법준과 무릎을 마주하고 앉았다.

"세월이 이리 흘렀는데 풍회선자는 변한 것이 없군."

"속에 든 것이 없어서 그렇습니다."

"아니지, 상투를 틀지 않은 걸 보니 색시가 없는 모양이지?"

"원래 산에 사는 사람인데 따라 살 색시가 있겠습니까?"

"그럼 잘되었네. 이젠 깎자구."

불가에 귀의하라는 이야기였다.

허허허, 풍회가 너털웃음으로 답했다.

저녁공양 때가 되어 여현과 억이가 저녁을 지어 와 함께 먹었다. 그리고 법준은 두류산 사사에 대해 물었고, 풍회는 아는 대로 설명해 주었다. 풍회가 두류산 사사의 무예교수를 했다는 대목에 이르러 그는 고개를 끄덕였고, 금강산에도 그런 무예교수가 필요하다는 이야기를 했다. 그러다가 이야기가 휴정이라는 수좌에 이르렀다.

"전에 낙산암에서 뵌 저희 스승 운선노사는 휴정수좌의 선친 최옹과 막역한 사이셨습니다."

"선인께서 발이 넓으시니 그런 기특한 인연이 있었군."

"제가 어렸을 때 스승님을 따라가 몇 번 뵌 적이 있지요."

"휴정이라는 그 수좌 말인가?"

"그렇습니다. 휴정수좌 선친도 뵙고, 휴정수좌도 봤지요. 저희 스승님 말씀이 여간 귀히 될 분이 아니라 하셨습니다. 이런 이야기는 아직 아무한테도 한 적이 없습니다만 저희 스승님께서 보시더니 임금의 상을 타고난 분이라 하셨습니다."

법준의 얼굴에 긴장감이 나타났다 사라졌다.

"허허, 그런데 중이 됐다 그 말인가?"

"네, 그렇습니다. 계를 받고 얼마나 열심인지 통 얼굴을 볼 수 없었습니다."

법준이 눈을 감고 무슨 생각을 하는지 한참 앉아 있다가 입을 열었다.

"임금이 될 상이란 그런 이야기는 나 이외에 아무한테도 하지 말게."

"물론입니다. 아직 한 번도 그런 이야기를 꺼낸 적이 없습니다."

"우리 불가에 큰 사자 한 분이 오셨군."

휴정의 이야기는 거기서 끝났고, 그동안 살아왔던 잡다한 이야기를 나누다가 밤이 늦어 잠자리에 들었다.

이튿날 법준은 정양사에 설법을 해주는 날이라고 하면서 산 구경도 할 겸 같이 가자고 했다.

여현이 법준화상의 뒤를 따랐고, 풍회가 그 뒤를 따라 산폭(山瀑)이 장관인 만폭동으로 내려갔다. 금강대로부터 열한 봉우리를 거치고 보덕암으로부터 일곱 봉우리를 거쳐 금강문을 나와 반석 위로 흐르는 물을 건너 올라갔다. 표훈사를 비껴 험로를 타고 산봉우리 위 푸른 전나무 사이로 그림처럼 나타난 정양사에 이르렀다. 절은 그리 크지 않았으나 일만 이천 봉이라는 산봉우리에 둘러싸인 그윽한 사찰이었다.

정양사는 비구니 사찰이었고, 금강산 비구니 사사의 수련원이 있었다. 안내를 받아 주지실로 들어가 주지스님과 인사를 나누고 차를 마시려 하는데 비구니 스님 한분이 들어와 깜짝 놀라며 반겼다.

"아니, 풍회선자님 아니세요?"

풍회가 고개를 들었다.

"저…… 누구시죠……?"

법준이 대신 대답했다.

"묘향산 자옥스님일세."

그러자 자옥이 자환스님으로부터 이야기를 들은 것과 두류산에서 먼발치로 한 번 뵈었다는 이야기를 했다. 아마 자환수좌가 박달내 초막을 찾아왔을 때 동행했던 모양이었다.

"이제 보니 두 분이 같은 묘향산 출신이구먼."

전에 운선선인을 모시고 묘향산에서 오래 살았던 것을 알고 있는 법준의 말이었다. 자옥은 법준의 권고로 금강산에 남았고, 묘향산에서 선광, 수현 두 스님이 와 정양사 비구니 사사 무예교습을 맡고 있다는 법준의 설명이었다.

법준은 금강산 비구니 사사를 양성하는 데 정성을 쏟는 것 같았고, 한 달에 두어 차례 비구니 사사의 사명이랄까 그런 내용의 법회를 해주고 있다는 것이다.

법회가 시작되어 강당에 모인 것을 보니, 승복은 입었으나 머리를 기른 사람들이 많이 눈에 띠었다. 그것은 자환이 특수 임무라 하여 묘향산에서 채용했던 것을 금강산에서도 채용한 것 같았다.

교육이 끝나고 다시 만회암으로 올라오니 억이가 절 안의 방석이며 옷가지, 걸레, 베갯잇까지 모두 빨아 말려 걷어 들이고 있었다. 어찌 보면 그녀도 집안에서 그런 자잘한 일이나 거들며 살림이나 해야 할 여인 같았다.

법준이 억이를 한참 눈여겨보더니 성향을 알아차린 듯 물었다.

"온종일 이런 일을 하면서 보냈구료?"

억이가 부끄러운 듯 얼굴에 홍조를 띄었다.

"아프다는 데는 어떻소?"

"다 나았습니다."

"골절이 그렇게 쉽게 낫지는 않을 터, 좀 더 조리를 한 뒤에 정양사로 내려가시오. 정양사 주지스님께 말씀을 드려놨으니 몸이 낫거든 수행이라 생각하시고, 마음 챙기는 것이 무엇인지 한번 챙겨보시오."

그 말에 억이가 다소곳이 고개를 숙였다.

"고맙습니다."

억이가 저녁을 차려 와 식사를 한 뒤 풍회는 법준과 차를 마셨다.

"특별히 계획한 일이 있는가?"

법준이 물었다.

"수행을 더 해야 할 일밖에는 없습니다."

"두류산 사사의 무예교수를 맡아보니 어떻던가?"

"열심히들 했지요. 각완대사님이나 마하수좌도 그렇고, 지금은 군사체제로 갖춰져 거기에 따른 훈련에 더 많은 비중을 두고 있습니다."

법준이 고개를 끄덕였다.

"앞으로는 모두 그렇게 되어야 할 거야……. 그럼 그쪽 일은 급한 것 같지 않고, 나하고 여기서 같이 좀 지내세."

"제게 할 일이 있다면 그렇게 하지요."

법준이 고개를 끄덕였다.

하늘 위의 도솔암

꽃이 피는가 하면 잎이 푸르렀고 낙엽이 지는가 싶으면 찬바람이 몰아쳐 눈이 쌓였다. 그렇게 계절이 몇 차례 바뀐 어느 초여름, 휴정이 밖으로 나와 바라보니 도솔암이 망망대해에 둥 떠 있는 섬이 되어 있었다. 암자 돌계단을 내려와 우물 위 동산으로 올라가 평상에 앉았다.

산 아래 하찮은 구릉들, 잡다한 골짜기들을 새하얀 운해가 꽉 메워 바다를 이루었고, 덕평봉에서 내려뻗은 능선 너머로 제석봉과 천왕봉, 중봉으로 이어진 두류의 거대 능선들이 바다 속에서 등때기만 내민 곤처럼 보였다.

"무엇을 보고 있는 게냐?"

학묵대사가 올라와 곁에 앉았다.

"나아가려 해도 문이 없고 물러가려 해도 길이 없습니다. 들여마시려 해도 넘어가지 않고 뱉어내려고 해도 넘어오지 않습니다."

"흰 구름이 띠를 두른 푸른 산에 난데없이 말뚝을 꽂았구나. 골짜기는 숨었어도 물은 흐르고, 새가 되어 날아야 할 네가 두류와 하나가 되었으니 정녕 어디에 서 있는지 그것조차 잊었겠다?"

휴정은 학묵대사의 그 말에 화들짝 정신이 돌아왔다.

"보아라. 보이는 것 없는 그것을 하나라 할 수 있겠느냐?"

"보이는 것 없는 그것이 하나가 맞습니다!"

"하나라 하면 보이지 않는 것이 이미 아니거늘, 황금사자가 그 가운데에서 소리를 지르는구나. 어허! 바람이 그치니 꾀꼬리 지저귐이 요란할 뿐이로다."

"꿈을 어떻게 할까요?"

"허망의 징조이리니……."

바람이 골짜기 아래에서 올라오고, 산 위에서 내려가다 만나는 지점을 중턱이라 했다. 도솔암이 산중턱에 있었다. 시간이 흐르자 영락과 광명을 함께했던 심연의 운해 위에 등때기만 드러낸 두류의 능선들이 꿈틀거리기 시작했다. 밑에서 불어오는 바람에 운해가 공중으로 솟구쳐 회오리를 치더니, 산 위의 바람과 마주쳐 산산이 흩어지기 시작했다. 운해가 마치 춤을 추는 듯 장관을 이루며 흩어지면서 군데군데 하늘에 구멍이 뚫리자

저 아래 아뜩한 개미집 같은 사바세계가 모습을 드러냈다.

"아침을 소금으로 먹었느냐?"

학묵대사가 물었다.

"네."

"달마가 서쪽으로부터 글자 없는 도장을 가지고 와 2조의 얼굴에다 된통 박아놨는데, 2조가 그 도장을 받아 털끝만큼도 바꾸지 않고 3조의 얼굴에다 다시 찍었느니. 한 사람이 빈 것(空)을 그렇게 전해 주니 만 사람이 실제로 있는 그것(實在)을 말로 희롱하면서 주고받다가 회양에 이르러 마조가 그 도장을 받아가지고 한마디 했더니라. 전쟁이 삼십 년 동안 계속되어도 소금(鹽醬)이 없었던 적은 없었노라고. 그러고는 크게 한 번 할을 하더니 도장에 글자가 생겼구나. 그렇게 외쳤더니라."

"그것이 글자 없는 도장의 내력입니까?"

그러나 학묵대사는 대답을 하지 않았다.

어느 틈에 두류산에 깔렸던 은빛 운해가 한 점도 없이 싹 걷혀 있었다. 산은 씻은 듯 맑았고 하늘은 쪽빛으로 푸르렀다.

"마조의 소금이 무엇이더냐?"

학묵대사가 물었다.

"태초에 불꽃방전으로 구름이 비가 되어 지표로 떨어졌습니다."

"너도 그 가운데 있었더냐?"

"거듭거듭 시행과 착오로 생겨났습니다."

"흐응, 그것이 정녕 소금이렷다?"

"소금이라 할 수도 없고, 아니라 할 수도 없습지요."

"섭대승론(攝大乘論)에 있다고 하는 것은 덧붙이는 대답이고, 없다고 하는 것은 줄이려는 대답이라 했다. 있기도 하고 없기도 하다는 소리는 아귀가 맞지 않는 대답이고, 있는 것도 아니고 없는 것도 아니라 함은 희롱을 하자는 대답이니라, 했느니."

학묵대사의 그 말에 휴정이 망설이지 않고 대답했다.

"다 동쪽에서 서쪽으로 가는 것입니다."

"또 다른 것은 없더냐?"

"서쪽에서 동쪽으로 가는 것이 그것입니다."

"일면불 월면불이 그 가운데 있느니라."

휴정이 거기서 활짝 웃었다. 평상에서 일어나 하늘을 보고 춤을 덩실덩실 추었다.

"어헛! 두류산에 꽃이 지니 돌에서 여의주가 솟는구나."

학묵대사가 자리에서 일어나 대에서 내려갔다.

배우지 말라, 깡마른 나무 같은 참선을
부처의 말과 행동은 갈팡질팡 헤매는 것이 아니니

아무렴, 몸뚱이는 매미 껍질처럼 바뀌어도

마음은 널리 퍼져나가는 아지랑이일러라. 〈일암 도인〉

암자 문을 열어놓고 앉아 있는 학묵대사에게 다듬지 않은 돌을 깐 배례석(꽃이나 향을 올리는 돌) 위에서 삼배를 올렸다. 그리고 휴정은 도솔암을 뒤로했다.

적묵당으로 영관대사를 찾아가 인사를 드리니, 대사가 쓱 얼굴을 쳐다보고 옆자리에 앉혔다.

"그사이 없던 것이 있더냐?"

"네, 있습니다."

"어떻게 생겼더냐?"

"형적이 없으니 말로 설명할 수가 없습니다."

"그놈이 어떻더냐?"

"꽃을 드니 가섭이 웃습니다."

영관대사가 소리를 내어 껄껄 웃었다.

"그래, 가섭이 웃을 때 넌 뭘 하고 있었느냐?"

휴정이 등을 돌리고 돌아앉았다.

"허 고놈, 큰 것 '하나'를 찾아오라 했거늘 두류산을 손바닥에 들고 나타났구나. 자 일러라!"

그러나 휴정은 고개를 흔들었다.

"한 바퀴 돌아오니 꽃을 머금습니다."

정진을 더 해야 한다는 대답이었다.

"꾀꼬리가 나뭇가지에 앉았더냐?"

"이슬이 맺히지 않으니 꽃은 그대롭니다."

"향기는 꾀꼬리 우는 소리에 있지 않다."

"……!"

휴정이 침묵했다.

"장부가 해야 할 일을 이제야 알았겠다?"

"네, 그러하옵니다."

"고삐를 늦추지 말라."

의신사로 돌아온 휴정은 그 다음날 하철굴암으로 올라갔다.

실재의 틀

화개천 상류 옆구리에 큰 바위를 끼고 앉은 하철굴암. 휴정은 그리로 올라가 옛 부처도 몰랐던, 그것이 무엇이냐에 열정을 쏟고 있었다. 마야부인 옆구리를 뚫고 나와 일곱 걸음을 띄어 옮기며 한 손으로는 하늘을, 한 손으로는 땅을 가리키며 가장 높다고 한 것, 그 높다는 것이 바로 나라는 존재라는 것을 몸으로 체득하기 위한 실전에 들어갔다.

조용한 선실에 앉아 풍광을 돌아보니 분위기가 도솔암과는 달랐다. 하철굴암은 앞도 막히고 옆도 막혀 있었다. 칠불로 넘어가는 안당재가 낮다고 생각했는데, 앉아서 보니 성처럼 덩덩히 높았다. 휴정은 갇혀 있다고 생각했다. 갇힌 새는 답답했다.

가을인지라 갇힌 새에게도 나뭇잎들이 물들어 보인 것은 똑같이 나타난 일상이었다. 신갈나무 잎은 노랗게 젖었고, 단풍나무는 빨갛게 물들었다. 빨갛게 물든 단풍나무 잎이 햇살을 되받아 영롱하게 반짝거렸다. 지난 여름 보랏빛 꽃을 피우던 자귀나무만 무슨 절개를 상징하듯 푸른 잎사귀를 꼿꼿이 세워 가을을 지켜보고 있다. 하늘을 닮은 맑은 물이 이끼 낀 돌 틈을 돌아 가을 속으로 흘러갔다.

하루는 꿈을 꾸었다. 아홉 살 때의 어머니가 하늘로 날아와 휴정의 손을 잡고 공중에서 나비처럼 치마폭을 휘날렸다. 아버지가 그것을 보고 난다, 난다, 손뼉을 치며 즐거워하니, 어머니는 손을 놓고 하늘을 날아올랐다. 나비처럼 천천히 어머니가 날아간 하늘은 가을이 아니라 봄이었다. 멀리 봄 하늘을 날아간 어머니의 꿈을 꾼 휴정은 그간 몹시 어머니를 그리워했음을 알았다.

어느덧 하철굴암 주변을 적황으로 물들인 나뭇잎이 떨어져 내리기 시작했다. 한 잎, 두 잎, 안타깝게…… 바람이 불면 빨간 잎들이 애간장을 녹이며 맑은 물 위로 우수수 흩날렸다.

그렇게 가슴에 찬서리를 뿌리듯 사늘함으로 늦은 가을을 지켜보고 있던 날 아침이었다. 어! 저 새 좀 봐라. 곤줄박이 한 쌍이 바위 위로 내려와 지저귀는 것을 보았다. 머리와 목과 깃의 무늬가 알록달록한 곤줄박이가 나무 위에서 바위로, 바위 위에서 다시 나무 위로 번갈아 날던 그날, 해질녘에 뜻밖의 손님이 찾아왔다. 인월에서 운봉에 이르는 안마을 운봉 박씨 정난 공신 운성부원군의 후손 동개라는 규수였다.

동개는 도솔암에 머물 때 인월로 탁발 나갔던 날 산성전 못 미처 대궐 같은 사대부가의 대문 앞에서 만난 규수였다. 처음 시선이 마주쳤을 때 그녀는 까닭 없이 얼굴을 붉혔고, 도솔암 학묵대사의 큰시주였던 안방마님인 그녀의 어머니가 도솔암을 찾아왔을 때 동개도 몸종 향옥이를 데리고 따라와 서로 얼굴 이 익은 사이가 되었다. 그 뒤로도 도솔암을 몇 차례 더 찾아 온 걸 기억하고 있었다.

하나 규수가 시집갈 즈음에 이르면 문밖 출입을 삼가야 한 다. 내외유별이 남다른 시절이니, 누구와 마주치는 것이 서로에 게 득이 될 것 없었다. 그래서 그녀가 찾아오면 휴정은 암자 뒤 로 올라가 삼정산을 바라보며 좌선을 하거나 망연히 영원암을 내려다보다가 해가 진 뒤에 내려오곤 했다.

한번은 동개의 어머니가 학묵대사의 전송을 받으며 암자 계 단을 내려가는데, 앞서 내려가 있어야 할 그녀가 향옥이를 데 리고 뒤에 떨어져서 누군가를 찾는 모습을 본 적이 있었다. 그 녀가 찾고 있는 사람이 자기인 것을 안 휴정은 산철쭉 사이에 서 모습을 드러내지 않았다. 두어 번 그런 적이 더 있었다.

그 뒤로도 동개가 몇 번 더 도솔암을 찾아왔지만 휴정은 모습을 드러내지 않았다. 한데 곤줄박이가 바위와 나뭇가지 사이를 날던 그날, 향옥을 데리고 하철굴암을 찾아왔다.

처음에는 그녀의 어머니가 워낙 불심이 깊어 도솔암 시절에 맺어진 인연으로 어머니를 따라온 줄 알았더니 그것이 아니었다. 그녀의 어머니는 보이지 않았고, 대신 짐꾼 두 사람이 커다란 보퉁이 하나씩을 짊어지고 암자 안으로 들어섰다.

뜻밖이었다.

"어머님은 오시지 않았습니까?"

"네."

동개가 다소곳이 고개를 숙였다.

"그 먼 길을 혼자서…… 안으로 드시죠."

일단 그녀와 향옥을 객실로 안내했다. 재색지화(財色之禍)는 심어독사(甚於毒蛇)라 했던가. 그녀들을 안으로 들이고 생각을 해보니 난감하기 이를 데 없었다. 심산유곡이라 해가 지면 달리 어떻게 해볼 도리가 없었다. 빨리 저녁을 해 먹여 의신사로 내려보낼 생각으로, 보살 할머니를 불러 저녁공양을 서둘게 했다. 한데 그 귀하다는 사대부가의 규수가 팔을 걷어붙이고 앞장을 섰다. 부엌을 드나들며 후원간 일을 직접 챙기고 나섰다. 도리어 향옥이가 할 일이 없어져 규수처럼 할랑거렸다.

"스님 계신 절이 이리 먼 줄 몰랐습니다."

"벽소령을 넘어온 걸 보니 영원동으로 들어왔습니까?"

"길을 몰라 영원사에서 물어 이리로 넘어왔어요."

운봉에서 영원사까지는 가마를 탔거나 노새를 탔다고 할 수 있다. 하나 노새를 타고 벽소령을 넘었다고 해도 보살 할머니의 일을 대신 맡고 나선 규수의 걸음걸이가 저리 강동거릴 수 없었다.

"고개를 넘느라 힘드셨을 텐데 그냥 놔두세요."

그녀는 보살 할머니의 만류에도 아랑곳하지 않았다.

"심심해서 그래요. 제가 뭔 도움이 되겠어요?"

규수의 성격은 활달했고, 붙임성도 좋았다. 그 점은 그녀의 어머니를 닮은 것으로 전부터 알고 있었다.

"향옥아, 넌 마루에 보따리만 이리 끄집어 와라."

"아씨, 제가 할게요. 들어오세요."

"절에 와서 놀기만 하면 공이 안 된다. 여기서는 내가 할 테니 넌 다리 쭉 뻗고 규수 노릇이나 해라."

넉살까지 강화년(체면이나 염치를 모르는 사람) 뺨치고도 남았다. 향옥이 짐꾼들이 지고 온 보따리를 끄집어다 놓고 풀어젖히니 찹쌀이며 참기름, 참깨, 전분, 생강 따위의 양념들이 줄줄이 나왔다. 그것을 꺼내 반찬을 만들고 밥을 짓느라 야단이었다. 그 바람에 저녁이 늦어지기는 했지만, 하철굴암은 때아닌 잔치를 만난 듯 모든 사람들이 둘러앉아 즐겁게 저녁을 먹었다.

여인 한 사람의 힘이 이렇게 분위기를 바꿀 수 있다는 것이 놀라운 일이기도 했다. 하나 세간이라면 모르거니와 절집 안에서 이런 일은 필요하지 않다는 생각을 했다.

짐을 지고 따라온 노복이 두 사람이나 되고, 이미 밤이 늦은 데다 전에 사사들이 쓰던 방도 여럿이어서 그날 밤은 모두 하철굴암에서 보냈다.

이튿날은 암자를 떠나겠거니 했다. 한데 어젯밤까지도 막 건져 올린 숭어처럼 팔딱거리던 동개가 장딴지에 멍울이 생겼다며 누워버렸다. 그거야 거짓말이 아니려니 해서 노복 두 사람만 먼저 보내고, 동개와 향옥이만 남았다.

그런데 장정 두 사람이 떠난 뒤, 장딴지에 멍울이 났다는 동개는 언제 그랬느냐는 듯 떨치고 일어나 집안을 소제하겠다고 나섰다. 머리에 수건을 쓰고 방, 마루, 부엌, 헛간, 해우소까지 구석구석 말끔하게 청소를 했다.

휴정은 미로에 빠진 기분이었다. 매혹적인 그 어떤 것의 미로는 자칫 미궁으로 인도된다. 미궁의 벽은 높은 성으로 막힌 것이 아니라 향기 나는 싸리 울타리와 같은 아름다운 꽃으로 막혀 있을 수 있었다. 어둠의 상징인 미궁이 여성으로 형상화되어 나타났다.

어떻다는 관계의 정의를 내릴 수 없는 사이라면 어정쩡한 사람이라고 봐야 한다. 사실은 동개가 휴정의 정에다 고리를 걸러 온 사람이었지만 고리가 걸리기 전이니 신도라기보다는 어정쩡한 손님이라 해야 옳았다. 어정쩡한 손님이 사람을 잡는군……. 휴정은 점심을 먹은 뒤 동개를 의신사로 내려보내야겠다는 생각을 하고 밖으로 나왔다. 그런데 동개는 어정쩡한 여자 손님이 아니라 먼저 정 걸이 작전에 돌입을 한 듯, 향옥이를 찾고 있었다. 향옥이가 점심을 먹고 아무 말도 없이 어디론가 사라져버렸다는 것이다.

"아니, 그만한 총각이라도 있으면 총각하고 정분이라도 났다 하겠는데, 보살님 우리 향옥이 못 보셨어요?"

작전이 치밀하게 계획된 것 같았다. 보살 할머니는 못 보았다 대답했고, 휴정은 그때까지 동개가 선수를 때리고 있음을 눈치 못 챘다.

"얘가 장딴지가 아프네, 어쩌네 그러더니 숲속에 들어가 누웠나 봐."

향옥을 찾아오겠다며 개울 건너 당재로 올라가더니 두 사람 다 종적이 묘연해져 버렸다. 의신사로 내려보낼 낌새를 알아챈 두 사람이 서로 짜고 모습을 감추었던 것임을 휴정은 그때서야 알았다. 아예 가지고 노는군……. 휴정은 속았다는 생각을 했다.

해가 질 때까지 한바탕 사람 속을 태워놓고 얼굴을 내민 것은 날이 캄캄해진 뒤였다. 또 저녁을 먹는다, 어쩐다, 수선을 떠는 바람에 밤이 이슥해져 의신사로 보낼 수가 없게 되었다. 똥 누는 척 고추 따는 수작들이 착착 죽이 맞는데, 더는 어찌해 볼 도리가 없었다. 그래서 하철굴암에 주저앉게 내버려 두었다가 나흘째 되는 날, 이쯤이면 쉴 만큼 쉬었거니 하고 입을 열었다.

"부모님께서 걱정하시겠어요?"

동개가 대번 생글거리며 말을 받았다.

"기도하러 간다고 했거든요. 두어 달 뒤에 가마를 보내 데리러 올 거예요."

한술 더 떴다.

"규수는 귀로 고르라 했소이다."

"스님두 참, 처녀 늙은이 없다는 말 못 들으셨어요?"

생각이 날아다니는 새와 같았다. 나는 새를 여기 앉게, 저기 앉게 해봐야 부질없는 짓이었다. 흩날리는 낙엽과 함께 나타난 동개가 하철굴암의 붉게 물든 단풍잎이 뚝뚝 떨어지는 늦가을의 정취를 난데없이 5월의 금낭화처럼 담홍색으로 물들이고 있었다.

틀고앉으려던 휴정은 이것이 바야흐로 마희(魔戱)구나 했지만, 마희가 상대적이라 해서 그것을 타박하는 것은 점잖지 못한 일이라 치부하고 그냥 내버려 두었다. 왜냐하면 그것은 자기와의 싸움에서 한낱 핑계로 등을 돌리겠다는 것이어서 장부로서 할 짓이 아니라고 생각했다.

남녀의 정념이란 삶과 늘 함께해 왔다. 일이 여기까지 벌어지게 된 것은 애초에 그녀를 만난 것이 잘못이지 어찌 그녀의 정념만을 탓해야 하겠는가. 삼작노리개를 제 어머니에게 건네주려다 맞부딪친 눈길에서 시작된, 그래서 그녀는 제 어머니를 따라 자주 도솔암을 찾았고, 사태가 생각 같지 않게 돌아가자 타고난 헌걸찬 기질로 사대부가의 체통을 내려놓고 벽소령을 넘어 여기까지 발걸음을 하게 만들었던 것 아닌가.

호박에 옷자락을 문지른 뒤 머리카락이나 종이쪽 같은 물건을 갖다 대면 찰싹 달라붙는다. 찰싹 달라붙는 것은 남자와 여자라는 이성뿐 아니라 생명 있는 것들 삶의 대응이 그랬고, 그것이 존재의 방식이었다. 휴정에게 동개의 끌림도 여기에 해당된 이치일 터인즉, 일방적으로 탓을 돌릴 수만은 없었다. 다만 사문의 길을 가는 사람에게 왜 그 대상이 되었느냐 하는 것인데, 정념의 본질은 그런 것까지를 되돌아보지 않는다. 여성이 사내를 그리워할 만한 나이에 이르면 제가 제 덫에 스스로 걸려 그리워하는 것을 그 누가 어떻다 할 것인가.

망념이로다! 휴정은 동개를 내버려 두었다. 닷새가 지나고 엿새가 지나도 무엇이 그리 기쁜지 얼굴이 환했고, 구름을 밟듯 몸뚱이가 둥둥 떠다니는 것 같았다. 이레가 지나니 열정이 차츰 안으로 숙여지는 것 같았고, 눈망울이 조금씩 침울해지더니 언뜻언뜻 욕망의 그림자가 어른거렸다. 욕망은 채워도 채워도, 채워지지 않는다. 어느덧 그녀의 얼굴에 번민의 환영이 나타나 보였다.

열흘을 넘긴 어느 날 그녀가 하철굴암을 떠날 채비를 했다.

"고추장을 듬뿍 넣은 상추쌈이 먹고 싶어서요."

활달한 그녀의 생각이 여과 없이 나타나 있었다. 작별의 인사라기보다는 직설적으로 내뱉는 욕망의 표현이었다.

"다시 오실 일도 없겠지만, 앞으로는 이런 험한 산길 조심하시는 것이 좋을 듯합니다."

"저 때문에 방해가 되셨군요."

듣기에 따라서 휴정의 말대답이 어설플 만큼 의례적이었는데, 그녀가 고개를 숙였다. 눈가에 맺힌 이슬을 보이지 않으려는 듯 장옷으로 얼굴을 가리며 먼 하늘만 바라보았다. 휴정 또한 마음이 편치 않았다. 그녀가 입술을 내리누르고 돌아섰다. 동개가 앞서고 향옥이 뒤를 따라 삼정골로 향했다.

흩뿌리는 낙엽을 밟고 올라간 그녀는 벽소령이 한눈에 쳐다

보이는 언덕을 넘어설 때까지 뒤를 돌아보지 않았다. 잘 살펴 가시라는 휴정의 인사에도 그녀는 발걸음만 멈칫했을 뿐 뒤도 돌아보지 않았다.

휴정은 벽소령 고갯길로 올라가는 그녀의 뒷모습을 잠시 바라보다가 발걸음을 돌렸다. 그녀가 뒤를 돌아본 것은 가문비나무가 바람에 통째로 흔들리는 것 같은 너덜 사이의 푸른빛 아래서였다. 그녀의 눈은 붉게 물들어 있었고, 휴정이 등을 보이고 내려가고 있었다.

"아씨, 그만 돌아서요. 내가 다 눈물이 나요."

향옥의 말에 동개는 떨어지지 않는 발길을 돌려 벽소령을 넘어 운봉으로 돌아갔다.

어헛! 아직 초심조차 소화를 못했구나. 휴정은 걸음을 빨리 해 하철굴암으로 돌아왔다. 벽장 안에 넣어둔 예도를 빼들고 암자 뒤 공터로 올라갔다. 무엇을 베고 무엇을 자르려는가. 앞으로 빠르게 나아갔다가 훑어 찌르고 오른발 오른손으로 밑에서부터 위로 훑어 치켜들며 앞을 향하여 베어 걸어 들어갔다. 점검세(點劍勢)로부터 풍회에게 배우다 놔둔 횡충세(橫衝勢), 태아도타세(太阿倒拖勢)까지 격렬하게 검을 휘두르다 내려왔다. 재색지화를 독사라 한 것이 바로 이것을 두고 한 말이었구나. 휴정은 낮이 후끈거려 견딜 수 없던 그것들이 땀으로 씻기어 나간 듯 후련함을 느꼈다.

헛기침을 하면서 암자로 들어섰다. 눈으로 보는 게 보는 것이 아니고 귀로 듣는 게 듣는 것이 아니었다. 본질적인 실재는 원인도 없고 이유도 없었다. 그래서 자국도 없다. 왜 동개를 그런 눈으로 볼 수 없었을까.

거울에 비친 영상은 보이기는 하나 따로 떨어져 스스로 존재하는 실체가 없다. 우리가 지각할 수 있는 사물의 모양과 상태의 본질은 서로 의존해 생겨난 것들이기 때문에 그렇다. 그것 자체는 아무것도 아니었다. 안다는 것은 눈, 코, 혀, 촉각, 의식으로 아는 것이 아니었다. 대상을 있는 그대로 보아 보이는 것이 있는 그대로이면, 보는 쪽의 눈도 있는 그대로야 한다. 그와 똑같이 우리의 의식이 있는 그대로라면 그 대상이 되는 사물도 있는 그대로 똑같아야 한다. 그렇게 사물을 보아야 바르게 보는 것이다.

휴정은 동개를 그렇게 볼 수 없었다. 그 점이 부끄러웠다. 소가 닭 보듯, 닭이 소 보듯 동개가 그렇게 보이지 않았다. 그것은 사물을 보는 마음이 말끔히 닦여 있지 않아서 그렇다. 더구나 동개가 뱀으로는 생각되지 않았다. 그것이 휴정으로 하여금 칼을 휘두르지 않을 수 없게 만들었던 동기였다. 마음이 유리처럼 맑게 닦여 있었더라면 동개가 두류산에 흔히 있는 돌이나 나무처럼 그렇게 무심히 보였을지도 모른다.

이제 와서 누구를 탓하겠는가. 박쥐와 부엉이는 대낮의 사물을 보지 못한다 했던가. 천축국에서 송나라로 들어와 능가경을 번역한 대승의 학승 구나바드라는 밝음을 보지 못한 박쥐와 부엉이를 번뇌에 얽매여 있는 사람에 비유했다. 정녕코 밤에만 물건이 보이는 사람이 있다면 그는 틀림없이 양상군자(梁上君子)일 터이다. 양상군자는 낮과 밤이 바뀌어서 그럴까. 하지만 휴정은 낮과 밤의 구별이 없을 때만 올바른 사물을 바라볼 수 있다고 생각했다.

낮에 날아다니는 비둘기나 까마귀, 낮에 뛰어다니는 오소리나 노루를 부엉이는 거꾸로 사는 놈들이라고 놀릴 것이다. 그렇다면 낮에 날거나 뛰는 짐승을 잡겠다고 활을 메고 다니는 사냥꾼은 미친놈이어야 할 것이다. 미쳤다고 하는 그것은 전도된 가치의 다른 이름이다. 다만 전도된 가치를 설명해 줄 수 있는 그것이 실재의 틀이었다. 한데 유감스럽게도 실재의 틀이란 없다. 없는 것이 바로 실재의 틀이기 때문에 그렇다. 실재는 기호로 설명해 낼 수 없다. 우리의 언어와 사고로 설명해 낼 수 없는, 그 너머에 있는 그 어떤 것이 실재의 틀이기에 그렇다.

도대체 설명이 되지 않는 그것은 그러나 항상 그 자리에 있

다. 우리는 그 실재의 틀에서 사물을 선험적 대상으로 형상화
하려 든다. 하나 사물이란 끊임없이 찾아 헤매야 하는 상실된
대상일 뿐 다른 것이 아니었다. 따지고 보면 표현이 상실된 대
상이라는 것이지, 그것은 어디에도 존재하지 않는다. 애초에 존
재하지 않았으므로 버릴 것도, 찾을 것도 없는 대상이 바로 그
것이었다. 그것이 열정의 원인이자 욕망의 대상이 되어 왔다.

휴정은 아무것도 없는 실재의 틀 속에서, 만들어진 호랑이에
게 쫓기다가 벼랑 아래로 내려뻗은 칡넝쿨을 붙잡고 매달린 꼴
이 되었다는 생각을 했다. 숭인장로는 그랬다. 위에서는 쥐가
칡넝쿨을 갉고 발아래 웅덩이에는 독룡이 입을 벌리고 있다고.
그런데 머리 위 나뭇가지에 붙은 벌집에서 녹아 떨어지는 꿀을
받아먹는 달콤한 맛에 위급한 상황이 마비되어 나타난 그것이
우리의 삶이라는 것이었다. 휴정은 달콤한 꿀맛과 칡넝쿨에 매
달린 상황 사이의 무엇이 눈에 보이듯 또렷하게 형상화되어 나
타났다. 하나 그것을 표현해 낼 글자가 없었다. 그래서 기호로
'교(巧)' 자를 그 사이에 넣어보았다. 동개와의 사이에 작용했던
것들은 기쁨, 쾌락, 희열이었다. 헛것들이었다.

허허허! 휴정은 소리 내어 웃었다. 한바탕 웃음을 웃고 났더
니 소란을 몰고 왔던 마음속의 동개가 반야봉 너머로 완전히
사라져버렸다.

뱀의 꽃

　계묘(1543)년 겨울안거 해제일, 휴정은 아침 일찍 의신사로 내려갈 요량으로 서두르고 있었다. 그때 각완대사가 하철굴암으로 들어섰다.

　"아침 일찍 어인 일이옵니까?"

　"자네가 의신사로 내려갈 것 같아 나도 같이 가려고 왔느니."

　"안으로 드시죠."

　화로에 다관을 올려놓고 마주 앉았다.

　"내가 보니 졸지절폭지단(啐地絶爆地斷, 병아리가 알을 깨고 구운 밤이 터지는 순간)이 멀지 않았던데?"

　"말도 안 되는 말씀입니다. 아직 멀었습니다."

　"내 눈에는 간두활보(竿頭闊步, 절벽에서 크게 내딛음)가 가까워 보여."

　휴정은 덕담으로 흘려들었다.

"이리 일찍 저를 찾아오시니 하실 말씀이 따로 계신 것 같습니다만……?"

"바꾸세."

"네? 바꾸다니요?"

"전전주봉(箭箭拄鋒, 화살과 화살의 끝이 맞닿음)이 가까이 왔으니 나하고 자리를 바꾸어 앉세."

하철굴암과 중철굴암을 서로 바꾸어 살자는 이야기였다. 휴정은 각완대사의 그 말을 이번엔 두류산 사사의 사장이 되신 만큼 아무래도 삼정골에 마하스님과 가까이 있는 게 좋겠다는 뜻으로 받아들였다.

"알겠습니다."

휴정은 차를 마시고, 그길로 각완대사와 의신사로 내려가 영관대사에게 인사를 드렸다.

영관대사가 차가운 눈길로 휴정을 쳐다보더니 입을 열었다.

"축착합착(築着磕着)의 때가 이르렀느냐?"

앉자마자 매서운 한마디가 불똥을 튀었다.

"아직 황화취죽앵음연어(黃花翠竹鶯吟燕語, 노란 꽃, 푸른 대, 꾀꼬리와 제비의 지저귐)를 넘어서지 못했사옵니다."

영관대사의 엄숙한 목소리가 그 뒤를 이었다.

"일념을 고문와자(鼓門瓦子, 문을 두드리는 기와조각)로 여기지 말라."

휴정이 놓치지 않고 물었다.

"태평가가 그 가운데 있사옵니까?"

"눈에 한 티가 가리면 허공의 꽃이 어지럽게 떨어진다."

휴정은 예도로 어깨의 살을 떼어내는 것 같은 섬뜩함을 느꼈다. 침묵이 흐른 뒤 곧 종소리가 울리고 해제법석이 시작되었다.

그날 영관대사는 눈에 보이는 것 모두가 다 마음이 나타낸 것(見色見心)이라는 마조조사의 이야기를 했다.

법좌에 올라앉더니 법당 문을 활짝 열라고 일렀다. 절기가 정월 보름이라고는 하지만 의신사 산골짝의 찬바람이 뼈끝을 쑤시고 들어왔다. 문이 열리자 대사는 손가락으로 법당 앞에 서 있는 감나무를 가리켰다.

"저 나무를 보아라."

대중들이 고개를 돌려 벌거벗은 감나무에 눈이 가 머물렀다.

"저 나무를 내가 눈으로 보니 내 마음에서 감나무다 하고 저기 나타나 있다. 그래서 우리는 저것을 감나무라고 아는 것이다. 이렇듯 마음이란 그 자체가 있는 것이 아니라 저 나무에 의해서 생겨난다 그런 이야기야. 그래서 상황에 따라 말을 하면 되는 것이지 저기 저 감나무에, 또는 저기 감나무가 있다는 연유에 걸릴 필요가 없다 그 말이야. 수행을 해서 깨달았다는 것도 그와 똑같어! 다 마음에서 생겨 나온 모양새다 그거지. 그렇지만 마음이 비었으니 저 모양새도 텅 비었어. 그것을 알면 저기 나타나 있는 나무가 있는 것이 아니다 그런 뜻이야. 이러한 도리를 확실하게 체득하면 밥 먹을 때가 되면 밥 먹고, 옷 입을 때가 되면 옷 입어. 이런저런 번거로운 것들을 훌쩍 뛰어넘는 걸출한 인물이 될 씨앗이나 기르자 그런 뜻이야. 그리고 세상 돌아가는 대로 살면 되는 것이지 더 무엇이 있겠는가?"

휴정은 영관대사의 이야기가 모든 물체는 우리 마음이 만들어낸 형체로 우주의 모든 것이 사실은 환영이라는 뜻으로 받아들여졌다. 그런데 밥때가 되면 밥 먹고 옷 입을 때가 되면 옷 입고. 사바세계의 번거로운 일을 훌쩍 뛰어넘을 걸출한 지혜나 기르면서 세상 돌아가는 대로 살면 되는 것이지 무엇이 더 있겠느냐는 이야기를 깊이 새겨보지 않을 수 없었다. 하지만 그것이 얼마나 값진 일이며 어떤 특별한 의미를 갖는지 확연히 떠오르는 것이 없어 고개를 갸웃했다

오랫동안 그 답이 풀리지 않은 채, 날짜만 부지런히 달아나 날씨가 많이 풀렸다. 바람도 자고 볕이 따뜻하게 든 어느 날, 휴정은 중철굴암 각완대사와 자리를 바꾸어 앉았다. 올라와 있어 보니 벽소령으로 올라가는 길목인 하철굴암보다 우선 인적

이 끊겨 더욱 적막하고 한적한 곳이어서 마음에 들었다.

휴정에게는 결제가 따로 없었고 해제가 따로 없었다. 낮이고 밤이고 틀고앉아 있던 그는 그렇게 앉아만 있는 것으로는 해결이 될 것 같지 않았다. 앉아 있기로 한다면 개구리는 깨달음에 열 번도 더 도달했을 것 아닌가.

어느 날 열심히 틀고앉아 좌선을 하고 있는 수좌를 보고 회양선사가 숫돌에 기왓장을 갈았다.

"뭘 하려고 갑니까?"

"거울을 만들려네."

"기왓장을 간다고 거울이 되겠습니까?"

"틀고앉아 있다고 부처가 되겠는가?"

휴정은 그 일화를 생각해 내고 혼자 웃었다.

"그럼 어찌해야 되겠습니까?"

"수레가 가지 않으면 바퀴를 때려야겠나, 소를 때려야겠나? 좌선은 앉는 데 있지가 않아. 부처는 딱 정해진 것이 없어……."

휴정은 벌떡 일어나 산책에 나섰다. 낙엽이 쌓인 산길, 어느

새 나무에는 새 움이 벙긋거렸다. 고개를 들고 하늘을 바라보니 봄이 무르익어 있었다. 또 오는구나, 봄이. 겨울이 가면 봄이 오고 봄이 가면 여름이 오고. 저 높은 하늘은 무슨 재주를 가졌기에 봄이면 봄빛으로 가을이면 가을빛으로 물이 드는가? 높고 푸른 것. 오직 하나로 있는 저 하늘이라면 봄빛도 속임수요. 여름의 뙤약볕도 속임수며, 가을 하늘의 푸르름도 속임수이리라. 그렇다면 저 나무와 바위와 아지랑이, 나비, 바람, 꽃, 향기 그것들은 봄빛에 놀아난 또 다른 속임수 아니겠는가. 속임수가 무엇인가. 삿갓이다.

황벽이 남전에게 작별인사를 드리러 가니, 물었다.
"그 큰 몸집에다 야자만 한 삿갓만 썼구나."
"이 삿갓 속에 삼천대천세계가 들어 있습니다."

황벽의 삿갓 밑에 아지랑이, 산들바람, 꽃, 향기, 나비, 바위, 나무…… 갖가지 것들이 봄빛에 멋대로 놀아나고 있었다. 봄빛은 춤을 추게 하는 정령, 황벽의 삿갓은 정령이 들어 있는 요술 덮개. 삼천대천세계가 그 속에 들어가 있다면 그것이 하나라는 것 아니겠는가.
그러면 황벽은 무엇인가. 크지도 않고 작지도 않은, 이름도 없고 존재하지도 않는 공(空)이다. 공이란 이것이 이렇고 저것이 저렇다고 말할 수 없는 실재, 실재 이전의 실재, 그 어떤 것으로도 묘사해 낼 수 없는 타타타(tathātā, 如如)다. 타타타란 그러함이요, 그러함으로 있는 그대로의 진짜 세계이다.

여기에는 한계가 없다. 없는 것에서 있는 것으로 바뀌고, 있는 것에서 없는 것으로 바뀐다. 이것이 우리가 살고 있는 공간이고 현실이다. 우리는 그 무대의 중심에 서 있다.

아무것도 없는 타타타에다 별별스러운 이름을 갖다 붙여 마음이라, 부처라, 범부라, 혹은 중생이라, 남자라, 여자라…… 희한한 작명을 해대고 있다. 그러고는 스스로 그 이름에 말려들어 해괴한 이야기들을 만들어낸다.

그래서 들어보면 그럴듯하고 옳은 것 같지만 실재란 그것하고 달라서 한 생각만 삐끗해도 와그르르 무너진다. 거기에 무너지지 않는 버팀목이 있느냐? 있으면 그것이 무엇이냐?

휴정의 머릿속에서 백장 회해선사의 이야기 하나가 얼른 스치고 지나갔다.

스님이 대중에게 말했다.

"내가 서당에게 보내 말을 전하려 하는데 누가 가겠는가?"

오봉이 나섰다.

"제가 가겠습니다."

"어떻게 전하겠는가?"

"서당스님을 만나는 대로 말하겠습니다."

"무엇을 말하겠는가?"

"돌아와서 말씀드리겠습니다."

휴정은 빙긋 웃었다. 길바닥에 동그라미를 그려놓으니 하나가 들어가 앉고 하나가 절을 하는구나. 휴정은 산책에서 돌아왔다.

마음을 가다듬고 다시 틀고앉았다. 마침내 서나 앉으나 하나같았다. 앉아 있어도 깨어 있고 잠을 자도 깨어 있었다. 의단이 물에 비친 달빛과 같았다. 솟구치는 여울물에 활발발 대질러도 흩어지지 않았다. 항상 중심이 고요했고 흔들어도 흔들리지 않았다.

그런데 중철굴암에 나비 같은 봄 손님이 찾아들었다. 벼랑 아래로 내려뻗은 칡넝쿨에 힘겹게 매달려 동고비가 하늘을 날 듯 날려는 휴정에게, 사는 것이 교(巧)라는 듯 동개가 찾아왔다. 밭으로 가나 둑으로 가나 다 같은 세상인데 나뭇가지에서 똑똑 떨어지는 꿀방울처럼 단 것이 세상에 또 어디에 있다고 담 사이에 이웃할 것 뭐 있느냐? 여차하면 네까짓 중놈 하나

바짓가랑이를 끄집어 보쌈해 싸가겠다는 듯 중철굴암으로 올라왔다.

"스님, 귀한 손님이 오셨어요."

보살 할머니가 하철굴암보다 한결 더 적막하게 지내 왔음인지 동개를 보자 눈썹에 봄볕이 감겨들듯 따사롭게 반겼다. 여인들이란 나이가 많으나 젊으나 진달래 피는 봄이 왔는데 꽃을 보면 벙글 웃고 꽃이 지면 봄날이 간다며, 어찌 몽롱한 안갯속을 벗어나지 못하는가. 밖으로 나와 보니 동개가 짐을 잔뜩 짊어진 짐꾼을 다섯이나 거느리고 암자 안으로 들어섰다.

"안녕하셨어요?"

향옥이 고개를 숙여 합장을 하면서 동개를 앞세우고 들어왔다.

"이리로 이사를 하셨군요?"

동개의 얼굴은 맹랑하게 변화의 기색을 하나도 나타내지 않았다.

"네, 길이 멀고 높아지면 올라오는데 더욱 힘드시라고 그랬소."

조금도 걸러냄 없는 직설적인 표현이었는데, 그녀는 헌걸찬 제 엄마의 망망한 속을 닮아서 그런지 새겨듣는 눈치가 아니었다.

"멀고 힘들면 좋죠. 앉아 쉬는 것도 길어지니 더 오지겠죠."

되레 동쪽으로 가라 하니 서쪽으로 갔다. 아예 말을 하지 말아야지. 휴정은 입을 다물고 그들을 맞아들였다.

"뭘 이렇게 많이 가져왔어요?"

보살 할머니가 짐꾼들이 내려놓은 보따리를 보더니 입이 떡 벌어졌다. 동개가 거들었다.

"저 여기 살려고 다 짊어지고 왔어요."

중철굴암은 방사가 적어 살러 왔다는 동개에게 방을 내주려니 한바탕 소란을 피워야 했다.

휴정은 전에 각완대사가 썼던 거실을 선실 겸 침실로 삼아 나앉고, 각완대사 시자가 썼던 방으로 보살 할머니를 옮기게 했다. 그리고 동개와 향옥이를 할머니가 쓰던 후원 뒷방을 쓰게 했다.

이튿날 중철굴암에는 한바탕 잔치가 벌어졌다. 동개하고 향옥이 등절미다, 두텁떡이다, 밤떡이다, 색떡이다 하여 가져왔고 매화산자다, 강정이다, 밤주악, 보리수단, 후추엿, 알천, 멍덕꿀…… 이름도 들어보지 못한 음식들이 냄새를 풍기며 만들어졌다. 반찬도 가지가지였다. 누르미, 강회, 참죽, 채지 따위의 사찰에서 할 수 있는 가지가지 반찬들을 장만했다.

처음에는 하철굴암 각완대사를 모시고 와서 대접을 해드릴까 하다가 그만두었다. '송락과 초의 한 장으로 모옥에 앉아 왕래를 끊는다'는 행자가 중철굴암에 앉아서 이런 되지도 않은 일을 벌이고 있다는 것이 오히려 그분께 심려를 드리는 일이 될 것 같았다. 각완대사에게 심려가 될 음식이 휴정인들 목구멍으로 쉽게 넘어갈 리 없었다.

세속의 부가옹들은 이런 재미로 세상을 사는 것 같았다. 하나 휴정에게는 그야말로 낭패불감이 아닐 수 없었다. 그래도 이런 것이 수행이려니 싶어 얼굴에 내색을 않고 그냥 모른 척 넘겼다. 내색을 해봐야 다섯 짐꾼이 짊어지고 온 보따리가 산진해착에 수륙진미로 연일 이어질 일은 없었기 때문이었다.

산자락에 산벚꽃이 피었다 지고 나뭇잎들이 연둣빛으로 돋아났을 때, 중철굴암의 먹거리는 어느덧 제자리를 찾아가고 있었다.

동개는 향옥이를 데리고 보살 할머니를 따라 나물을 뜯어 오고 고사리를 꺾어 오는데 재미를 붙이는 듯했다. 얼굴이 봄볕에 그을려 거칠어졌건만 그런 것을 개의치 않았다.

밤에는 책을 읽는 듯 도란도란 글소리가 들리기도 하고, 더러 시를 읊기도 했다. 하루는 비가 뿌려 나물을 뜯으러 갈 수 없게 되자 동개가 선실 문을 두드렸다.

"스님, 죄송하옵니다. 공부하시는데 잠깐 방해를 할까 합니다."

"방해는 이미 시작되었소이다."

"아이고 어찌합니까? 긴히 드릴 말씀이 있는데……."

"들어오시오. 방해를 놓는다고 거기에 끌린다면 허물은 나한테 있소이다."

동개가 합장을 하고 선실로 들어와 한쪽 무릎을 세우고 윗목에 다소곳이 앉았다.

"떠나시겠다는 말씀을 하러 오셨군요?"

어떤가 보자 하고 말 속에 뼈를 넣어 턱 선수를 쳤더니, 순간 야마리를 느낀 듯 고개를 떨구었다가 다시 드는데, 눈가에 잔웃음이 가득했다. 저놈의 눈 속의 속웃음이 붙임성의 반죽임을 익히 아는 터, 눈웃음으로 엄부럭을 치겠다는 의도가 분명해 보였다. 사실은 말이 잘못 나가 옥생각으로 혼자 상처를 입는 것보다 저런 활달함이 더 낫다는 생각으로, 휴정은 어떻게 반격을 해오나 보자 하고 고개를 드니 그녀가 한마디를 놓았다.

"가고 오는 것이 어디에 있습니까?"

자못 선문답을 하는 것 같았다.

"두류가 좋아서 소녀가 여기 있고, 두류가 싫어져 떠나는 것을 어찌 스님께서 관계하실 일이옵니까?"

하긴 대답 못할 동개가 아니었다.

"두류가 좋다는 말로 들립니다만 그럴 만한 연유가 있습니까?"

"있지요. 산에 오니 우선 잠이 줄었습니다. 해금을 가지고 오기는 했습니다만 공부하시는데 방해가 되실 것 같아 시경도 읽고 도연명을 읽으면서 긴긴밤을 지새웁니다. 어젯밤에만 해도 그렇습지요. 바람소리 요란한지라 이백의 시로 한시름 달랬습니다. '경정산에 홀로 앉아서'라는 태백의 시를 음미해 보니 산과 정을 나누는 심경이 어찌 소녀의 감회와 그리 같던지……. 산을 벗하되 산과 하나가 되어 돌아가는, 적적자자함을 알고 나니 스님께서 산에 계신 까닭을 알겠다 싶었습니다."

"시 내용이 어떠했기에 산과 하나가 되시었소?"

"들어보시겠사옵니까?"

동개가 시를 읊어나갔다.

새들은 높이높이 어디론가 날고
구름만 홀로 외로이 한가롭구나.
마주 대하면 대할수록 마음에 드니
경정산밖에 없구려. 〈독좌경정산〉

휴정은 아무 말 없이 고개만 끄덕였다. 동개가 말을 이었다.

"이 시가 소녀의 시였다면 각운(脚韻)을 바꾸어놓았을 것입니다."

"바꾸겠다면 어떻게 바꾸려 했소이까?"

"지유경정산(只有敬亭山)을 연정두류산(然情頭流山)이라 했을 것입니다."

연정두류란 '두류산에 사랑하는 사람이 있어 그렇다'는 뜻이 들어 있었다. 시 구절을 들이대 서슴없이 사모의 정을 고백하는 그녀의 재치도 그렇거니와, 뻔뻔할 만큼 활달함에 휴정은 얼굴을 들 수 없어 고개를 돌렸다. 휴정이 그러한다고 동개가 덩달아 당황해 할 그런 규수가 아니었다. 이왕 말이 나온 김에 속판을 내보이겠는 듯 더욱 대담하게 나왔다.

"제가 말씀을 잘못했사옵니까?"

휴정은 마지못해 고개를 들고 한마디 했다.

"산은 산입니다."

대답이 떨어지기 바빴다.

"그래서 소녀도 오늘부터 불도를 닦을까 하옵니다."

휴정은 동개의 적극성에 말려드는 기분이었다.

"사대부가의 규수가 서방 오랑캐의 도라고 모두 하대하는 천축의 도를 배우신다 함은 진사어른께 누가 되는 일입니다. 효

도는 못하실망정 누를 끼치지 않은 것이 자식 된 도리 아니겠습니까?"

진사어른이란 그녀의 아버지를 두고 한 말이었다. 물론 그녀의 바로 윗대에서 좌찬성을 지낸 벼슬아치가 없는 것은 아니었으나 그녀의 아버지가 초시를 치렀는지 어땠는지 아는 사람이 없었다. 하나 사람들은 그녀의 아버지를 모두 진사어른으로 불렀다. 더구나 그녀의 조상들은 대를 이어 대군을 사위로 맞거나 옹주나 공주를 며느리로 맞은 사대부가로, 남원부에서 이름난 명문거족이었다.

"진사는 진사고 진사의 여식은 여식입니다. 진사의 여식이 진사가 될 수 없고 진사 또한 자기가 낳은 여식이 될 수 없사옵니다. 태에서 갈라져 나온 것으로 성(性)을 달리 하옴인데, 소녀더러 진사와 같은 사람이 되라 하시는 말씀이라면 당치 않사옵니다."

사모의 정에 이끌려 평계를 대려는 말이 아닌 듯했다. 지금까지 보여준 이 같은 일련의 행동들이 그 점을 입증할 만큼 그녀는 자기의 의지가 확실하게 싹터 있었다. 휴정이 사문이라고는 하나, 마음에 분명한 주체가 서 있지 않고서야 장성한 남자 혼자 사는 암자에 비비고 들어와 저리 스스럼이 없을 수는 없었다.

"불도를 닦겠다 함은 어떡하시겠다 함이오니까?"

"저희 어머님처럼 불당에 엎드려 기도를 드릴까 하옵니다."

"불당에서 기도 드리겠다 함은…… 보시다시피 이 암자는 불당이 선실이요. 선실이 제 방입니다. 기도를 하시겠다니 제가 방을 내어드려야 하겠는데, 그러하다면 그렇게 하시지요."

그 말에 동개가 펄쩍 뛰었다.

"아니옵니다. 사시가 되면 공양 올리고 절이나 하게 해주십시오."

"알겠소. 그럼 그렇게 하시지요."

틈을 보여주지 않았던 휴정과의 접근방식이 그것이었다. 휴정 편에서도 절에 와서 기도를 하겠다는 사람을 막을 도리가 없어 취해진 조처였다.

다음날부터 사시 때 동개는 손수 마짓밥을 지어 불기에 담아들고 들어와 정성을 다해 올렸고, 휴정은 죽비로 예참해 오던 것을 목탁으로 바꾸었다. 거기에 축원까지 해주었다. 그녀는 사시 때 향옥이까지 데리고 들어와 백여덟 번씩 절을 하는 것으로 기도를 끝냈다.

그러나 그것도 하루 이틀이지 생각이 콩밭에 있는 그녀가 무릎 아픈 일을 그리 오래 지속하지는 않았다. 나날이 꿀물을 삼켜도 성이 차지 않을 갈애의 정이 되레 무릎을 더 아프게 하고 허벅지를 뻐근하게 만드는 듯, 차츰 시들해지더니 그만두었다.

휴정은 그날 밤 꿈을 꾸었다. 동개의 손을 잡고 푸른빛으로 끝없이 드넓은 하늘을 날고 있었다. 얼마쯤 날았을까, 곱새기와를 예쁘게 얹은 궁집이 내려다보였다.

"우리 저 집에 들어가요."

휴정은 집 앞으로 내려왔다. 대문은 육중했고, 붉은빛으로 물들어 있었다. 동개가 문 앞으로 다가가자 열릴 것 같지 않던 대문이 스르르 열렸다. 문은 대문이 아니라 방문이었다. 대단히 넓은 방은 온통 붉은 안개에 휩싸여 있었고, 방 뒤쪽에도 문이 나 있었다. 동개가 안개 빛처럼 붉은 얼굴로 손을 놓고 뒷문을 열고 밖으로 나갔다.

"어! 함께 가요."

바람처럼 뒷문으로 빠져나간 동개가 갑자기 나지막한 언덕으로 변해 버렸다. 언덕 위에는 숲이 우거져 있었고, 숲을 바라보면서 밖으로 나가려던 순간 궁집이 소리 없이 사라지면서 휴정은 언덕 위에 혼자 서 있었다. 퍽 외롭다는 생각을 하면서 잠을 깼는데, 한밤중이었다. 참 별스러운 꿈이 다 있다는 생각을 하면서 자리에서 일어나 좌선에 들었다.

중철굴암 주변에도 나뭇잎들이 푸르게 피어나고 산새들이 날았다. 멀리서 뻐꾸기 우는 소리까지 싱숭생숭해 있는 마음을 더욱 애타게 만들었다. 그런 밤이면 지척에서 들리는 솟닥! 솟닥! 솟닥장! 하는 귀촉도 우는 소리가 애간장을 태울 터인즉, 어디 두고 보자 했더니, 교교한 달밤 하얀 꽃이 눈처럼 뒤덮인 이팝나무 아래에서 해금소리가 달빛을 흔들었다.

길게 늘어졌다, 짧아졌다, 애절하게 조여드는 가락이 설명을 하지 않아도 그녀의 마음을 담아내고 있었다. 휴정은 마음이 서글퍼졌다. 애절함 따위는 손으로 대담하게 휘저어 버릴 것 같던 그녀도 자기가 여자라는 숙명 앞에서 한 발자국도 더 나아가지 못하는 듯했다.

한밤중에야 보름달이 반으로 쪼개져 떠오를 즈음 그녀가 기어이 오열을 하기 시작했다.

어름 위에 댓잎 자리 펴서

임과 내가 얼어 죽을망정

정 둔 오늘 밤 더디 새소서, 더디 새소서……

남산에 잠자리 보아

옥산을 베고 누워

금수산 이불 안에

사향각시를 안고 누워

사향이 든 가슴을 맞추십시다. 맞추십시다.

아소서 임이시여, 영원히 이별할 줄 모르고 지냅시다. 〈고려가요 만전춘〉

가슴을 오릴 것 같은 해금의 음률에 맞춰 반 울음으로 읊조리는 만전춘의 가사를 듣자니 가슴이 쇳덩어리라도 녹아날 것 같았다. 휴정은 아무도 모르게 밖으로 나왔다. 그녀를 피해 멀리 숲속으로 들어가려고 막 암자 옆을 돌아가던 참이었다.

"스님!"

아주 낮은 소리로, 그리고 속삭이듯 더운 목소리가 등 뒤에서 들렸다. 동개였다. 그녀는 앞으로 넘어질 듯 두 팔을 벌리고 달려들더니 휴정을 사정없이 끌어안았다. 휴정은 잠시 그 자리에 서 있었다. 그녀는 가슴에 얼굴을 파묻고 흐느껴 울었다.

"그만 들어가 쉬십시오."

동개의 팔을 떼어내 돌려세웠다. 그리고 천천히 숲속으로 들어갔다. 발길 닿는 대로 산을 올라 어스름한 달빛에 벽소령이 건너다보이는 능선에 이르렀다. 숲 사이로 반짝거리는 별빛을 바라보며 걷고 있다가 이것이 아니다 싶은 생각이 들었을 때는 숲속에 어둠이 가시기 시작했다.

얼마 안 있어서 하늘에 붉은빛이 피어오르더니 영신봉 너머에서 아침 해가 솟아올랐다. 휴정은 천천히 산을 내려왔다. 중철굴암으로 돌아왔을 때는 동개가 떠날 채비를 하고 있었고, 해가 하늘 가운데 있었다.

휴정은 방으로 들어가 붓을 집어 들었다.

애교 있는 웃음은 베갯머리의 도끼요

마음에 당기는 달콤한 말은 앉은자리의 뱀이라,

이 사람은 마음의 눈이 이미 지쳐 아프므로

오래오래 흐려짐에 맞서 밝혀야 합니다. 〈선가귀감〉

운문 한 수를 적었는데 압운이 '뱀의 꽃(蛇花)'이었다. 동개 그대는 나에게 꽃으로 위장한 뱀이다. 무슨 연분인지 알 수 없으나 찾아오면 작용하는 마음이 그런 느낌을 받으므로 서로 만나지 않는 것이 좋겠다. 그런 내용이었다.

시를 적은 종이를 곱게 접어 밖으로 가지고 나왔다. 동개가 작별인사를 하려고 마루 앞에 서서 기다리고 있었다. 토방으로 내려선 휴정은 앞서서 암자 입구로 걸어 나갔다. 동개가 마중을 나온 보살 할머니의 손을 잡고 인사를 나누는 것을 보고 비탈길을 돌아 내려가다가 옆으로 길을 비켜서면서 뒤따라오는 동개와 향옥을 앞에 세웠다.

"곁에 없어도 있는 것으로 보면 그대는 소승처럼 눈이 어둡지 않을지니 부처님을 보게 될 것이오!"

손에 들고 있던 시를 적은 종이를 동개의 손에 쥐어주고, 허리를 굽혀 작별인사를 한 뒤 돌아섰다. 중철굴암 마당으로 들어서니 진박새 한 마리가 마루 끝에 앉아 있다가 동개가 내려가는 산자락으로 날아갔다.

물을 쥐니 손이 달이다

　백운대는 아무리 쳐다보아도 말이 없다. 백운대처럼 말이 없던 무불대사가 입적하면서 유서로 여덟 글자를 남겼다.

　봉절막방 국수월수(棒切莫放 掬水月手)
　몽둥이가 끊어져도 놓지 말라. 물을 움켜쥐면 손이 달이다.

　입을 봉하고 살았던 노승은 손이 달이 될 때까지 쥔 몽둥이를 놓지 말라 했는데, 여덟 글자의 유서에는 '연꽃을 들어 보이면 미소를 지을 사람이 없다'는 회한이 담겨 있었다.
　법준은 상월과 대사의 법구(法軀)를 마하연사로 옮겨 다비식을 치렀다. 무불대사의 입적으로 사사의 제1세대라 할 수 있는 노장들 가운데 두류산 각완대사 한 분만이 남은 셈이었다. 무불대사가 입적해 공석이 된 금강산 사주 자리를 상월 무부가

계승하기로 의견이 모아졌다.

이를 계기로 법준은 상월 무부에게 전국 사사대회를 제의했고, 마침내, 을사(1545)년 칠월 스무닷새 날, 사사 결사대회가 두류산 삼정골에서 열렸다. 묘향, 구월, 금강, 장수, 계룡, 가야, 두륜, 영취산 등 모든 산사의 사주들이 사사들을 이끌고 두류산 삼정골 사사 훈련장으로 모여들었다.

전국의 사주들이 모두 모인 그날, 각완대사가 전국 사사를 통솔할 사정(社正)으로 추대되었다. 각완대사 본인은 극구 사양했으나 만장일치로 추대됨에 위임을 받아들일 수밖에 없었다. 사령(社領)에는 법준이, 규승에는 자환이 선임되었다.

그날의 최대 안건은 역시 유학을 정치이념으로 불가를 쑥밭으로 만드는 이씨 왕궁을 언제, 어떤 방법으로 들이칠 것이냐 하는 데에 모아졌다.

하나 워낙 민감한 사안이었고 철저히 비밀에 부쳐져야 했기에 일반 사사들은 대회를 마치고 모두 자리를 비우게 한 다음, 각사 사주들 중심으로 긴 토론이 있었다.

"지금 조정은 왕권을 둘러싸고 대윤과 소윤의 권력투쟁으로 날 새는 것도 모르고 있소. 들이치기에는 지금이 적기요."

상월의 주장이었다.

때는 인종이 왕위에 올라 대윤(大尹)이 정권을 장악한 듯했으나 병약한 그가 9개월 만에 죽고, 겨우 열두 살 난 명종이 상에 올라 옥사가 확대될 때였다. 그 중심에는 문정왕후가 있고, 문정왕후의 동생 윤원형이 총대를 메고 피바람을 일으켰다.

"옳습니다. 이건 잡아놓은 꿩이나 다를 것 없소."

강경파들이 상월의 주장에 동조했다. 하나 온건파의 생각은 달랐다.

"다행히 불보살님 가피가 있어 이제 불심이 높은 문정왕후가 섭정을 하게 될 것 같으니, 잠시 지켜보는 게 좋을 것 같소이다."

문정왕후는 성리학이 국시인 조선의 정치적 이념의 한켠에서 불교를 옹호하는 권력의 실세였다. 명종을 대신해 수렴청정으로 왕권을 손에 쥔 문정왕후가 어떻게든 변화를 일으킬 것이라는 기대가 일부 도장들의 마음속에 자리 잡고 있었다.

"용검도 써야 칼인 겝니다. 이제껏 갈아온 칼을 도로 칼집에 집어넣어 녹슬게 하자는 겝니까?"

상월의 주장이었다.

"맞소, 상월사형 말씀이 맞소. 어차피 깔아놓은 멍석, 이번 기회를 놓치면 다시 이만한 기회가 없을 것이외다."

계룡산 사주 축령이 상월의 의견에 동조했다.

"백번 옳은 말이오."

대세가 강경 쪽으로 흐르는 듯했는데, 그때 사정 각완대사가 입을 열었다.

"천도무앙(天道無殃)이 불가선창(不可先倡)이라, 하늘이 재앙을 내리지 않았다면 먼저 나설 필요가 없고, 인도무재(人道無災) 불가선모(不可先謀)라, 백성들에게 재앙이 없으면 먼저 도모하지 말라 그랬느니. 우리 불가야 이렇게 됐지만, 내가 보기에 백성들이 모두 조정에 등을 돌렸다고 보기는 어려우이. 그러니 하늘이 재앙을 내리고 백성들에게 재난이 일어나면 그때 조정을 들이쳐도 늦지 않으리라 보는데."

각완대사의 의견에 많은 이들이 고개를 끄덕였다.

결국 법이 높고 연세 많은 각완대사가 기다려보자는 의견을 내놓자 좀 더 두고 보자는 쪽으로 결론이 났다. 물론 상월은 끝까지 거기에 승복하지 않았다.

"허 참! 돌멩이가 달걀 되기를 기다리자 그 말이오?"

결국 회의장을 박차고 나가 버렸다.

도장들은 영관대사의 문안은 각자 드리기로 하고 두류산을 떠났다.

법준은 하철굴암에서 하루를 더 머물렀다 틈을 내 각완대사를 찾아갔다.

"대사님 의신골에 휴정이라는 수좌가 있다는 이야기를 들었습니다만……."

슬쩍 이름을 흘리자 각완대사가 놀란 눈으로 바라보았다.

"금강산 법준당이 두류산에 박힌 금강석을 어떻게 아오?"

"금강석이란 것까지는 몰랐고, 큰 사자란 이야기는 들었습니다."

"금강석이나 사자나 그 말이 그 말 아닌가. 한데 앉아서 천리를 보는 눈을 가졌구면?"

"풍회가 저한테 와 있습니다."

"지난 언젠가 나한테 금강산을 다녀오겠다고 그러더니 법준당을 찾아왔더라 그 말이오?"

"풍회선자 스승이신 운선선인이 구월산 학소대사님과 막역한 사이시라는 것은 알고 계시죠?"

"그 이야기는 얼핏 들었소. 한데 선인인가 하는 그분은 타계하셨다던 것 같던데?"

"타계가 아니라 그쪽 이야기로는 선화라고 그러죠."

"허허허……."

각완대사가 웃었다.

"사정 큰스님께서 풍회를 어여삐 하셨다면서요?"

"아니야, 그놈이 재주가 많아서 나보다는 의신동 큰스님이 좋아하셨지."

의신동 큰스님이란 영관대사를 두고 한 말이었다.

"아니, 의신동 큰스님께서도 풍회를 아십니까?"

"아다마다……. 아는 것도 많고 재주가 뛰어난데다 무예가 출중해 두류산 사사의 교수사를 하면서 큰 도움을 주었소."

"교수사를 했다는 이야기는 들었습니다."

"사사에 들어와 있으면 좋겠다 싶어 머리를 깎이고 싶었지……."

"말을 안 듣던가요?"

"풍회를 잘 안다니 법준당이 한번 나서 보시오. 허허허…."

각완대사가 빈 잔에 차를 따랐다.

"알고 보니 풍회가 휴정수좌 선친을 잘 알고 있더군요."

각완대사가 뜻밖이라는 듯 고개를 들었다.

"휴정수좌 선친이라면 타계하신 지 여러 해 되었을 텐데?"

"그러니까 타계하시기 전에 뵌 거죠."

"허! 그래요? 풍회가 그럼 그쪽 태생인가?"

"잘은 모르옵니다만 운선선인이 휴정수좌 선친과도 막역지간이라더군요."

"으흠, 그런 일이 있었군……."

각완대사가 고개를 끄덕였다.

"휴정수좌는 지금 어디 있습니까?"

"저 위 하철굴암에 있다가 중철굴암으로 옮겼는데, 지금은 대승사에 있다는군."

"두류산에 내려온 김에 그 수좌 얼굴이나 한번 보고 갔으면
합니다."

"그러지 뭐, 내일 수좌들을 시켜 안내를 하라 할 테니 한번
올라가 보구려."

이튿날, 법준은 의신동으로 내려가 영관대사에게 문안을 드
리고 대승사로 올라갔다.

두류산이 공중에 뜨다

벼랑 아래로 내려뻗은 칡넝쿨에 매달려 녹아 떨어지는 꿀방울을 받아먹는 달콤한 맛, 그것이 인간들 사는 짓이라 일러주시던 숭인장로가 입적했다. 그 어른이 휴정을 사문의 길로 들어서게 한 장본인이었다. 검은 쥐 흰 쥐가 칡넝쿨을 다 갉아 독룡이 기다리는 웅덩이에 떨어지기 전에 몸을 띄워 하늘을 나는 재주를 회삼귀일(會三歸一)이라고 했다.

저번 동안거 해제 때만 해도 건강해 보이던 장로였다. 세상살이 길게 잡아야 백 년인데 백 년의 세월이 숨 한 번 내쉬고 들이쉬는 순간에 있음을 앵무새처럼 입으로는 알고 있었지만 휴정은 장로 입적으로 받은 충격이 남의 일 같지 않았다.

장로의 다비식은 의신사에서 치러졌다. 휴정은 다비식이 끝난 뒤, 대승사로 자리를 옮겼다. 삼신봉에서 영신봉으로 이어진 능선과 영신봉에서 덕평봉으로 이어진 능선에서 흘러내린,

크고 작은 산자락 안에 대승사가 자리 잡고 있었다. 마치 연꽃 속에 숨은 듯 높고 큰 산들이 둘러싸, 하늘이 좁게 열려 해가 늦게 떠올라 아침이 길게 느껴지는 그런 곳이었다. 그래서 태양이 더욱 밝고 환하게 여겨졌는데 어떤 때는 그 태양이 섬뜩하게 다가오기도 했다.

숭인장로도 저 태양을 바라보았을까. 휴정은 삼신봉 능선에서 떠오른 태양이 한일자를 그으며 가차 없이 대승사를 자르듯 가로질러 덕평봉 능선 너머로 기우는 모습을 눈여겨보았다.

태양은 빈 세월을 여행하듯 그렇게 지나가는 것이 아니라 찰나 찰나로 끊겨 인간의 방심만을 노려 되돌릴 수 없는 회한과 아픔만을 던져주는 것 같았다. 시간이 느리지도 빠르지도 않게 달아나는 냉엄한 칼끝처럼 여겨졌다. 시간이여 멈춰라, 통사정을 해도 멈춰 서는 법이 없었다. 주먹으로 땅을 치며 통곡을 한다 해도 사정을 봐주는 법이 없었다. 아침에서 저녁까지, 저녁에서 아침까지 한참도 머뭇거림 없이 하루하루 생명 있는 것들을 조금씩 먹어치우며 되풀이해 지나갔다.

그처럼 냉엄한 시간이 시침 뚝 떼고 한 찰나도 그침이 없이 명치끝으로 파고드는 칼끝으로 눈앞에 날카로이 서 있음을 보았다. 세월은 허망한 그림자가 아니라 실감나게 생명을 잘라가는 현존이었다. 질서정연하게 생명을 먹어치우면서 한 살이의 삶을 이슬과 거품으로 수놓아 갔다.

그와 같은 불가항력의 칼날이 번개보다도 빠르게 휴정의 내부로 파고들었다. 그래서 숭인장로의 자상함이 더욱 새롭게 다가왔다. 그런 강렬한 칼날을 벗어나려면 틀고앉아야 했다. 휴정은 틀고앉아야 할 해답을 더 명확히 하기 위해 자신을 정리해 보았다.

나는 지금 부모와 나라, 스승, 시주의 은혜가 깊고 큼을 아는가?

나는 지금 흙, 물, 불, 공기로 된 몸뚱이가 썩고 있음을 아는가?

나는 지금 들이쉬고 내쉬는 숨 사이에 목숨이 있음을 아는가?

나는 지금 참말로 붓다와 조사를 만나고 있는가?

나는 지금 세상에서 최고의 가르침을 듣고 절실하게 마음을 내고 있는가?

나는 지금 수행의 자리를 떠나지 않고 한결같이 절조를 지키는가?

나는 지금 다른 사람들과 잡담을 하고 있지 않은가?

나는 지금 옳고 그른 것을 따지는 어리석음을 정말 피하고 있는가?

나는 지금 하루 종일 멈추지 않고 화두를 똑똑히 들고 있는가?

나는 지금 사람들을 만나 이야기할 때도 화두가 끊기지 않는가?

나는 지금 보고 듣고 느낄 때 생각이 분명 하나로 되어 있는가?

나는 지금 나를 돌이켜 볼 때 붓다와 조사와 한 치도 벽이 없는가?

나는 지금 이 생에 결정코 붓다의 혜명을 잇겠는가?

나는 지금 앉고 서고 편안할 때 지옥의 고통을 생각하는가?

나는 지금 이 몸뚱이로 윤회를 벗어날 수 있다고 믿는가?

나는 지금 별의별 비난과 온갖 유혹에도 자유로울 수 있는가?

〈선가귀감〉

떠오르는 태양과 흐르는 물, 나뭇가지를 흔들고 지나간 바람이 생명을 단축해 가고 있다는 생각으로 골똘해 있던 어느 날, 선실 문을 두드리는 사람이 있었다.

"휴정스님 계십니까?"

문을 열어보니 처음 보는 사람이었다.

"뉘시온지 잠시 안으로 드시지요."

훨씬 연상으로 보이는 매우 점잖은 사람이었다. 그를 안으로 맞아들여 살펴보니 움직임 하나하나가 먹줄을 맞은 듯 반듯했다. 방으로 들어와 맞절로 예의를 갖춘 뒤 상석에 앉기를 권했으나, 굳이 사양을 하므로 서로 마주 보고 단정히 앉았다.

"금강산에서 온 법준이라 합니다."

처음 듣는 이름이었다.

"예, 저는 휴정이라고 하옵니다."

"풍회선자로부터 말씀 많이 들었습니다."

풍회가 금강산으로 떠났다 하더니 이분을 만난 거구나. 휴정은 다관을 화로에 올리면서 그를 다시 쳐다보았다.

"풍회선자님을 잘 아시는지요?"

"그렇습니다. 아주 오래전부터 알고 지냈던 사이지요."

휴정이 차를 권하면서 물었다.

"의신동에 아시는 스님이 계시옵니까?"

"각완대사님을 뵙고 지금 올라가는 길입니다."

"그럼 금강산으로 가시는 길입니까?"

"네, 그러합니다. 금강산에 오시거든 꼭 한번 들러주시죠. 내 금강 마하연사 위 만회암에 머물고 있습니다."

"가게 되면 그렇게 하겠습니다. 풍회선자님도 같이 계십니까?"

"예, 제가 함께 눌러살자고 말씀드렸습니다."

그는 차를 한 잔 마시더니, 공부하시는데 방해를 했다면서 서둘러 자리에서 일어섰다. 그러고는 깍듯이 예의를 갖춰 작별을 고하고 대승사를 떠났다.

휴정은 그를 대성골 길목까지 바래다주고 돌아섰다. 다시 대승사를 향해 돌아서자 법준이라는 사람의 모습도 함께 사라져버렸다.

언제 보아도 대승사는 깊숙이 갇혀 있는 느낌이었다. 그래서 그런 것은 아닐 테지만 숲속은 생명 있는 것들의 낙원이었다. 각시거미는 풀숲 사이에 그물을 쳐놓고 그네를 타고 있고, 매미는 맴맴, 베짱이는 베베베, 쌕새기는 쌕쌔쌕, 여치는 뜨르르, 귀뚜라미는 찌르르……. 숲속은 그들의 노래로 또 다른 세계의 춤을 추고 있었다.

휴정은 숲속 생명의 파동에 이끌리듯 천천히 대승사 뒤로 올라갔다. 위로 조금만 올라가면 갇혀 있는 절 안과는 달리 산자락이 앞을 열어 운무 자욱한 하늘과 함께 크고 작은 능선들이 겹겹으로 꿈틀거리며 달려드는 모습으로 탁 트여 내려다보였다.

그늘에 앉으면 나무들이 숨을 쉬는 소리가 들리는 듯했고, 숲들이 자아내는 고요에 바위들이 고개를 숙이고 조는 모습이었다. 소리가 없다 하여 고요한 것이 아니었고 소리가 있다 하여 소란한 것도 아니었다.

하나 휴정이 있어야 할 곳은 소리와 관계가 없는 그 어떤 곳이었다. 그렇다고 화두를 느슨하게, 또는 조급하게 들지도 말고 또렷이 맑히어 빈틈이 없이 들라고 했다. 걷고 멈추고 앉고 누울 때 눈앞에 금강석과 같은 단단함으로 뜻을 곧추세워 유연하면서도 알맹이가 변함이 없이 만년에 이르게 하라는 것이었다.

지혜의 빛을 환히 비추어 스스로를 살피고 다시 내면으로 숙여지게 하여야 하는데, 그때 의단이 어수선하거나 까부라져 뒤숭숭해지면 채찍으로 쳐야 한다고 했다. 천 번 갈고 만 번 단련하노라면 더욱더 새로워질 것인바, 날이 오래고 달이 깊어지면 밀밀하고 면면하여 화두를 들지 않아도 저절로 들려져 흐르는 물과 상황이 같아 저절로 마음이 비고 경계가 고요해 편안하고 쾌락해진다는 것이었다.

흐릿하여 갈팡질팡했던 헷갈림이 다 흩어지면 만리청천에 맑은 가을 달의 근본원인에 깊숙이 사무치리니 그때 허공에서 불이 일어나고 바다 밑에서 연기가 솟는다고 했다. 이때에 이르러야 느닷없이 암수의 맷돌이 맞듯 허깨비를 깨부수고 현관(玄關)에 들어 조사가 미주알고주알 여러 소리 했던 것들이 한 꼬챙이에 꿰어지듯 바가바의 깊고도 묘한 이치에 계합된다는 것이었다. 그 상황에 들어서야 어느 것 하나 걸리는 것이 없이 원만하지 않음이 없다고 하였다.

왔다 갔다 어지럽게 일어나는 것을 가볍게 놓아버리고 한번 몸을 땅에 옮겨 한차례 포행을 해 다시 선상에 올라 두 눈을

부릅뜨고 두 주먹을 불끈 쥐어 허리를 꼿꼿이 일으켜 이전에
했던 대로 잡도리를 하면 곧 청량함을 느낄 것이라고 했다. 그
상태에 이르면 한 냄비의 끓는 물에 한 바가지 찬물을 끼얹음
과 같이 되리라 하였다.

그런데 또록또록 들려 있는 휴정의 화두 속에 이야기 하나
가 겹쳐들었다.

백장이 물었다.

"부처의 본뜻이 어디에 있습니까?"

마조가 대답했다.

"바로 자네 목숨을 내던진 곳이지!"

다시 담주 석상산 경제선사의 일화가 겹쳐졌다.

"어떤 것이 서쪽에서 온 뜻입니까?"

경제선사가 대답했다.

"공중에 한 개의 돌멩이다."

중이 절을 하자 선사가 다시 물었다.

"알겠는가?"

"모르겠습니다."

"몰랐으니 다행이다. 만일 알았더라면 큰 돌멩이로 너의 머리
통을 깼을 것이다."

휴정은 웃었다. 없는 번거로움, 그것마저 잦아들면 목숨 내던질 곳이 어디쯤인지 가늠이 되어 오는 듯했다.

병오년 동안거 해제일이 되어 휴정은 의신사로 내려왔다. 의신사에서 며칠 머물다가 벽소령을 넘었다. 바람도 쐴 겸 오랜만에 처사 변수형이나 만나볼 생각으로 산을 내려왔다. 변수형은 학문이 깊은 사람이었으나 요로에는 나가지 않았다. 그는 무진년 위화도회군으로 영원동 산자락으로 들어와 초막을 얽고 산 변설의 후손이었다.

변수형은 영원골에서 성장했으나 지금은 남원부로 이사해 용성관 아래서 살고 있었다. 성품이 조용하고 산을 좋아하는지라 휴정이 도솔암에 머물 때 서로 알음을 트게 되었고, 어려운 일이 있으면 곧장 달려와 보살펴 주는 뒷바라지를 마다하지 않아 벌써 여러 해째 서로 내왕하는 사이가 되었다.

변수형을 만나면 이런저런 이야기를 들을 수 있을 것이라는 가벼운 마음으로 벽소령을 내려온 휴정은 운봉으로 들어왔다. 점심때가 가까울 무렵 여원치를 넘어 성촌에 이르렀다. 하늘은 높은데 구름이 열푸름해 보였고, 바람 또한 잔잔한 날씨였다. 그때 난데없이 닭 우는 소리가 들렸다. 낮닭이 한 곡조 홰를 치는데, 그 소리가 우렛소리처럼 정오의 하늘에 가득히 울려 퍼졌다. 그 순간이었다. 휴정은 그 자리에 몸을 쭈뼛하고 멈춰 섰다.

"헛!"

홰치는 낮닭 한 울음이 공중에서 커다란 돌멩이가 되어 수직으로 떨어졌다.

"아?"

번쩍하는 순간에 모든 것이 순서가 바뀌었다. 위에서 하늘이 내려오고 밑에서 땅이 솟구치면서 서로 뒤엉키더니 하나가 되었다.

하나가 된 하늘과 땅이 바로 휴정의 몸뚱이였다. 어라! 부처가 무엇이냐 하는 본뜻이 반야봉이었다. 반야봉이 갑자기 획 뽑히더니 공중에서 거꾸로 뒤집혀 빙글 돌아 하늘만큼 큰 돌멩이가 되었다. 큰 돌멩이가 머리 위로 떨어지면서 확 깨지더니 새롭게 하늘이 열려 도로 그 하늘이 되었다.

거기에는 아무것도 없었다. 이것이 축착합착이냐? 아닙니다! 아닙니다! 노란 꽃, 시푸른 댓잎, 꾀꼬리 울음이요, 제비의 지저귐이 문을 두드리는 소립니다. 아닙니다! 그것도 아닙니다! 기와쪽이라 해도 틀립니다.

"허허허!"

휴정은 크게 한소리로 웃었다.

그리고 읊었다.

머리는 희었으나 마음은 희지 않는다고
일찍이 누가 그런 소리를 했던가.
허허허, 낮닭 우는 한소리에
대장부가 할 일을 마쳤네.

홀연히 내가 누구란 걸 알고 나니
사방팔방이 두루두루 다 그렇구나.
금덩어리가 빛으로 반짝인다는 대장경이
겨우 텅텅 빈 종이쪽이구려. 〈선가귀감〉

휴정은 발길을 돌렸다. 서둘 것도 없이 그길로 의신사로 돌
아왔다. 적묵당 문을 두드리고 안으로 들어서니, 반가부좌로
정에 들어 있던 영관대사가 눈을 뚝 떴다.

대사의 퍼런 눈빛과 공중에서 부딪쳤다.

"어디서 오느냐?"

휴정이 좌정을 하고 나서 대답했다.

"오는 곳이 없습니다."

"허면 가는 곳도 없더냐?"

"벽소령에 나비가 납니다."

순간 영관대사가 탁자 위에 죽비를 집어 들었다. 벌어진 죽비

주둥이를 두 손으로 잡아당겨 쫙! 하고 찢어 두 조각을 냈다.

"일러라! 하나냐? 둘이냐?"

대사의 말이 채 떨어지기도 전에 휴정이 자리에서 벌떡 일어나 한 바퀴 재주를 넘더니 그대로 섰다. 그리고 곧 제자리로 돌아가 앉아 태평스레 대답했다.

"보이는 것이 아닙니다."

"어헛!"

대사가 벌떡 자리에서 일어섰다.

"두류산이 공중에 뜨는구나!"

문을 박차고 밖으로 나가더니 법당 마당으로 올라가 덩실덩실 춤을 추었다. 휴정은 영관대사의 춤추는 모습을 돌아보지도 않고 그길로 대승사로 올라왔다.

하루를 푹 쉬었다가 이튿날 원적암으로 자리를 옮겨 깨달음의 본성 지킴에 들어갔다.

지혜 있는 분별로 마음을 쉬노니

사람들 사는 곳에 드높이 뛰어난 대장부라.

한바탕 오색의 구름이 덮였다 사라지니

아름다운 꽃 속에서 새들이 서로를 부르는구나.

한 마리 학이 되어 천년 만에 돌아오고

남쪽 바다를 난 붕새의 날개가 만 리나 펼쳐졌네.

진나라 위수(渭水) 강가에 높고 당당한 누각과

한나라 황족의 무덤들이 시와 노래를 읊는구려. 〈선가귀감〉